천하를 경영한

기황후

천하를 경영한

기황후

2
모든 길은 대도(大道)로 통한다

제성욱 대하소설

알동북

기 황후

공녀라는 불운을 극복하고 원 제국의 황후가 되어 순제 황제를 대신해 유라시아 대륙을 경영했다. 고려를 원나라의 한 성에 편입시키자는 입성론을 종식시켰고, 원나라의 강압적인 요구로 80년 간 고려 민중들을 공포에 떨게 했던 공녀와 환관 제도를 폐지하는 등 고려의 권익에도 힘썼다. 이 영정은 KBS가 몽골 화가를 통해 제작해서 행주기씨 문중에 기증한 것을 본 출판사가 사용하였다.

경천사 10층 석탑

충목왕 4년에 기 황후의 명으로 건립된 것이다. 아(亞)자형 평면에 조각기술이 정교한 것으로 조형미가 뛰어난 대리석 석탑. 현재 용산 국립중앙박물관 로비에 전시돼 있다.

족두리, 장도, 고려청자

고려 말의 경우 원나라와 활발한 문화적 교류가 이루어졌는데, 그것을 고려양(高麗樣)과 몽고풍이라고 한다. 족두리, 연지, 장도, 소주, 설렁탕, 만두 등은 그때 전해진 몽고풍이 우리 전통문화로 정착된 것이다.

원당사 5층 석탑

제주도에 있는 유일한 불탑으로 고려 충렬왕 26년에 건립됐다. 이 탑은 아들이 없어 고민하던 순제 황제가 기 황후의 요청에 의해 세운 것이다. 아들에 대한 염원을 담아 이 탑을 세운 후 기 황후가 태자를 얻었다고 전해진다.

목차

1장 정중동 靜中動   11

2장 숨통을 조여오다   95

3장 계략과 반전   167

4장 계급무계궁 階級無階宮   207

5장 영웅, 노을에 지다   277

1장

정중동
靜中動

1341년 공민왕이 숙위(宿衛)하기 위해
원나라 대도성에 오다

1

　아직 해는 뜨지 않아 어두웠지만 동쪽 하늘이 차츰 선홍빛으로 변하며 치켜 올라간 기와자락을 서서히 물들이고 있었다. 공기는 차가워 얇은 옷을 입은 기 황후의 몸이 파르르 떨렸다. 치맛자락은 이슬에 젖어 있었다.
　그녀가 새벽 일찍 찾은 곳은 흥성궁 정원에 있는 작은 돌부처 상이었다. 완자무늬를 넣어 멋을 낸 담장 안쪽에 세워 놓은 석불은 모양이 투박하고 거칠었지만 부처의 미소만은 선명했다. 기 황후는 석불 앞에 손을 모으고 고개를 숙였다. 불상 앞에는 작은 향로가 놓여 있었다. 그녀는 향에 불을 붙인 후 손을 높이 들어 허공을 향해 향을 흔들다가 두 손을 모으고 합장을 한 채 깊이 고개를 숙였다.
　당시 불교는 황실뿐 아니라 원 제국 전역에서 신봉하는 종교였다. 물론 불교는 외부로부터 몽고에 전해진 외래 종교의 하나이고, 그것도 후대에 전래되었다. 몽고인들이 종교로 불교를 받아들인 시기는

13세기 후기부터였다. 중원(中原)의 황제가 된 원나라 세조 쿠빌라이는 티베트 불교를 수용하여 제국의 통치 이념으로 삼고 스스로 불교에 귀의하는 등 적극적으로 불교를 지원했다. 그 이후 원나라의 황실, 특히 몽고인 귀족층의 열렬한 비호 아래 많은 사람들이 불교를 신봉하기 시작했다.

흥성궁에도 곳곳에 많은 불상이 있었다. 기 황후도 불교에 심취하여 시간이 날 때마다 이곳 불상 앞에 와서 합장을 했다.

그녀는 제일 먼저 자신 때문에 희생된 영혼들의 명복을 빌었다. 영문도 모른 채 역모죄에 휘말려 이승을 하직해야 했던 연첩고사와 이필, 이들은 강직하고 충실한 신하요 황족이었다. 자신과 대척점에 있기 때문에 어쩔 수 없이 희생된 자들이었다.

"부디 극락에 가셔서 이승의 한을 달래소서."

다음은 포악하고 성정이 곧지 못한 자들을 위해서도 고개를 숙였다. 당기세 형제와 다나실리 황후, 그리고 진왕 백안뿐만 아니라 이름도 알 수 없는 수많은 군사들을 위해 명복을 빌었다. 그녀는 그렇게라도 해서 자신의 손에 묻은 피를 조금이라도 씻어 내고 싶었던 것이다.

불상 앞에서 예불을 마친 그녀는 흥성궁의 정원을 산책했다. 최천수가 약간 거리를 두고 조용히 뒤따랐다. 기 황후는 슬쩍 뒤를 돌아보고는 곧장 앞으로 걸어갔다. 어느덧 최천수는 그녀의 그림자 같은 존재가 되어 곁에 가까이 있어도 전혀 불편하거나 어색하지 않았다. 황후에 오르면서 최천수는 더욱 기 황후를 조심스럽게 대하는 것 같았다.

황실에서는 황후가 최천수를 곁에 두는 것을 놓고 말들이 많았다. 아무리 환관이라지만 엇비슷한 연배의 남정네가 호위를 이유로 처소

곳곳마다 따라다니는 것을 곱게 볼 리 없었다. 하지만 기 황후는 황제에게 간곡히 요청하여 그를 계속 곁에 두었다. 그녀가 끝까지 믿을 수 있는 사람은 오직 최천수뿐이었다. 비록 황후의 자리에 올랐다 하나, 아직도 그녀의 지위는 불안했다. 온갖 이해관계가 얽혀 있는 황궁에서 무슨 돌발 상황이 벌어질지는 아무도 예측할 수 없는 일이었다. 그런 황궁에서 위급할 때 자신을 지켜줄 수 있는 사람은 최천수밖에 없었다. 그가 옆에 있는 한 그녀는 안도할 수 있었다.

　기 황후는 신선한 아침 공기를 들이마시며 어깨를 활짝 폈다. 꽃봉오리가 막 피어오르는 매화나무 사이를 거닐며 이른 아침의 정기를 가슴 가득 채웠다. 대지 곳곳에 푸른 기운이 피어오르고 있었다. 공기는 아직 차가워 살을 엘 듯했지만, 그게 오히려 신선한 자극을 주었다. 입에서 하얀 입김이 나며 정신이 투명해졌다. 이른 봄의 맑은 공기를 한껏 호흡하는 그녀의 화장기 없는 얼굴에 장밋빛 건강한 혈색이 감돌았다. 검고 탐스러운 머리에서는 홍옥과 비취로 장식한 금보요가 가냘프게 흔들렸고, 걸을 때마다 허리에 늘어뜨린 장식에서 맑고 청아한 소리가 났다.

　그녀가 홍성궁으로 돌아오자 박불화가 기다리고 있었다.

　"산책은 즐거우셨는지요?"

　그는 아침 일찍 찾아와 전날 있었던 어전회의의 내용을 보고하고 오늘 일정을 알려주었다. 그런데 오늘은 그의 옆에 낯선 얼굴이 동행하고 있었다. 관자놀이 아래 하관이 빠르고 눈이 위로 치켜 올라가 영특한 인상을 주는 인물이었다. 보통의 환관처럼 수염이 나지 않아 인중과 턱밑이 맨들거리며 윤이 났고, 턱이 뾰족하여 눈치가 빠르고 계산이 정확해 보였다. 키는 여자인 기 황후보다 한 치나 작았고, 어깨선도 좁아 무척 왜소해 보였다. 박불화가 옆으로 비켜서며 소개했다.

"휘정원에 있는 고용보(高龍普)라고 하옵니다."

휘정원은 황태후가 관할하는 곳으로 그에 속하는 관원만 해도 삼백 명이 넘는 방대한 조직이었다. 본래 휘정원은 성종이 즉위한 후 모후인 휘인유성황후(徽仁裕聖皇后)를 위해 첨사원(詹事院)을 개편해 설치한 것을 황태후가 이어받고 있었다. 휘정원은 여러 가지 이권에 관여하여 막대한 재물을 축적하고 있었고, 이 재물을 바탕으로 조정의 신하들에게 큰 영향력을 행사하고 있었다. 황제의 내탕금(內帑金)도 이곳에서 조달되는 만큼 그 권한이 클 수밖에 없었다.

고용보는 휘정원 책임자인 독만질아의 부름을 받아 재정을 관할하고 있었다.

박불화가 다시 말을 이었다.

"고향이 전주라 하옵니다."

"고려 사람이란 말이냐?"

"그러하옵니다. 휘정원에서 재정을 맡고 있사옵니다."

기 황후가 고개를 끄덕였다.

"우리 고려인이 황궁 곳곳에서 중요한 직무를 맡아보고 있다니 참으로 자랑스럽구나."

"고용보 이 자 또한 황후 마마를 위해 충성을 다 바칠 것입니다."

고용보가 고개를 더 깊이 숙였다. 그의 얇은 눈썹은 반들반들 윤이 나고 있었고, 완강하게 자리 잡은 광대뼈가 유난히도 도드라져 보였다. 몸집은 작은 편이었으나, 두 어깨를 펴고 서 있는 자세가 여간 강단 있어 보이는 게 아니었다. 기 황후가 흡족한 표정으로 의자에 앉자 박불화가 얼른 다가왔다.

"천하 각 국에서 마마께 진상품을 올렸습니다."

"진상품이라……."

"그러하옵니다. 마마는 천하의 어머니가 아니십니까? 그 어머니께 올리는 선물입죠."

박불화는 탁자에 놓인 것을 하나 들고 왔다.

"이것은 강국(康國;사마르칸트)에서 보내온 순금으로 만든 거울입니다."

기 황후가 거울을 집어들자 아침 햇살을 받아 눈이 부실 정도로 반짝였다. 가공을 잘해서인지 거울 면은 미끄러질 정도로 반질거렸고, 얼굴 모습도 선명하게 비추었다. 박불화는 한쪽으로 가더니 둥글게 말아 벽에 기대놓은 걸 힘들게 들고 왔다. 옆에 있던 최천수가 도와주었다.

"또한 이것은 파사국(派斯國;페르시아)에서 가져온 카펫이라고 하는 것입니다."

카펫을 펼치자 화려한 문양이 바닥을 가득 채웠다. 카펫의 중심 도안은 두 마리 양과 여의보상화(如意寶相華)로 구성되어 있었다. 바닥은 거북등과 모란화를 새겨 완벽한 기하학적 문양을 이루고 있었다.

"또 이것은 대진에서 사신이 가져온 것으로……."

박불화뿐만 아니라 함께 온 고용보도 화려한 진상품에 눈이 휘둥그레져 있었다. 하지만 기 황후의 표정은 무덤덤한 채 차가운 표정으로 옅은 한숨을 내쉬었다.

"내가 저것들을 가질 만하다고 생각하는가?"

박불화는 그게 무슨 소린가 싶어 두 눈만 끔벅였다.

"황후 마마께오선 천하를 가지셨습니다. 마땅히 최고의 진상품을 누릴 만하십니다."

기 황후는 고개를 내저었다.

"천하가 온전히 내 품에 들어온 뒤에 저것들을 가져도 늦지 않아. 아직 천하의 어머니는 두 사람이지 않는가?"

그녀는 손에 들고 있는 황금거울을 박불화에게 건넸다.

"저것들을 모두 팔아 돈으로 만들어라. 그런 다음 일부는 환관과 궁녀에게 나누어주고, 나머지는 백성들을 구제하는 데 사용하라. 듣자 하니 근자에 큰 가뭄이 들어 굶어 죽는 백성들이 넘친다고 하니 빈민 궁휼소를 설치하여 거기에 보태도록 하라."

박불화가 아까운 표정을 지으며 망설이자 기 황후의 날선 목소리가 튀어나왔다.

"천하를 얻으려면 먼저 민심을 얻어야 할 것이야."

최천수가 대신 패물을 정리하려는데 밖에서 고하는 소리가 들렸다.

"마마, 황후 마마께서 행차하셨사옵니다."

"황후 마마라면, 정후 백안홀도께서 행차한 것이 아니냐?"

박불화가 고개를 끄덕이자 기 황후가 외쳤다.

"어서 안으로 모시어라."

문이 열리며 백안홀도가 안으로 들어오자 기 황후는 얼른 다가가 고개를 숙였다.

"어서 오십시오. 누추한 곳에 어인 행차신지요?"

백안훌도는 주위를 둘러보며 쓴웃음을 지어 보였다.
"누추한 곳이라……. 내가 보기엔 전혀 누추해 보이지 않습니다그려."

그녀는 천천히 걸어 들어와 화려한 공작무늬 의자에 앉았다. 그리고는 방을 이곳저곳 휘둘러보았다. 화려한 자수로 장식한 벽면에는 붉은 박공을 붙여 내부 장식은 기품과 위엄이 넘쳤다. 정교하게 조각된 탁자 위에는 용천청자병이 놓여 있었고, 창문과 내실 벽 사이에는 화려한 색채에 금선을 사용한 자수그림이 걸려 있었다. 금박을 댄 창문틀은 막 떠오른 햇빛을 받으며 화려하게 빛났다. 그녀는 마뜩잖은 시선으로 방 한쪽 구석으로 시선을 돌렸다. 그곳엔 천하 각지에서 가져온 온갖 진상품들이 가득 쌓여 있었다.

"황후께선 다나실리가 어떻게 해서 폐후가 되었는지 잘 아시지요?"

백안훌도의 질문에 기 황후는 얼굴을 붉혔다. 그녀가 폐위된 다나실리를 언급하는 저의가 무엇인가? 다나실리와 비교하며 그녀의 부덕함을 꾸짖는 게 아니고 무엇이랴! 순간 참기 힘든 긴장감이 온몸의 신경을 팽팽하게 잡아당겼다. 하지만 기 황후는 얼굴에 은근한 미소를 지으며 대답했다.

"소인이 그 이유를 왜 모르겠사옵니까?"
"방의 장식이나 사치스러움이 다나실리 황후와 다를 게 없군요."
"이 방은 폐황후가 원래 거처하던 곳이옵니다. 소인은 그저 몸만 옮겨왔을 따름입니다."
"잘못된 것이 있으면 고치는 게 마땅한 도리 아닌가?"

백안홀도는 이제 말을 놓고 있었다. 목소리의 어조도 덩달아 올라갔다.

"게다가 저 진상품은 또 무엇이오? 흉년이 들어 백성들은 도탄에 빠져 있는데 나라의 황후 되는 자가 어찌 저런 사치품에 빠져 있단 말이오?"

기 황후의 두 눈에 파란 안광이 번득였다. 마치 독약을 바른 화살이 날아와 가슴에 콱 박히는 느낌이었다. 하지만 그녀는 애서 감정을 다독였다. 입술을 야무지게 감쳐물고는 시선을 아래로 향하며 진중한 표정으로 고개를 숙였다.

"황후의 말씀 유념하겠사옵니다."

백안홀도 황후가 날선 표정으로 일어났다. 그녀는 다시 한번 방을 휘둘러보고는 문 쪽으로 걸음을 옮겼다. 문 쪽에는 박불화와 고용보가 서 있었다. 그들 앞을 지나치던 백안홀도는 무심히 두 사람을 쳐다보다가 두 눈이 커지더니 이내 고용보 앞으로 다가왔다.

"너는 휘정원의 태감이 아니냐? 그런데 여긴 웬일이더냐?"

고용보는 말을 잇지 못하고 머뭇거렸다.

"그것이 저……."

황후는 말을 앞질렀다.

"옳거니! 고려인 황후에게 문안 든 게지?"

그녀는 진작부터 고려인들이 휘정원에 있는 걸 마땅치 않게 여기고 있었다.

"명심해두어라. 여긴 고려가 아니라 원나라 황실이니라. 천하는 세세천년 우리 꿩길자 족이 이끌어 갈 것이야. 알겠느냐?"

고용보가 고개를 숙일 사이도 없이 백안홀도 황후는 등을 돌려 나가버렸다. 그녀의 등 뒤로 차가운 바람이 쌩 지나갔다.

백안홀도 황후가 나가자 박불화가 미간을 찌푸리며 큰기침을 했다.

"평소 어질고 온후한 황후가 왜 저러시는 겁니까?"

기 황후는 말없이 무연한 눈빛으로 앉아 있을 뿐이었다. 옆에 있던 고용보가 말을 거들었다.

"고려인 황후께서 책봉 받으신 데다 황상 폐하의 은총까지 온전히 받고 계시지 않습니까? 게다가 대를 이을 태자까지 계시니……"

그는 말끝을 흐리며 슬그머니 기 황후의 눈치를 살폈다. 그녀의 눈가에 한가득 수심이 어리고 있었다.

"상황이 사람을 저리도 변하게 하는구나. 허나 같은 여자로서 이해가 가지 않는 건 아니다. 나라도 저렇게 했겠지."

그건 그녀의 진심어린 말이었다. 비정하고 냉혹한 궁중의 세계. 이 세계에 발을 들여놓은 여자들은 오직 황제의 은총 여부에 따라 모든 신분과 지위가 결정된다. 황제의 관심에서 조금이라도 벗어나면 초조하고 불안할 수밖에 없다. 정후라고 예외일 수 없다. 중국 역사상 황후들이 황제의 눈밖에 나 쫓겨난 사례가 얼마나 많던가? 기 황후는 예전 다나실리 황후 때문에 황제가 자신을 찾지 않았던 시절을 떠올렸다. 끝없는 절망 속에 잠을 이루지 못한 채 아침이면 머리가 한 움큼이나 빠졌었다. 밤마다 환관들의 손에 이끌려 궁에서 쫓겨나는 상상을 얼마나 많이 했던가? 그녀는 황후의 심정을 충분히 이해하고도 남았다. 같은 여자로서 측은한 마음까지 들었다. 이런 자신의 속내도 모르고 박불화가 나섰다.

"어떻게 하올지요? 모욕을 당하시고 그냥 있을 수 없지 않사옵니까?"

"황후는 어질고 온후한 분이시다. 우리가 그분의 심정을 이해해야 한다. 섣부른 행동은 하지 마라. 알겠는가?"

박불화는 말없이 고개를 숙였지만 어떤 불안이 감지되는 건 어쩔 수 없었다.

기 황후는 심호흡을 한 후 자리에 앉으려다가 갑자기 가슴을 부여잡더니 그 자리에 주저앉았다. 그리고는 심한 구역질을 했다.

"마마, 괜찮으시옵니까?"

놀란 박불화가 시녀들을 부르자 궁녀들이 달려와 기 황후의 등을 두들겼다. 최천수는 급히 나가 어의를 데려왔다. 기 황후의 진맥을 짚던 어의가 갑자기 크게 고개를 숙이며 말했다.

"감축 드리옵니다. 마마께서 수태를 하셨나이다."

"무엇이라, 그게 정말이냐?"

"그러하옵니다. 맥이 빠르고 급한 것이 수태하신 게 분명하옵니다."

박불화와 최천수는 가슴을 쓸어내리며 환한 표정이 되어 고개를 숙였다.

"감축드리옵니다. 황후 마마."

이 소식은 곧장 어전의 황제에게도 전해졌다. 황제는 매우 기뻐하며 즉시 홍성궁으로 행차했다.

같은 시각. 황후전으로 백안홀도 황후가 돌아오는 것을 보고 합마가 얼른 달려나갔다. 그는 여태 황후를 기다리고 있었다.

"기 황후가 어떤 반응을 보이던가요?"

"만만치 않더군요. 내가 그렇게 매섭게 몰아쳐도 겸손하게 고개만 숙이는 것이……. 트집을 잡으려도 좀체 틈이 보이지 않더란 말입니다."

합마는 얼굴을 실룩이며 고개를 끄덕였다. 그의 얼굴빛은 검고 이마에 주름이 가득 패어 있었다. 아래턱이 빠르고 눈초리가 위로 올라간 데다 눈이 가늘어 약삭빠른 인상을 주었다. 숱이 많지 않은 수염은 옆으로 가늘게 퍼져 있어 마치 쥐를 연상케 했다.

합마의 어머니는 황제 영종의 유모였다. 그 덕택에 동생 설설과 함께 황궁에 들어올 수 있었고, 지금은 예부상서로 순제의 심복이기도 했다. 그의 동생 설설은 집현학사(集賢學士)라는 직위에 있었다. 합마의 권세는 만만치 않았으나 그에 만족하지 못했다. 백안을 몰아내고 새로운 권력으로 떠오른 탈탈에 대해 불만이 많았다. 기 황후가 탈탈을 신뢰하는 것을 본 그는 궁 내에 별다른 세력이 없는 백안홀도 황후에게 다가가 기 황후를 험담하며 두 황후 사이를 이간질하고 있었다.

그러는 사이 환관이 급히 들어와 아뢰었다.

"황후 마마, 큰일 났사옵니다."

"무슨 일이기에 그리 호들갑이냐?"

환관은 잠시 망설이다가 황후의 눈치를 살피며 입을 열었다.

"기 황후께서 수태를 하셨다 하옵니다."

"뭐야, 기 황후가 둘째를 가졌다?"

"방금 황제께서 그 소식을 듣고 크게 기뻐하셨다 하옵니다."

듣고 있던 합마가 나서며 정후를 더욱 자극했다.

"기 황후가 둘째까지 낳게 되면 마마의 입지는 더욱 흔들릴 것이옵니다. 빨리 서두르셔야 합니다."

"미천한 고려의 공녀로 황후의 자리까지 오른 자요. 그렇게 호락호락 넘어가진 않을 겁니다."

"황상의 애총을 한 몸에 받고 있는 데다 둘째 황자까지 생산할 판입니다. 만약 첫째 황자가 황태자가 된다면 정후 자리마저 위태할지 모릅니다."

"어찌 감히 천한 고려 것이 우리 대원 제국의 정후 자리를 넘본단 말입니까?"

"하지만 지금 상황은 모두 기 황후를 중심으로 돌아가고 있지 않습니까? 대신들까지 기 황후의 눈치를 보고 있으니……."

백안홀도 황후는 고개를 내저으며 낯빛을 흐렸다. 그러자 합마가 황후의 눈치를 슬쩍 살피며 말끝을 흐렸다.

"기 황후를 몰아낼 방법이 하나 있긴 하온데……."

"어떤 방법이오?"

문득 황후의 눈이 커졌다.

"우리가 힘이 약하면 우리를 도울 자를 찾으면 되지 않습니까? 우리 편으로 만드는 겁니다."

"우리 편?"

합마가 흐물거리는 웃음과 함께 어조를 낮추었다.

"아직 늙은 여우가 한 마리 있지 않습니까?"

"늙은 여우라?"

백안홀도 황후는 낮게 중얼거리며 고개를 끄덕였다.

2

기 황후는 회임을 하자 철저한 금욕생활을 했고, 조용히 묵상하며 아름다운 것만 보고 아름다운 얘기만 들었으며, 아름다운 것만 말하기 위해 애썼다. 또한 시(詩)·서(書)·화(畵)를 즐기며 황후와 태아의 심리적 안정을 위해 노력했다. 그녀는 조용하고 평화로운 곳을 찾아다니면서 심리적 안정을 취하고, 호궁(胡弓)이나 이호(二胡) 등 은은한 궁중음악을 들었는데 이는 태아의 정서발달을 돕기 위함이었다. 회임한 지 6개월이 지나자 기 황후는 당직 환관이나 나인들과 모의글방을 차리고 《천자문(千字文)》과 《명심보감(明心寶鑑)》을 낭독하도록 시켰다. 이는 태아 때부터 덕을 쌓고 바른 길을 가르쳐 총명한 군주로 키우기 위한 황실의 엄격한 태교법 중 하나였다.

한편, 백안이 축출되고 연첩고사까지 죽임을 당하면서 불안했던 조정도 차츰 안정을 되찾아갔다. 하지만 원나라 전국의 정세는 혼란이 더욱 가중되고 있었다. 백련교(白蓮敎)를 중심으로 한인들이 조직적인 반란을 일으키며 그 세를 넓혀갔다. 거기다가 황하가 범람하면서 전답은 물론이고 대운하의 수로마저 마비되어 운하의 기능이 마비되었다. 이에 따라 하북 지방의 식량공급이 원활하지 못하여 백성들, 특히 한인들의 고통이 말이 아니었다. 민심은 뒤숭숭했고 조정에 대한 불만도 커갔다. 탈탈은 민심을 안정시키기 위한 대책을 어전회의에 내놓았다.

"백안이 폐지했던 과거제도를 속히 부활하셔야 합니다."

이런 그의 주장은 놀랄 만큼 파격적인 것이었다. 역대 중국 왕조에서 민족적인 억압 정책을 원나라만큼 심하게 한 적은 없었다. 그들의 억압 정책은 숨통을 죄는 듯 가혹했다. 원나라의 군주들은 그들의 지배권을 확립하기 위해 몽고인, 색목인, 한인, 남인의 순서로 엄격한 등급을 정한 뒤 행정·군사의 요직은 모두 몽고인이 차지하고, 부족한 인원을 고려인이나 색목인으로 보충했다.

순제는 집권 초기에 폐지되었던 과거제도를 부활시켰었다. 원래 취지는 향학 풍토를 조성하고 중국의 전통을 이해하는 몽고의 정치가를 등용하기 위해서였다. 하지만 과거에 응시하는 사람은 한족들과 고려인뿐이고, 몽고인은 응시하는 사람조차 없었다. 그러자 차츰 조정에는 한인들과 고려인들의 비중이 늘어갔다. 특히 고려인은 학문에 두각을 보이며 조정의 요직을 차지하고 그 위세를 떨치기도 했다. 이는 기 황후에게도 큰 힘이 되었다. 과거를 통해 조정에 들어온 신하들이 이후 기 황후를 중심으로 고려파(高麗派)를 형성한 것이다. 그러자 백안이 과거를 폐지시켰는데 탈탈이 이를 부활시킬 것을 주장하고 나선 것이다. 물론 다른 신하들의 반발도 만만치 않았다.

"과거제도를 부활하면 수많은 한족들과 고려인이 응시할 것입니다. 그들이 과거제를 통해 관리의 자리에 오르면 우리 원나라는 뿌리까지 흔들릴지 모르옵니다."

"민심을 안정시키는 것이 우선입니다. 한인들을 억누르고 감시하기보다는 과거제를 부활시켜 그들을 달랠 필요가 있습니다."

이처럼 과거제를 놓고 대신들 간에 치열한 공방이 오갔다. 대부분의 대신들은 몽고족이었다. 자신의 기득권이 흔들릴 것을 두려워하여 과거제를 반대하는 자가 더 많았다. 과거제가 없어야만 자신들뿐만 아니라 그 자손들도 쉽게 관리에 오를 수 있기 때문이었다. 하지만 황제는 쉽게 탈탈의 손을 들어주었다.

"여러 곳에서 한족들이 봉기를 일으키고 있소. 과거제를 실시해서 그들을 달래고, 또한 능력 있는 관리를 등용하여 원나라를 부흥시키도록 하시오."

탈탈은 황제의 신임을 믿고 내처 여러 개혁 방안을 내놓았다. 먼저 세금제도를 개편하였다. 백안이 정권을 잡고 있을 때는 조세가 가혹하여 백성들의 고생이 말이 아니었다. 탈탈은 그런 백성들을 달래기 위해 너그러운 조세 정책을 폈는데, 세금을 감면해주고 대도성으로 올라오는 공물의 양도 줄여주었다. 또한 사람들의 억울한 누명을 벗겨주기도 했다. 백안은 자신을 배척하고 배격한 사람은 모두 역모로 몰았었다. 그들은 관직에서 박탈되는 것은 물론이고 옥사에 갇히거나 멀리 유배를 떠났다. 탈탈은 과거의 진상을 규명하고 억울하게 누명을 쓴 사람을 관직에 복귀시켰다.

한편, 그는 역사 편찬에도 많은 관심을 가져 송, 요, 금나라의 3사 편찬을 주관하기도 했다. 중국은 역대로 전 시대의 역사를 편찬하는 전통이 있었다. 하지만 원나라가 건국되면서 송, 요, 금 3왕조의 역사는 줄곧 정식 역사서로 편찬되지 않았다. 탈탈은 이 임무를 완성하고자 책임을 자임하고는 도총재(都總裁)를 맡았으며, 당시 가장 저명한 사학자인 구양현(區陽玄)과 게혜사(揭傒斯) 등을 편찬 작업에 참여하도록 했다. 이렇게 완성된 3부 사서는 후에 중국의 정사인 《이십사사(二十四史)》에 들어갈 정도로 뛰어난 역사서로 평가받았다. 《이십사사》 중 〈송사〉, 〈요사〉, 〈금사〉의 3사만이 소수민족 재상이 주편(主編)한 것이며, 한족이 아닌 소수민족 역사학자가 공동으로 완성한 것도 이 3사밖에 없었다.

이처럼 탈탈은 조정을 의욕적으로 개혁해나갔고, 몽고족뿐만 아니라 한인들에게도 높은 숭앙을 받았다. 더구나 학식과 식견을 갖추어 역사서 편찬까지 추진해나가자 문무를 고루 갖춘 재상으로 인정받아 황제의 총애를 한 몸에 받았다.

하지만 권력이 한쪽으로 집중되면 이에 불만을 가지고 견제하는 세력도 생기는 법. 그 중의 한 명이 바로 합마였다. 예전에 합마는 예부상서의 벼슬에 있으면서 서역과의 무역에도 손을 대고 있었다. 서역을 오가는 실크로드는 낙타가 없으면 거래를 할 수가 없었다. 낙타가 매우 중요하기 때문에 조정에서는 이를 사고 팔 때는 모두 신고하게 하는 등 엄격하게 감독했다. 감시가 심해지자 낙타 값은 천정부지로 솟았다. 거래가 활발하지 않으니 값이 오르는 건 당연한 일이었다. 서역과 거래를 하고 싶어도 낙타가 없어 장사를 못할 정도였다. 그런데 합마는 낙타를 조정에 신고하지 않고 몰래 사들여 높은 값으로 팔며 많은 이익을 얻어 부귀를 쌓아갔다. 얼마 후에는 아예 대도성 전체의 낙타거래를 도맡다시피 했다. 하지만 그의 이런 거래는 오래가지 못했다. 불법거래가 관리에게 적발되었고, 이는 동지추밀원사 탈탈에게 즉시 보고되었다. 탈탈은 어전회의에서 이를 황제에게 알렸다. 합마는 펄쩍 뛰었다.

"이는 저를 시기하는 모함에 불과합니다."

그렇게 변명을 했지만 증거가 워낙 명백해 그 죄를 인정하지 않을 수 없었다. 높은 관리인데도 불구하고 탈탈의 참소로 합마는 장형에 처해졌다. 수십 대나 곤장을 맞으며 그의 살갗은 다 벗겨졌다. 그때 시종의 부축을 받으며 합마는 이빨을 부드득 갈았었다.

"내 이 원수를 반드시 갚을 것이다."

3

탈탈은 동지추밀원사로서 있는 힘을 다해 국사를 돌보았다. 반역을 진압한 죄로 그의 집안사람들이 모두 높은 벼슬자리에 올랐으나, 그는 승진을 극구 마다한 채 그 자리를 지켰다.

이처럼 탈탈은 겸손하고 공명정대했으나 그의 아비 마찰이태는 그렇지 못했다. 조정의 최고자리인 우승상이 되고 나자 그의 욕심은 더 커져갔다. 그는 수단과 방법을 가리지 않고 재물을 모았으며, 이는 장사꾼 못지않았다.

마찰이태는 먼저 통주(通州)에 있는 조방주관(糟坊酒館)이란 술집을 개업하여 술을 도매하였다. 그곳은 매일 술 1만여 석이 거래될 정도로 큰 곳이었다. 이것도 부족하여 회남(淮南)과 장로(長蘆)에 소금을 팔기도 했다. 당시 소금은 개인이 사사로이 거래할 수가 없었다. 나라에서 관청을 설치하여 전매를 통해 그 거래를 엄격히 통제했다. 때문에 개인들이 불법적으로 거래하는 사염(私鹽)은 그 가격이 높아 많은 이익을 남길 수 있었다. 이 사염 거래에 마찰이태가 끼어든 것이다. 그는 소금 장사를 벌였는데, 그 규모가 너무 커서 관청의 것보다 더 클 정도였다. 그러다보니 각 지방의 관리들이 불만을 품고 조정에 투서를 하고 상소를 보내기도 했다. 하지만 조정에서는 아무런 반응이 없었다.

마찰이태가 최고 실권자 탈탈의 아비이기 때문에 누구도 쉽게 나설 수 없었다. 이런 소문은 기 황후의 귀에도 들어갔다. 그녀는 회임한 동안에도 조정 돌아가는 상황에 늘 관심을 두고 있었다. 이 소식을 기 황후에게 전하는 박불화의 얼굴엔 오히려 화색이 돌고 있었다.

"이참에 탈탈을 견제하는 게 어떻겠습니까? 자고로 권력이 한쪽으로 몰리면 부패하게 마련이옵니다. 그 권력을 분산시켜야 하지 않겠사옵니까? 백안과 같은 전철을 밟을 수는 없사옵니다."

하지만 기 황후는 고개를 내저었다.

"탈탈은 당기세나 백안과는 다른 인물이다. 그렇게 자극할 필요까지는 없을 것이야."

"하오나 이대로 놔둘 수만은 없는 상황이 아니옵니까? 그 아비 마찰이태의 행악은 이미 도를 넘어서고 있사옵니다."

"그건 옳은 소리다. 일이 더 크게 번지기 전에 자네가 나서서 조용히 마무리하게나."

"조용히 마무리한다면?"

박불화가 턱을 앞으로 내밀자 기 황후는 간단하게 눈짓을 해보였다.

"알겠사옵니다. 마마."

그렇게 일러놓고 기 황후는 흐린 표정으로 고개를 내저었다.

"그것보다는 고려가 더 걱정이구나."

"고려라 하오시면?"

"내 오라버니 말이야. 그분은 원래 야심이 많고 성정이 거칠어. 나를 등에 업고 덕성부원군에 올랐으니 눈 아래 보이는 게 없으시겠지. 백성들의 원성을 살까 두려운 게야."

기 황후는 끌끌 혀를 찼다.

그녀의 예상은 크게 틀리지 않았다. 덕성부원군 자리에 오른 기철은 정동행성을 자신의 사조직으로 만들며 그 기반을 넓혀가고 있었다.

정동행성은 원래 원나라가 일본 원정을 위해 전방 사령부로 고려에 설치한 기관이다. 그러나 일본 원정이 실패로 돌아가면서 고려의 내정을 통제하기 위한 기관으로 변질되었다. 정동행성의 총 책임을 맡은 승상은 고려 국왕이 겸했지만, 승상 바로 아래에 있는 참지정사 기철이 실질적으로 정동행성을 좌지우지하고 있었다.

정동행성은 원나라 관제의 하나였기에 그 세력은 만만치 않았다. 독자적인 관사 건물을 가지고 있을 뿐 아니라 관원이 수백 명을 헤아렸고 자체에 옥(獄)도 있었다. 원나라의 제실에 관련된 죄인이나 원나라의 세력에 항거하는 사람들을 자체 행성옥(行省獄)에 가두고 심문할 수도 있었다.

또 원나라의 다른 행성들과 마찬가지로 이문소가 있었다. 본래 이문소는 개경에서 발생한 대원 관계의 범죄 행위를 다스리는 업무를 맡았다. 그러나 기철이 정동행성의 최고 책임자가 되면서 타락한 토호들의 불법과 전횡을 옹호함과 동시에 반원 세력을 억누르는 기관으로 변질되기 시작했다.

기철은 정동행성의 막강한 권한을 바탕으로 충혜왕을 압박해왔다. 그는 수시로 조정에 들어가서 상소를 올렸다.

"속히 정동행성을 원나라에 입성시켜야 합니다. 또한 고려에 군현을 설치하여 나라의 안위를 보전해야 합니다."

"고려를 원나라의 속국으로 삼자는 말이오?"

"행성이란 원 제국의 지방 행정 단위 아니옵니까? 원래의 취지로 돌아가는 겁니다."

"경은 우리 고려를 원나라에 그대로 바치겠다는 거요?"

"바치는 게 아니지요. 천하의 중심인 원나라와 하나가 되면 그 어떤 나라도 우리 고려를 넘보지 못할 거란 말입니다."

"그게 바로 고려를 원나라에 바치는 게 아니고 뭐란 말이오?"

"우린 실리만 챙기면 되는 것입니다. 원나라의 일부분으로서 권한은 모두 누리고, 그러면서 고려로서의 자주성도 찾으면 될 것입니다."

충혜왕은 기철의 상소가 어이없었지만 드러내놓고 반대하지는 못했다. 그의 뒤에는 기 황후가 있기 때문이었다. 충혜왕은 기철의 속셈을 잘 알고 있었다. 정동행성을 원나라의 한 행성으로 삼는다 함은 곧 원이 직접 고려를 다스린다는 뜻이고, 그렇게 되면 행성의 수장인 그가 실질적인 왕이 되는 것이다. 물론 그렇게 되면 고려라는 나라는 아예 없어지고 만다. 실제로 기철은 막강한 배경과 권세를 업고 친원 세력을 넓혀가고 있었다. 조정의 권신들을 돈과 권력으로 포섭하여 자신의 사람으로 만들었다. 충혜왕의 심복들도 이를 잘 알고 있었다. 그렇지 않아도 갑작스레 권력을 잡은 기철을 시기하고 있던 터에 그 부하들까지 날뛰는 모습은 눈뜨고 볼 수 없었다. 그들은 수시로 왕에게 연명 상소를 올리고 있었다.

"기철은 불충한 자이옵니다. 엄단하셔서 국법의 지엄함을 보이소서."

"생각 같아선 나도 그러고 싶소."

"그렇다면 뭘 망설이십니까?"

"그게 간단한 문제가 아니란 걸 경들도 잘 알지 않소?"

"차제에 엄하게 다스려 국가의 안위를 해치는 자들에게 세세토록 거울을 삼게 하여야 옳을 줄 아뢰오."

"조금만 기다려 봅시다. 적당한 때가 오면 그를 내칠 것이오."

충혜왕은 기철 일당을 처단해야 한다는 대신들의 완강한 호소를 물리치느라 진땀을 뺐다. 기철은 적어도 자신이 손댈 수 없는 존재였다. 국왕의 지위를 뺏기고 원나라에 끌려가 옥에 갇혀 있을 때, 복위를 인정하며 다시 고려로 보낸 것은 바로 그의 누이 기 황후 덕택이었다. 왕은 기철의 눈치를 볼 수밖에 없었다.

그동안 기철은 정동행성의 체제를 자신의 권력을 뒷받침하는 데 기여할 수 있도록 개편했다. 마치 사조직을 방불케 할 정도였다. 거기에다 수백이 넘는 사병(私兵)까지 길러 자신을 호위케 했다. 그 권세가 국왕을 뛰어넘을 정도였다.

어느 정도 세 불리기에 자신감을 얻은 기철은 어느 날 난데없이 국왕에게 함께 사냥할 것을 청했다. 충혜왕은 내키지 않았지만 그의 요청을 받아들일 수밖에 없었다.

충혜왕은 심복과 군사를 거느리고 개경 부근의 덕수현(德水縣) 마제산(馬蹄山)으로 사냥을 나갔다. 왕은 권세를 높게 보이려고 홀적(忽赤)과 응방(鷹坊)을 거느리고 갔다. 그러나 사냥터에 도착한 왕은 놀라지 않을 수 없었다. 기철이 거느리고 온 사병과 호위군사가 자신보다 훨씬 많았고, 사냥을 돕는 시종의 규모도 훨씬 컸기 때문이었다. 왕을 위한 것이 아니라, 마치 기철을 위한 사냥에 자신이 들러리를 선 것 같은 기분이 들었다.

"어서 오시지요. 국왕 폐하!"

기철은 검붉은 색에 윤기가 흐르는 몽고마에 올라타더니 충혜왕과 말머리를 나란히 했다. 왕은 어이가 없기도 했고 한편 분했지만 그걸 내색하진 않았다. 말머리를 나란히 하는 건 곧 동격을 의미하는 것이다. 기철이 자신과 맞먹으려고 일부러 그러는 것이 분명했다. 하지만 왕은 이를 악물며 참았다. 주위의 심복들이 들고일어나려는 걸 겨우 만류할 정도였다.

그러다가 충혜왕의 분노가 폭발해버린 사건이 결국 터지고 말았다. 사냥이 무르익을 무렵 왕은 나무 뒤에서 풀을 뜯고 있는 큰 사슴 한 마리를 발견하고 말을 멈췄다. 재빨리 활통에서 화살을 꺼내 시위에 당겨 막 쏘려는데 갑자기 사슴이 앞으로 퍽 쓰러지는 게 아닌가? 자세히 보니 화살을 맞고 쓰러져 있었다. 주위를 둘러보자 옆에서 큰 웃음소리가 들렸다.

"하하하. 제가 한 발 빨랐습니다."

기철이 활을 든 채 웃고 있었다. 그는 왕이 활을 쏘려는 걸 뻔히 알면서 사슴을 맞춘 것이다. 마침내 왕이 버럭 소리를 내질렀다.

"이보시오, 덕성부원군! 그 사슴을 경이 먼저 맞추려 했던 것이오?"

"먼저 맞히는 사람이 임자가 아닌가요?"

그러자 왕의 심복인 밀직부사(密直副使) 최안우(崔安雨)가 나섰다.

"무엄하오. 어딜 감히 국왕 폐하의 사냥감에 손을 대는 게요?"

기철의 심복도 가만있지 않았다. 채하중(蔡河中)이 앞으로 나서 최안우에게 다가갔다.

"네깐 놈이 무엇이기에 우리 대감께 소리치는 것이냐?"

"무엇이라?"

화가 난 최안우가 칼을 빼들며 채하중을 위협했다. 그러자 기철의 군사들이 일제히 칼을 빼들고, 왕을 호위하는 병사들도 창과 칼을 들었다. 팽팽한 긴장감이 감돌았다. 서로 칼을 겨누며 싸움이라도 벌일 기세였다. 주위의 군사들도 일제히 둘로 나뉘어 서로 칼끝을 겨누었다. 험악해진 분위기를 누그러뜨린 자는 바로 기철이었다. 그는 호탕하게 웃기 시작하더니,

"하하하. 내가 잘못했소이다. 이 사슴은 국왕께서 가지시지요."
하고는 사슴을 충혜왕 앞에 툭 던져놓고 가버렸다. 그의 심복들도 칼을 거두고 뒤를 따랐다. 왕의 군사들이 칼을 들어 치려는 것을 왕이 제지시켰다. 하지만 분은 여전히 풀리지 않았다. 왕은 핏발 선 눈을 둥그렇게 뜨고 있었다. 얼굴 근육이 부들부들 떨렸으며 관자놀이엔 푸른 힘줄이 돋았다.

그날 이후 왕은 기철에 대한 반감을 노골적으로 드러냈다. 그가 상소를 올리면 읽어보지도 않았고, 어전회의에서도 그의 말을 일부러 무시해버렸다.

기철도 왕에 대한 불만이 쌓여갔다. 그는 왕을 아예 몰아낼 궁리까지 하고 있었다. 왕의 횡포와 포악함이 극에 이르렀기 때문이다. 왕은 정사는 돌보지 않고 음행을 일삼아 백성들의 원성을 듣고 있었다.

자신의 서모인 경화공주(肅恭徽寧公主)와 수비 권씨(壽妃權氏)를 강간한 그였다. 그것도 모자라 신하들의 부인을 차례로 능욕하기도 했다. 예천군(醴泉君) 권한공(權漢功)의 둘째 처인 강씨를 궁중에 데려와 강간했으며, 내시 전자유의 집에 갔다가 그의 처를 욕보이기도 했

다. 임홍보의 시비와 간음을 하는가 하면, 배전(裵佺)이 원나라 사신으로 가고 없는 사이 그의 처와 그의 동생 금오의 처를 차례로 강간했다. 또 만호(萬戶) 전찬(全贊) 이포공의 처를 욕보이고 그것도 모자라 귀양까지 보냈다.

충혜왕의 악행은 이러한 음행에만 그치지 않았다. 매일같이 연회를 베풀고 사냥과 수박희(手搏戲)를 즐기는가 하면, 어느 날 밤에는 민천사 누각에 올라 비둘기를 잡으려다 횃불이 옮겨 붙어 누각을 몽땅 태운 일이 있었다. 또한 자신의 연회장을 만들기 위해 민가 백여 채를 철거하고 백성들의 토지와 재산을 강탈하기도 했다.

연회장뿐만 아니라 새로 궁궐을 짓기 위해 백성들을 강제로 동원하기도 했다. 그는 공사장 담장에 올라가 직접 노역을 감독하기도 했으며, 궁궐이 완공되자 각 도에서 칠을 거두어 들여 단청을 했다. 이때 단청의 안료를 수송하는 기한이 늦어지면 그 몇 곱의 값에 해당하는 베를 징수하여 백성들의 원성이 자자했다.

기철은 충혜왕의 이러한 행악을 소상히 기록해두고 있었다. 때를 기다렸다가 그의 행적을 원나라에 알려 쫓아내려는 심산이었다. 그는 수시로 원나라의 대도성에 사람을 보내 기 황후에게 연락을 했다. 고려의 실정과 더불어 충혜왕의 횡포를 낱낱이 알린 것이다.

4

기 황후는 기철이 보낸 서찰을 읽으며 착잡한 표정을 지어 보였다.

함께 있던 박불화도 내용을 짐작하는 터라 옆에서 거들었다.

"마마, 이 참에 덕성부원군의 뜻대로 하심이 어떠하올지요?"

"정동행성을 원의 한 행성으로 편입하잔 말인가?"

"그러하옵니다."

"고려를 원나라에 아예 편입시키자?"

"못할 것도 없지 않사옵니까? 고려는 마마와 저를 이곳에 버린 나라이옵니다. 게다가 고려의 권문세족들은 지금 부패할 대로 부패해 있습니다. 원나라에 두시어 마마께서 직접 다스리는 것이 오히려 고려에 도움이 될까 하옵니다."

"자네 말은 우릴 버린 고려에 복수하잔 말이 아닌가?"

박불화는 말없이 고개를 끄덕였다. 기 황후는 눈을 감은 채 한 손으로 턱을 매만졌다. 박불화의 이야기를 들으니 공녀로 끌려와 이곳에서 겪었던 일들이 병풍처럼 하나하나 펼쳐지며 아득히 떠올랐다. 나라의 딸들을 제대로 지키지 못해 순순히 타국에 바쳤던 무능하고 허약한 나라, 또 이곳에서 고려인이기 때문에 받아야 했던 그 많은 모멸과 치욕을 그녀로서는 결코 잊을 수 없었다. 시련을 겪을 때마다 작고 약한 나라에서 태어났던 것을 얼마나 한탄했던가? 고려인이 아니었다면 쉽게 황후의 자리에도 올랐을 것이며, 정후의 자리도 바로 자신의 것이 되었을 것이다. 모든 고난과 시련이 고려인이라는 신분에서 비롯되었다. 하지만 지금은 그 조그만 땅, 고려를 원망하지 않았다. 오히려 생각을 긍정적으로 바꾸어 보았다. 우여곡절을 거치긴 했지만 이 자리에 오를 수 있었던 것도 고려인이라는 약점을 극복하기 위해 스스로를 단련시킨 결과가 아니던가? 아무리 부정하고 싶어도 자신은 고려인이었다.

"난 말일세, 고려왕에게 우리 같은 백성들이 얼마나 소중한지, 나 같은 공녀, 자네 같은 환관이야말로 고려를 지키는 대들보라는 사실을 앞으로 똑똑히 가르칠 거야. 우리를 타국 놈들의 수중의 노리개로, 혹은 방패막이로 내몰고 자신들의 자리보전에만 급급했던 왕실의 잘못을 직접 물을 것이야."

어느새 그녀의 촘촘하게 짙은 속눈썹이 가늘게 떨리기 시작했다. 그 눈에 언뜻 물기가 비치는 것 같았다.

"그러나 나는 대국의 황후다. 그릇은 쓰임새에 따라 크기가 다른 법. 황후란 내 사사로운 복수나 행하는 자리가 아니야. 또 상대방이 내게 행한 대로 되갚는 건 소인배들이나 할 짓이 아닌가. 대국의 황후로서 난 고려왕에게 왕실 스스로 백성을 지키지 못한 무능을 절감하고 솔선해서 나라의 틀을 바로잡게 할 것이야. 난 기필코 고려를 독립된 나라로 유지한 채 강성하고 부강한 나라로 만들 것이란 말이다. 더 이상 백성의 피와 눈물을 헛되이 쏟지 않게 하는 것이야말로 황후로서 할 수 있는 진정한 복수가 아니겠느냐?"

박불화도 그 말에 조용히 고개를 끄덕였다. 공녀로 끌려온 그녀와 마찬가지로 환관으로 온 그의 감회도 남다를 수밖에 없었다. 더구나 그는 스스로 남성의 구실까지 포기하지 않았던가? 고려에 대한 치욕과 분노의 감정은 기 황후 못지않았다. 하지만 기 황후의 속 깊고 아량 넓은 마음에 그도 동화되기 시작했다. 진정한 복수가 무엇인지, 어떻게 행하는 것이 자신을 내쫓은 고려를 향해 죄를 묻고 반성케 만드는지를 깨닫고 있었다. 박불화가 잠시 생각에 잠겨 있는데 별안간 기 황후가 인상을 찌푸리며 그 자리에 쓰러졌다. 그리고는 처절한 비명을 지르기 시작했다.

"무엇들 하느냐, 어서 어의를 부르지 않고?"

환관이 급히 어의를 부르러 간 사이, 궁녀들이 몰려와 기 황후를 침대에 눕혔다. 출산을 앞두고 진통이 시작된 것이다. 어의와 함께 출산을 돕기 위해 여러 명의 의녀들이 함께 왔다. 두 번째 출산이라 산통은 그리 크지 않았다. 몇 식경이 지난 뒤 드디어 기 황후는 둘째를 순산했다. 이번에도 아들이었다. 황제는 매우 흡족해하며 아이에게 탈고사첩목아(脫古思帖木兒)라는 이름을 지어주었다. 둘째 아들도 형인 애유식리달렵 못지않게 몸이 크고 이목구비가 뚜렷했다.

출산을 한 기 황후는 번잡한 흥성궁 대신 별궁에서 충분한 휴식을 취하며 조정의 일을 멀리하고 심신을 안정시켰다. 하지만 둘째를 낳은 지 한 달도 채 되지 않아 긴박한 소식이 그녀에게 날아들었다. 휘정원의 고용보가 급히 달려왔다.

"마마, 큰일났사옵니다."

고용보는 황태후가 맡고 있던 휘정원의 재정을 책임지고 있는 관리였다. 황태후가 유폐되면서 휘정원의 실질적인 주인은 고용보나 다름없었다. 원사인 독만질아가 있긴 하나 그는 노환이 깊어 실질적인 사무에서 물러난 상태였다. 고용보가 급히 달려와 숨을 헐떡이자 박불화가 조용히 말했다.

"황후 마마께서는 안정을 취하셔야 하네. 급한 소식이 아니면 그냥 물러가게나."

박불화가 겨우 숨을 진정하며 말했다.

"정말 중요한 소식입니다."

듣고 있던 기 황후가 물었다.

"그래, 무슨 소식인데 그러느냐?"

"후궁의 별원(別院)에 유폐되어 있던 황태후께서 풀려났다 하옵니다. 뿐만 아니라 복위되어 황태후의 지위를 그대로 유지하신다 하옵니다."

"무엇이라? 태후는 모반의 주모자 격으로 중죄인이지 않느냐? 그런데 어찌 복위할 수 있단 말이냐? 황상께서 직접 내리신 명이더냐?"

"그러하옵니다."

문득 그녀의 얼굴에 낭패감이 서렸다. 침통함과 불안이 뒤섞인 얼굴로 가늘게 중얼거렸다.

황태후가 복위를 했다?

불안한 예감을 느낀 기 황후의 이마에는 어두운 그림자가 선명하게 드리워졌다. 어금니를 꽉 깨물고 관자놀이를 씰룩이는 것이 무언가 깊은 생각에 빠진 듯했다.

그 시각. 별원에서 나온 황태후는 황후전에서 백안홀도 황후를 만나고 있었다. 황후전은 황제가 정무를 보는 연춘각과 지척의 거리에 있으나 황제의 행차가 거의 없어 항상 적막감이 감돌았다. 더구나 정후에게는 마음을 나눌 친정붙이 마저 없으니 황후전이라고 해야 가마가 들고 나는 일이란 몇 해가 지나도록 거의 없었다. 그런데 얼마 전부터 합마를 태운 교여가 드나들기 시작하면서 황후전에도 약간의 활기가 돌았다. 오늘은 아침부터 화려하게 치장한 황태후의 가마가 당도했다.

　백안홀도 황후를 찾은 황태후는 그녀의 손을 맞잡고 눈물을 흘렸다.
　"오늘의 은혜를 절대 잊지 않을 것이오."
　황후는 고개를 내저었다.
　"은혜라니요? 이 모든 게 저기 계시는 예부상서께서 계획하신 일입니다."
　백안홀도 황후는 옆에 있는 합마를 가리켰다. 합마는 미묘한 표정으로 웃어 보이며 앞으로 나아왔다.
　"복위하신 것을 감축 드리옵니다."
　"내 그대의 은혜를 잊지 않겠소."
　황태후는 다시 시선을 정후에게 돌렸다.
　"그런데 어떻게 날 그 지긋지긋한 별원에서 나오게 도우셨소?"
　"그것도 여기 계신 예부상서께서 그 방법을 알려주셨답니다."
　정후는 합마를 돌아보며 웃어 보였다.
　"어제 저더러 황상 폐하를 찾아가라고 하더군요."
　그녀는 어제 있었던 일을 황태후에게 말하기 시작했다.

5

　"아니 황후께서 여긴 웬일이오?"
　황제는 마침 전국 각지에서 올라온 상소를 읽고 있던 참이었다. 그 내용이 너무 많아 잠시 눈을 쉬고 있는데 황후가 들어온 것이다. 그녀가 직접 황제를 찾은 것은 매우 드문 일이었다. 기 황후가 제2황후로 책봉되고부터 황제는 아예 잠자리를 그 쪽으로 옮겨버렸다. 백안홀도 황후와 황제는 얼굴을 볼 일이 거의 없었다. 가끔 공식적인 연회나 행사에 정후의 자격으로 참석할 때만 나란히 할 정도였다. 백안홀도 황후는 평소 품성이 어진 데다 검소하고 소탈하여 황제 또한 크게 신뢰하고 있었다. 다만 여자로서의 매력이 떨어져 잠자리를 자주 하지 않을 뿐이었다. 그래서 황제는 늘 그녀에게 미안한 감정이 많던 터라 보고 있던 집무를 뒤로 미루고 오랜만에 황후와 차를 마시기로 했다.

궁녀가 차를 가져오고 두 사람은 그동안 궁내에서 일어났던 여러 이야기를 나누었다. 시간이 조금 지나 서먹함이 풀리자 차를 마시던 황후의 손이 미세하게 떨리더니 이내 고개를 푹 숙여버리는 것이었다. 어느새 그녀의 뺨에는 한 줄기 눈물이 흐르고 있었다. 황제가 놀란 얼굴로 물었다.

"아니, 황후! 왜 갑자기 눈물을 보이시는 게요?"

"아닙니다. 폐하."

"무슨 일이라도 있는 게요? 말씀을 해보시구려."

황제가 재촉했지만 백안홀도 황후는 흐느낌을 멈추지 않았다. 옷자락으로 눈물을 닦으며 겨우 말을 이었다.

"오늘 우연히 후궁을 거닐다가 별원을 지나게 되었습니다."

"별원에서 무슨 일이 있었던 게요?"

"거기서 황태후 마마를 뵈었습니다."

"황태후께서 거기에 갇혀 있었단 말이오?"

황제는 그제야 황태후를 별원에 유폐시킨 것을 기억해냈다. 자신이 명을 내려놓고도 여태 까맣게 잊고 있었다.

"그러하옵니다. 별원의 문을 열어 황태후 마마를 뵈었는데 도무지 두 눈으로 볼 수가 없었사옵니다. 황실 어른으로서의 기품은 어디에도 없고, 늙고 병든 노파의 모습만 남아 있었습니다."

백안홀도는 아예 흐느끼기 시작했다.

"차마 그 모습을 볼 수가 없는지라……. 언젠가는 저도 그런 신세가 될지도 모르지요."

"무슨 소리를 하는 게요? 황후가 어떻게 그렇게 될 수 있단 말이오?"

"사람의 일이란 모르지 않습니까? 아무튼 황태후마마를 더 이상 거기에 모셔둘 순 없는 노릇입니다."

황제는 안타까운 표정으로 고개를 끄덕였다.

"알았소. 내 오늘 당장 별원에 가볼 것이오."

황태후는 후궁 한쪽의 별원에 갇혀 지내고 있었다. 별원이라 하면 듣기에는 그럴싸하지만 후궁 안에서도 가장 후미진 구석이었다. 울창한 나무숲에 가려 종일토록 햇빛 한 점 들지 않는 어두운 뒤뜰 한 구석에 별채로 지어진 음습한 사가였다. 이곳은 원래 중죄를 지은 궁녀나 황비를 가두기 위한 옥사였다.

황제는 그날 저녁 황후의 말을 듣고 별원을 찾았다. 주위 사람들의 눈을 의식하여 가까운 환관 두어 사람만을 대동하고 은밀하게 이곳을 찾은 것이다. 그 옥사는 개미 하나 드나들 수 없도록 굳게 닫힌 삭막한 사가였다. 태어난 이후 이처럼 험한 곳을 처음 본 황제는 안타까운 표정으로 고개를 내저었다.

황태후는 예전의 기품 있고 우아한 모습은 어디에도 찾을 수 없었고, 시중의 아낙네보다 못한 옷차림을 하고 있었다. 옷은 때에 절어 낡아 있었고, 그마저도 헤져 속살이 드러날 정도였다. 납빛처럼 하얀 피부는 거칠고 건조했으며 머리가 한 움큼씩이나 빠져 이마가 훤하게 드러났다. 눈 밑에는 검은 그늘이 드리워져 병색이 완연해 보였다.
　황태후의 모습을 보자 황제는 콧마루가 시큰해지고 눈앞이 눈물로 흐려져 자신도 모르게 그녀의 손을 꽉 잡았다.
　"건강하게 잘 지내시는지요?"
　황태후는 고개를 숙이며 그만 눈물을 쏟아놓았다.
　"황상께서 어인 일로 이 미천한 자를 찾아 계시옵니까?"
　"미천하다니요? 황태후 마마께선 이 나라의 어른이십니다."
　"어른이라······."
　황태후는 혼잣말로 중얼거리며 황제를 올려다보았다.
　"만약 지난 일을 기억하시어 이 죄인을 다시 거두어 주신다면 황상폐하께 충성을 다하겠습니다. 연첩고사까지 잃었는데 내가 무슨 미련이 더 있겠습니까?"
　황제는 어린 나이에 보위에 오른 데다 부모를 일찍 여의었기 때문에 유약하고 감정에 잘 이끌리는 편이었다. 혹독하게 황제 교육을 받는 기간을 거치지 않고 유배를 마치자 곧바로 황제에 올라 분별력 또한 부족했다. 귀가 얇아 남의 말에 잘 이끌렸고 감정에 쉽게 휘둘리는 경우가 많았다. 황태후는 그런 황제의 심성을 적절하게 이용하고 있었다. 최대한 슬픈 표정으로 고개를 숙이니 황제의 마음이 절로 움직일 수밖에.

"알겠습니다. 짐에게도 생각이 있으니…….."

황제는 원래 심약하고 마음이 약했다. 황태후는 자신의 어머니뻘이 되지 않는가? 편전으로 돌아온 황제는 즉시 황태후의 복위를 선포했다. 몇몇 신하들이 반대를 표했지만 황제의 의지를 막지 못했다.

황태후는 별원에서 나오자마자 백안홀도 황후를 찾아왔다. 두 사람은 손을 맞잡은 채 그동안 못 다한 이야기를 나누었다. 화제는 자연히 기 황후 쪽으로 옮겨갔다.

"감히 고려의 공녀 따위에게 우리 황상께서 휘둘리는 것을 두고 볼 순 없지 않은가요?"

황태후는 백안이 모반죄를 덮어쓴 것도, 그의 양아들 연첩고사가 죽은 것도 모두 기 황후가 꾸민 것으로 믿고 있었다. 그녀에 대한 황태후의 증오는 도를 넘고 있었다. 아랫입술을 세게 깨물어 피가 배어 나올 정도였고, 눈에는 갈비를 긁어 부싯돌을 댕긴 듯 검은 연기를 뿜어내고 있었다. 이에 비해 정후는 냉철한 편이었다.

"하지만 그녀는 황자를 낳았습니다. 그 아들이 황태자가 될지도 모릅니다. 만약 그렇게 된다면?"

"그 고려 년이 정후 자리까지 노릴 게 분명합니다."

"그렇겠지요. 그럼 저 또한 별원 신세를 아니 진다고 볼 수 없겠지요."

"우리 황족의 핏줄은 아주 많습니다. 그들 중에 훌륭한 황제감이 많단 말입니다."

백안홀도 황후는 고개를 내저었다.

"그건 아니 됩니다. 황상께선 자신의 핏줄을 다음 보위로 앉히길 원하십니다."

"핏줄에 연연한단 말이지요?"

황태후는 탐색하듯 황후의 얼굴을 찬찬히 바라보았다. 그리고는 입술을 앙다문 채 고개를 끄덕였다.

"그렇다면 내게도 생각이 있소이다."

"생각이라면 어떤?"

"가만히 두고 보시지요. 내가 조만간 오늘의 은혜를 갚아드리리다."

6

통주의 조방주관.

이곳은 일대에서 가장 큰 술집으로 항상 밤늦게까지 손님으로 북적댔다. 마찰이태가 밀거래로 술을 구하여 판매하므로 술값이 싼 데다 절색의 고려 여자들이 술시중을 들어 손님들이 앞 다투어 몰려오곤 했다. 멀리 회남(淮南)이나 장로(長蘆)에서까지 찾아오는 손님도 있었다. 술집은 날마다 불야성을 이루었고, 삼경이 넘어서야 겨우 문을 닫았다. 방금 마차를 타고 대도성에서 온 마찰이태는 부리는 집사가 가져온 그날의 매상장부를 받아 점검하고 있었다. 그런데 난데없이 누군가 자신을 찾아왔다.

"아니 자네가 여긴 웬일인가?"

바로 자신의 절친한 친구인 불가려(佛家閭)였다. 그는 참지정사(參知政事)의 벼슬에 있는 자로 마찰이태와 한 스승 밑에서 공부한 죽마 고우로 허물없이 이야기를 나눌 수 있는 몇 안 되는 벗이었다. 그는 마찰이태 앞에 앉으며 대뜸 이렇게 말했다.

"마지막으로 자넬 보러 왔네."

마찰이태가 놀라서 물었다.

"마지막이라니 그게 무슨 소린가? 어딜 떠나는 겐가?"

"내가 떠나는 게 아니라 조만간 자네가 어디로 떠날 것 같구면."

"난 어디로 갈 계획이 없네. 이 좋은 곳을 놔두고 어디로 간단 말인가?"

"스스로 가는 게 아니라 쫓겨날 게 염려되어 그러는 것이네."

마찰이태는 고개를 내저으며 소리를 높였다.

"그게 무슨 소린가, 우승상인 나를 누가 쫓아낸단 말인가? 누가 그런 소리를 해? 당장 혼을 내줄 것이야."

불가려는 침착하게 나직한 어조로 조용히 일렀다.

"물론 우승상이라는 자리는 조정에서 제일 높은 자리지. 게다가 자네 아들은 황상의 총애를 한몸에 받고 있는 동지추밀원사가 아닌가? 허나 그 권력이 언제까지 갈 것이라 생각하는가? 당기세 형제와 백안이 쫓겨나 죽음을 당하는 것을 지켜보지 않았는가 말이야. 자네가 재물을 모으고 있는 일은 다른 사람도 다 알고 있다네."

마찰이태가 고개를 끄덕였다.

"조방주관에서 술집을 개업한 것도?"

"내가 알 정도이니 조정의 대신들은 물론 황상께서도 벌써 듣고 계실 것이야."

"그렇다면 왜 아무 말씀을 하지 않는 것이지?"

"아마도 황상께서는 자넬 지켜보고 계실 것이네. 하지만 언제까지 지켜만 보시진 않겠지?"

"그렇다면……."

"백안과 같은 꼴을 당하지 말라는 보장도 없지. 자넨 그렇다지만 아무 죄도 없는 탈탈은 얼마나 억울하겠는가? 가문을 보전하고 아들을 살리려거든 이쯤에서 그만두게나."

마찰이태는 아들이 다칠 것이라는 말을 듣고는 안색이 확 달라졌다. 얼굴이 하얗게 변하더니 미간을 심하게 찌푸렸다. 그는 고개를 끄덕이며 결연한 표정을 지어 보였다.

"무슨 말인지 알겠네. 충고를 해줘서 고맙네그려."

그는 고맙다는 말을 연발했다.

"내가 알아서 조치를 취할 것이야."

그러면서 자신을 턱을 문지르며 물었다.

"보아하니 자네가 이 모든 걸 알고 스스로 찾아 온 것 같진 않네그려. 누가 자네에게 충고를 하라고 했던 게야?"

"바로 기 황후께서 사람을 보내시어 자넬 만나보도록 하셨네."

마찰이태가 놀라 물었다.

"기 황후께서?"

"그분은 자네 아들을 총애하고 신뢰하고 계시네. 자네로 인해 아들이 다치는 것을 보고 싶지 않으신 게야. 그래서 날 보내 이런 말을 전하게 한 것이야."

마찰이태는 감탄하며 자신의 무릎을 쳤다.

"황후께서 친히 나를 생각하시다니……."

그는 길게 심호흡을 하며 마주앉은 불가려의 손을 꼭 잡았다.

마찰이태는 그날로 통주의 조방주관을 폐업하고 남은 술은 땅에 버렸다. 회남과 장로의 소금가게도 정리하고 남은 소금은 모두 조정에 헌납했다. 그런 다음 황제를 찾아갔다.

"소인은 감히 우승상직을 감당할 자격이 없사옵니다."

황제는 놀란 목소리로 물었다.

"그게 무슨 소리요, 우승상을 감당할 수 없다니?"

마찰이태는 그동안 저지른 자신의 비리를 모두 실토했다. 거대한 술집을 차려 술을 밀거래한 사실과 사염을 사들인 것까지 모조리 황제에게 고한 것이다. 그리고는 이마를 바닥에 찧었다.

"소인을 죽여주옵소서."

그러자 황제는 용상에서 일어나 단 아래로 내려갔다.

"아니오. 역시 충신의 아비에 충신의 아들인 것 같소. 내 그대의 진정을 모르지 않소이다."

그리고는 몸을 일으켜 주었다. 그날 오전에 황제는 긴급히 어전회의를 열었다. 그는 문무백관이 모인 자리에서 크게 외쳤다.

"나는 일찍이 우승상 마찰이태같이 겸손하고 정직한 신하를 본 적이 없소이다. 그는 자신의 작은 실수들을 짐에게 모두 실토하고 관직까지 내놓았소. 이에 짐은 기쁘기 그지없소. 하여 그에게 우승상 대신 태사(太師)의 관직을 내리고 동시에 충왕(忠王)에 봉할 것이오."

"황은이 망극하옵니다."

모든 신하들이 고개를 숙이며 황제의 명에 따랐다.

"또한 그 아들 탈탈을 아비 대신 우승상 자리에 봉하노라."

대부분의 문무 대신들은 황제의 뜻에 동의했다. 하지만 몇몇 신하는 겉으로 표현하지는 않았지만, 그 조치에 내심 불만을 가지고 있었다. 대표적인 인물이 바로 선휘사(宣徽使) 별아겁불화(別我怯不花)였다.

별아겁불화는 하관이 빠르고 얼굴이 전체적으로 작아 보였다. 두 눈썹이 유난히 더부룩한데 왼쪽 눈썹에는 작은 흠집이 있었다. 얼른 보아서는 잘 알 수 없을 정도의 실오라기 같은 가느다란 흠집이 눈썹을 두 쪽으로 갈라놓으며 아래로 뻗어 내렸다. 두리뭉실한 턱에도 길고 가느다란 흠집이 깊숙이 자리잡고 있었다. 별아겁불화는 그 흠집을 변방의 반란군을 제압하다 입은 상처라고 떠들고 다녔지만 아직 확인된 바 없었다. 시장의 무뢰배와 칼부림을 하다 상처를 입었다는 말이 있을 정도로 그는 성정이 거칠고 야비했다.

별아겁불화는 평소 탈탈과 그 아비 마찰이태에 대한 반감이 많았다. 자신보다 낮은 벼슬에 있던 자들이 반란을 진압한 공로로 졸지에 높은 자리에 오른 게 여간 마뜩찮았다. 때문에 마찰이태의 추문을 듣게 된 별아겁불화는 그의 죄상을 자세히 모으기 시작했다. 그것들을 가지고 황제에게 상소를 올리려던 참에 마찰이태가 스스로 자백해버리고 만 것이다.

"하루만 더 빨리 상소를 올렸더라면……"

그는 못내 아쉬운지 고개를 숙인 채 이를 갈고 있었다. 별아겁불화는 야심이 많은 자였다. 순제의 아버지인 명종과는 각별한 사이였다. 명종이 오지에서 유배 생활을 하고 있을 때 늘 함께 수행하면서 신임을 받아왔다. 때문에 순제에게도 아낌을 받는 인물이었지만, 자신의 벼슬인 선휘사 자리가 낮아 늘 불만이었다. 그러던 차에 마찰이태가 우승상 자리를 그만두자 내심 자신에게 그 자리가 돌아올 것을 기대했다. 그런데 그 아들 탈탈이 우승상이 되어버린 것이다.

어전회의를 마치고 나서는 별아겁불화의 얼굴은 벌겋게 상기되어 있었다. 내색하지 않으려 했지만 가슴에서 올라온 울화를 다스리기 힘들 정도였다. 그의 표정을 자세히 지켜본 사람은 바로 합마였다. 그는 별아겁불화의 팔을 이끌며 낮은 소리로 말했다.

"잠시 저랑 이야기 좀 하시지요."

두 사람은 어전을 나와 황궁 한쪽의 정원에 마주섰다. 합마가 별아겁불화의 표정을 슬쩍 살피며 먼저 말을 건넸다.

"도대체 탈탈 같은 자가 우승상에 오르다니 말이나 되는 소립니까?"

"그러게 말입니다. 그자는 일개 무관에 불과한 자였습니다. 그런데 지금은 황상의 은총을 독차지하고 있어요."

합마는 이전에 낙타를 몰래 밀거래하다 탈탈에게 걸려 호되게 당한 적이 있었다. 예부상서의 자리에 있으면서도 장형에 처해져 매를 크게 맞았다. 그 때문에 보름을 꼬박 집안에서 몸을 추슬러야만 했다. 탈탈에 대한 그의 반감은 별아겁불화 못지않았다. 하지만 그는 꾀가 많고 약삭빠른 자였다. 자신이 직접 나서서 복수하진 않았다. 뒤탈을 염려한 그는 자신이 나서는 대신 이렇게 다른 사람을 충동질하고 있었다.

"그자가 백안처럼 되지 말라는 보장도 없어요. 그 권력이 커질수록 우리를 업신여길 게 분명합니다."

"가만히 놔둬서는 안 되지요. 아무도 그를 견제할 사람이 없어 문제라는 겁니다."

그러자 합마가 고개를 내저었다.

"제게 한 가지 방법이 있긴 한데……."

"무슨 계책이라도 있는 겝니까?"

그러자 합마가 주위를 휘둘러보고는 목소리를 낮추어 이야기했다. 듣고 난 별아겁불화는 여전히 믿기지 않는 표정이었다.

"그게 과연 가능할까요?"

하지만 합마는 자신 있는 표정이었다.

"확실한 사람 하나를 물색해 두었습니다. 그러면 분명 가능할 겁니다."

합마는 은근한 미소를 지었다.

7

기 황후는 흥성궁에서 창가를 홀로 서성이고 있었다. 밤이 이슥하면서 공기가 차가워져 하얀 속살에 소름이 돋아났다. 그녀는 화려한 비단옷에 형형색색의 요대를 매고, 아름답게 땋아 올린 머리에 금비녀와 보요를 장식하고 있었다. 화려하고 기품 있는 백합 같은 모습으로 황제를 기다리고 있었다.

오늘도 황제는 찾지 않을 것 같았다. 이렇게 오랫동안 자신을 찾지 않은 경우는 없었다. 몸이 좋지 않아 사흘 정도 황궁 침전에 드는 경우는 있었지만, 몸이 쾌차하면 곧장 그녀를 찾곤 했다. 그런데 황제는 근 열흘 넘게 자신을 찾지 않고 있었다. 황후는 밖에 서 있는 최천수를 불렀다.

"혹시 황상께 무슨 일이라도 있는 것이냐?"

"제가 가서 알아보겠습니다."

"아니다. 내가 직접 찾아가 볼 것이야."

답답한 나머지 기 황후는 손수 편전을 찾아갔다. 최천수가 묵묵히 그 뒤를 따랐다. 하지만 황제는 없고 환관 하나가 지키고 있을 뿐이었다.

"황상께선 어느 침소로 드셨느냐?"

환관에게 물었지만 그는 모른다는 대답만 했다. 알면서 일부러 숨기는 기색이 완연했다. 기 황후는 얼굴을 붉히며 편전을 나와서는 박불화를 불렀다.

"황상께서 요즘 어느 침소로 드시는지 알고 있느냐?"

"모르옵니다."

"그럼 어서 황상께서 가시는 침소를 알아내라."

박불화는 원외랑의 관직에 있었지만, 환관 출신인지라 궁중 곳곳에 환관과 궁녀들을 자신의 사람으로 만들어 놓고 있던 터였다. 그는 거미줄처럼 깔려 있는 심복들을 통해 황제가 드나드는 침소를 금방 알아냈다.

"황상께선 선자성혜의 침소에 드셨다하옵니다."

"오늘만 거기에 드신 게냐?"

"아니옵니다. 지난 열흘 내내 그녀를 찾으셨다하옵니다."

"열흘 동안이나? 그럼 그 아이에게 푹 빠져 있다는 말이 아니냐?"

박불화는 대답하지 못하고 기 황후의 눈치만 슬쩍 살폈다.

"선자성혜가 어떤 아이인지 알고 있느냐?"

"그녀는 정후와 같은 큉길자 출신이옵니다. 대대로 황후를 배출한 종족이지요. 그녀를 황제께 바친 사람은 다름 아닌 황태후라 하옵니다."

기 황후가 놀라 물었다.

"무엇이라, 황태후가?"

"그러하옵니다. 황태후와 백안홀도 황후가 손을 잡고 일을 벌인 게 분명하옵니다."

"황제의 마음을 사로잡아 그들 손아귀에서 움직이겠다?"

아주 짧은 순간 기 황후의 얼굴이 차갑게 굳어지더니 어두운 그림자가 스치고 지나갔다.

그 시각. 황제는 별궁 앞뜰에서 선자성혜와 함께 흐드러지게 꽃을 피우고 있는 물푸레나무의 향내에 취해 있었다. 밤이 깊어지자 내실로 자리를 옮긴 두 사람은 은촉의 불빛이 아름답게 반사되는 유리잔에 포도주를 따르고는 눈빛을 마주치며 서로의 몸을 탐하기 시작했다. 선자성혜는 간신히 목덜미까지 닿을 정도로 자란 머리채를 자연스럽게 늘어뜨리고 있었다. 마치 어린 소녀 같은 순진하고 귀여운 아름다움을 간직하고 있었다.

잠시 후 열기가 식자 선자성혜는 자리에서 일어나 엷은 화장에 매미의 깃과도 같은 부드러운 비단 옷을 입고 나왔다. 자연스럽게 흘러내린 머리에는 소형화(素馨花)를 꽂고 침상에 올랐다. 그녀에게서는 달콤한 꽃향기와 더불어 또 다른 신선한 매력이 넘쳐흘렀다.

선자성혜는 침상의 장대에 걸어둔 향낭(香囊)을 벗기고 베갯머리에는 신선한 소형화를 뿌렸다. 그윽하게 풍기는 향내에 황제는 나른하고 황홀한 기분이 들었다. 누가 먼저랄 것도 없이 두 사람의 몸은 하나가 되었다. 무르익을 대로 무르익은 뜨거움은 점점 달아올라 그들이 내뿜는 화염이 방안 공기를 덥히더니 그들의 전신에 소낙비를 쏟아 부었다. 세차고, 깊게 파고들며 꿈틀대는 용의 몸부림은 연약한 나비의 날개가 부러지는지 뭉개지는지 상관하지 않았다. 용의 힘찬 몸짓에 파닥거리던 나비는 나중에는 두 날개를 벌리고 훨훨 춤을 추는 듯했다.

격렬한 정사를 끝내고 나른해진 황제에게 그녀는 감람나무의 열매를 입에서 입으로 넣어주었다. 처음 씹으면 떫은맛이 입안에 가득 퍼지는데 씹을수록 떫은맛은 점차 담백한 단맛으로 변하고 마침내 상큼한 맛이 되어 목구멍 속까지 퍼져나갔다. 그러면 온몸에 기운이 나면서 선자성혜의 몸을 다시 더듬었다. 두 사람은 금침 위에서 뒹굴며 서로 탐하고 즐기는 일에 시각이 어떻게 흐르고 날이 어떻게 지나는지 알 수 없을 정도였다.

선자성혜는 끝없이 변하며 황제를 온전히 사로잡았다. 아무리 퍼내도 마르지 않을 것 같은 깊은 매력의 샘에 황제는 경희하고 도취되어 마치 요괴의 마법에 걸린 듯 침소 밖으로 한 발자국도 나오지 않았다.

새벽이 되어서도 기 황후는 잠을 이루지 못하고 있었다. 박불화도 돌아가지 않고 초조한 표정으로 서 있었다.

"아직도 선자성혜와 함께 계시는 게냐?"

"그러하옵니다."

"아예 거기서 주무실 작정이구나."

황제는 기 황후와 함께 있을 때도 새벽이면 다시 황궁으로 돌아가곤 했다. 하지만 선자성혜를 찾을 때면 아침 늦게까지 선자성혜의 처소에 있기가 예사였다. 황제는 예전의 기 황후를 대할 때보다 더 선자성혜에게 빠져 있었던 것이다.

기 황후의 미간에는 오래도록 주름이 패어 있었다. 그녀는 문득 자신의 몸을 돌아보았다. 꽃으로 치면 활짝 꽃잎을 펼치며 화려하게 피어난 시기. 하지만 절정기라는 건 이제 하강할 단계만 남았다는 의미로 해석할 수도 있었다. 마음이 심란해진 기 황후는 박불화를 향해 뜬금없이 물었다.

"여도지죄(餘桃之罪)라는 말을 들어보았는가?"

"소인 미욱하여 들어보지 못하였사옵니다."

"《한비자(韓非子)》의 〈세난편(說難編)〉에 이런 이야기가 있다는구나."

기 황후는 황후가 되기 전부터 중국의 여러 경전을 읽으며 학식과 인품을 쌓아왔다. 《여효경》과 《시경》을 읽었고, 틈나는 대로 역사책을 섭렵했다. 그 중에 가장 인상 깊게 읽은 책이 바로 《한비자》였다. 기 황후는 나직한 음성으로 《한비자》의 '여도지죄'에 관한 이야기를 시작했다.

"위(衛)나라의 영공(靈公)이 미자하(彌子瑕)라는 미소년을 몹시 사랑하고 있었지. 어느 날 미자하가 복숭아 한 개를 따서 먹다가 너무나도 맛이 좋아 먹다 만 복숭아를 영공에게 먹도록 권했어. 영공은 기특하게 여기며 복숭아를 받아들었지. 이 맛있는 복숭아를 혼자 다 먹지 않고 나에게 바치는 정말 귀여운 놈이라면서 칭찬해 마지않았다는 게야. 또

언젠가는 미자하의 어미가 병이 낫다는 소식이 밤늦게 전해지자 그는 급한 마음에 영공의 수레를 마음대로 타고 어머니를 문안했어. 이 사실을 안 영공은 군주의 수레를 무단으로 사용하면 족참(足斬)의 형에 처한다는 법이 있는 것을 알고도 오히려 그의 효심을 칭찬했지."

기 황후는 탁자에 놓인 물잔으로 목을 축인 뒤 말을 이어나갔다.

"하지만 세월이 흘러 미자하의 미모가 쇠퇴하기 시작하자 영공의 생각은 달라졌어. 이놈은 제가 먹다 만 복숭아를 무례하게도 군주인 자신에게 먹였다. 또 제 어미가 병이 나자 제멋대로 내 수레를 사용한 괘씸한 놈이기도 하다면서 미자하를 엄벌에 처한 것이야."

박불화는 그 말의 의미를 짐작하며 고개를 끄덕였다.

"군주의 사랑이 얼마나 식기 쉽고 덧없는 것인지를, 그리고 한번 사랑을 받은 뒤 식으면 이전의 사랑이 도리어 원한으로 변한다는 걸 잘 보여주는 이야기지. 나라고 예외가 될 순 없지 않겠느냐?"

"아니옵니다. 황상께서는 여전히 황후 마마를 애총하시옵니다. 지금은 요녀에게 잠깐 한눈을 파시는 것이옵지요."

"그년이 물러가면 이번엔 더 젊고 싱싱한 여자를 찾겠지?"

기 황후의 눈치를 보며 박불화가 슬쩍 물었다.

"제가 사람을 시켜 그녀를 내쫓으면 어떻겠나이까?"

"그렇게 되면 사람들이 나에게 뭐라 하겠느냐? 투기나 일삼는 표독한 황후라 하지 않겠느냐?"

"그렇다고 이대로 놔둘 순 없지 않사옵니까? 백안홀도 황후와 황태후가 그녀를 통해 황상의 마음을 움직일 게 뻔하옵니다."

"미천한 공녀로 이 자리까지 오른 것은 순전히 황상의 사랑 때문이

거늘, 그 사랑을 잃게 되면 어찌 되겠는가?"

기 황후의 표정이 후드득 흐려졌다.

"황상의 사랑이 다른 사람에게 옮겨간 것을 알면 신하들도 날 업신여길 것이야. 정후 쪽에 빌붙어 날 몰아낼 궁리를 하겠지?"

박불화와 최천수는 말없이 안색을 흐렸다.

"유사시 목숨을 걸고 나를 도울 세력이라곤 원외랑 자네를 비롯해 몇몇 대신에 불과하지 않는가? 그들 또한 정후가 실세로 떠오르면 금세 자리를 옮겨갈 것이 뻔하고……."

기 황후의 분석은 정확했다. 황제는 어린 나이에다 심약하고 정이 많아 아직 정사를 혼자서 돌볼 만한 능력이 되지 못했다. 그런 황제를 손아귀에 넣으면 곧 천하를 움직일 수 있는 것이다. 문제는 황제를 손에서 놓치는 경우였다. 황제가 기 황후를 멀리하는 것을 다른 신하들이 아는 순간 그녀에게 빌붙던 자들이 모두 물러갈 것이다. 권력이란 냉혹하고 비열한 법. 새롭게 황제의 애총을 받는 자에게 몰려갈 게 뻔했다. 선자성혜가 황태후와 정후의 여자라는 걸 알게 되면 자연 그들에게 권력이 집중될 게 뻔했다. 기 황후와 박불화는 그걸 걱정하고 있었다. 아무리 묘책을 궁리해도 선자성혜를 쫓아내는 수밖에 뾰족한 도리가 없었다. 하지만 그랬다간 투기 많은 표독한 황후로 낙인찍힐 걸 각오해야 했다.

기 황후는 깊은 고민에 빠진 채 밤을 꼬박 새우고 말았다.

8

　황제는 선자성혜의 침소에 들어 밤을 지새우고, 아침이 되어도 나오지 않았다. 보통 해가 뜰쯤이면 어전에 들어 전날 올라온 상소를 읽어보고, 어전회의를 주최하는 게 일상이었다. 하지만 근래 들어선 선자성혜와 함께 보내느라 정사를 뒤로 미뤄두기 일쑤였다. 그날도 황제는 해가 중천에 떠서야 어전에 들어섰다. 황제가 용상에 앉자 여태 밖에서 기다리고 있던 탈탈이 안으로 들어섰다.
　그는 곧장 고개를 숙이며 이마를 바닥에 조아렸다.
　"황상 폐하, 마지막으로 인사드리러 왔사옵니다."
　"마지막으로 인사를 드린다니, 어딜 떠나기라도 한단 말이오?"
　황제는 너무 놀라 용상에서 벌떡 일어나 곧장 아래로 내려오더니 탈탈 앞에 섰다.
　"짐이 경에게 섭섭하게 한 것이라도 있단 말이오?"
　탈탈은 고개를 숙이며 손을 내저었다.
　"아니옵니다."
　"그런데 갑자기 떠난다니, 이게 무슨 말이오?"
　"황공하옵니다."
　황제는 엎드려 있는 탈탈을 일으켜 세웠다.
　"자세히 말해 보구려. 왜 조정에서 물러난다는 게요?"
　"얼마 전에 소인의 아비가 일으켰던 사건에 대한 책임을 져야 할 것 같사옵니다. 다른 대신들을 볼 낯도 없사옵니다."
　"그건 짐이 이미 모든 죄를 사하지 않았소? 더 이상 그걸 문제 삼을 자는 없을 것이오."

"또한 근래 건강이 매우 좋지 않사옵니다. 도무지 정사를 돌보지 못할 정도로 몸이 쇠약해져 너무나 힘드옵니다."

"그렇다면 잠시 동안 쉬면 되지 않소?"

"의원이 진맥하기를 몇 년은 쉬어야 병이 나을 것 같다 하옵니다."

황제는 할 수 없이 고개를 끄덕였다.

"그렇다면 할 수 없구려. 물러는 가되 오고 싶거든 언제든 날 찾아오시오. 경을 위해 자리를 만들어 놓겠소이다."

"황은이 망극하여이다."

황제는 탈탈에 대한 신임의 표시로 그를 정왕(鄭王)에 봉하고 안례(安禮)의 땅을 모두 식읍으로 주는 한편, 수만 냥의 금을 하사했다. 하지만 탈탈은 그 모든 걸 사양했다.

"소인에게는 모두 과분한 것들이옵니다."

그리고는 어전을 나서려했다. 탈탈이 물러난다는 소식이 전해지자 많은 신하들이 황제에게 몰려와 고개를 숙였다.

"탈탈은 충신 중의 충신이요, 이 나라를 반역의 음모에서 구한 중신이옵니다."

"많은 백성들도 그를 따르고 있습니다."

신하들까지 나서서 탈탈을 막았지만 그의 의지를 꺾지는 못했다. 탈탈은 황제에게 절을 올리고는 대도성을 떠나 감숙성(甘肅省)의 작은 촌락으로 가버렸다.

이를 제일 반긴 것은 물론 별아겁불화와 합마였다. 별아겁불화는 탈탈이 물러난 우승상 자리에 어렵지 않게 오를 수 있었다. 그렇게도 바라던 자리가 자신에게 돌아온 것이다. 그는 사람들 눈을 피해 작은 연회를 베풀었다. 오늘같이 기쁜 날을 그냥 보낼 수 없었다. 연회의 가장 윗자리에 별아겁불화와 합마가 나란히 앉았다. 별아겁불화는 술잔을 따라 합마에게 건넸다.

"내가 우승상에 오른 것은 그대 때문에 가능했소이다."

"제가 한 게 뭐가 있다고 그러시오?"

"아니지요. 탈탈을 물러나게 한 건 순전히 예부상서 덕분이지요."

"그렇게 봐 주시니 고맙습니다."

"이제 조정은 나의 것이오. 내 예부상서의 부탁이라면 무엇이든 들어드리리다. 하하하."

그러자 합마가 은근한 미소를 지어 보였다.

"우선 그 땡초 중에게 상부터 내리셔야죠?"

"물론 그래야지요."

지금으로부터 사흘 전. 탈탈은 황궁을 나서 대도성의 자기 집으로 향하고 있었다. 그는 평소 근검하고 소탈하여 궁궐을 나와서는 가끔 가마에서 내려 자신의 심복들 몇몇만 데리고 대도성을 거닐었다. 그가 대도성의 종고루 쪽을 지날 때였다. 갑자기 붉은 적삼을 입은 한 승려가 탈탈에게 다가와 들고 있던 지팡이를 집어던지는 것이었다.

"이게 무슨 짓이냐?"

탈탈의 심복들이 달려가 승려를 잡아끌었다. 하지만 승려는 아랑곳하지 않고 노기 띤 얼굴로 꾸짖기 시작했다.

"예끼, 이놈! 집안을 멸문지화로 이끌 놈아. 냉큼 물러서지 못할까?"

탈탈은 당황한 표정으로 승려에게 다가가 심복들을 향해 말했다.
"스님의 손을 놓아드려라."
그리고는 정중하게 고개를 숙이며 물었다.
"무슨 일로 그러시는지 연유를 알고 싶습니다."
"넌 너희 집안을 멸문으로 이끌 놈이야. 얼굴에 그렇게 쓰여 있어. 얼굴에 마가 끼었어. 네놈 하나 때문에 너희 집안 모두가 죽임을 당할 게야."
승려는 비쩍 마른 얼굴에 두 줄기 주름이 이마에 크게 잡혀 있었다. 눈썹은 온통 하얗고, 턱수염은 허리까지 자라 있어 예사 사람으로 보이지 않았다. 승려는 한참 동안 뜸을 들이다가 다시 말을 이었다.
"네놈의 벼슬이 높아질수록 주위 사람들에게 해를 끼치게 돼."
탈탈은 문득 아버지 마찰이태를 떠올렸다. 자신으로 인해 우승상에 올랐다가 추문을 일으키며 가까스로 살아남지 않았던가?
"한 번은 겨우 위기를 넘길지 몰라도 앞으로가 첩첩산중이야. 그 산을 넘지 못하고 결국 모두 죽게 될 것이야."
겨우 위기를 넘긴 게 이제 시작이란 말인가? 탈탈의 목소리는 어느새 떨리고 있었다.
"그렇다면 제가 어떻게 해야 되겠습니까?"
"어떻게 하긴 뭘 어떡해? 모든 것을 버리고 조용히 물러나야지."
승려는 그 말만 남기고는 급히 어디론가 가버렸다. 탈탈이 승려를 쫓아갔지만, 어디로 갔는지 보이지 않았다. 마치 축지법을 쓰는 것처럼 감쪽같이 사라진 것이다.
집으로 돌아온 탈탈은 문을 꼭 잠그고는 방안에 틀어박혔다. 그리고는 생각에 생각을 거듭했다. 행색이 범상치 않은 승려가 던진 말은 정확히 일치하는 것처럼 보였다. 여태 그의 말대로 되지 않았던가? 앞으로 더한 불행이 닥치지 않는다는 보장도 없었다. 자신 때문에 다른 가족들에게 피해를 줄 수는 없는 일. 그래서 고민 끝에 황제에게 물러날 뜻을 밝히고는 감숙성으로 떠나 버렸다.

사실 종고루에서 탈탈이 만난 승려는 합마가 돈을 주고 고용한 사람이었다. 그는 자신이 다니던 절의 승려에게 큰돈을 주고는 그런 연기를 하도록 지시했다. 평소 결벽증이 있고 강직한 성품을 지닌 탈탈은 승려의 말에 쉽게 의기가 꺾여 모든 관직을 물리치고 사퇴했다. 자신으로 인해 집안사람들을 희생시킬 수 없다는 의기가 작용한 것이다.

두 사람은 보기 좋게 맞아떨어진 자신들의 계략을 축하하며 술잔을 나누었다. 술잔을 비운 합마는 그러나 여전히 어두운 표정이었다.

"아직 안심하기엔 이릅니다."

"안심하기에 이르다니요?"

"탈탈이 어떤 자이옵니까? 황상의 은총을 한몸에 받고 있는 자 아닙니까? 탈탈의 마음이 변하여 대도성을 찾아오면 황제는 언제라도 그에게 우승상 직을 내줄 것입니다. 이참에 그의 의기를 확실히 꺾어 놓아야 합니다."

"의기를 확실히 꺾어 놓는다?"

합마는 다시 목소리를 낮추었다.

"이전에 마찰이태가 저지른 추문을 다시 들추어내십시오. 그걸 탈탈과 연관시켜 그의 비리로 만들어 버리면 황제도 그에게서 등을 돌릴 겁니다."

"옳거니!"

우승상이 된 별아겁불화는 마찰이태가 벌였던 갖가지 추문을 황제에게 낱낱이 고했다. 통주의 술 전매와 회남의 소금 밀거래를 상소를 통해 올렸다. 뿐만 아니라 그가 손대고 있던 다른 가게들의 내용도 알렸다. 하지만 그 내용은 이미 황제가 다 아는 사실이었다. 마찰이태는 죄를 자백했었고 우승상의 자리도 내놓았다. 황제는 별아겁불화의 상소를 대수롭지 않게 여겼다. 그러나 별아겁불화는 집요했다. 어전회의가 열리는 날이면 이 문제를 끈질기게 내놓는 것이었다.

"그가 술과 소금을 매점매석하는 바람에 지방의 백성들이 조정과 관원들을 우습게 여기고 있사옵니다. 이것은 결국 조정과 황상 폐하께 큰 피해를 입히는 것이옵니다."

"내 이미 그의 죄를 모두 용서했소이다. 더 이상 거론하지 마시오."

하지만 별아겁불화는 물러서지 않았다.

"하오나 폐하. 마찰이태의 행위는 국기를 흔드는 중죄이옵니다. 그가 국법을 무시하고 사리사욕을 채우는 바람에 조정과 관원들이 엄청난 피해를 입고 있습니다. 그를 중징계하여 국법의 준엄함을 보이소서."

이때를 놓치지 않고 합마가 거들고 나섰다.

"스스로 실토한다고 해서 그 죄가 없어지는 건 아니옵니다. 마찰이태를 엄하게 다스려서 다른 관리들에게 기강을 세워야만 차후에 이런 일이 또 일어나지 않을 것이옵니다."

합마뿐만 아니라 다른 신하도 그의 의견에 동조하고 나섰다. 권력의 판세를 눈치 보던 신하들이 탈탈의 권세가 꺾인 것을 확인하고는 우승상 별아겁불화에게 빌붙기 시작한 것이다. 탈탈은 황상이 내린 정왕 자리를 거부했기 때문에 그는 지금 아무런 직책도 없었다. 그 아비까지 쫓겨나게 되면 탈탈은 재기불능에 빠지게 되는 것이다. 이런 판세를 읽은 신하들이 별아겁불화를 거들고 나섰다.

 다른 신하들까지 재차 상소를 올리자 마침내 황제의 의기도 꺾이고 말았다. 마찰이태를 탈탈이 머물고 있던 감숙성으로 유배 보내도록 한 것이다. 황제는 마찰이태의 추문이 탈탈과 연계되기 전에 이를 차단하기 위해 그런 방법을 선택할 수밖에 없었다. 말하자면 고육지책이었다.

9

 "덕성부원군, 어쩌면 이럴 수가 있단 말이오?"

 단양대군(丹陽大君)은 거친 숨을 몰아쉬며 눈자위를 푸르르 떨고 있었다. 그는 기철의 집에 들어서자마자 대뜸 고개를 내저었다. 술상을 내왔으나 입도 대지 않았다. 그만큼 그는 흥분해 있었다.

 단양대군은 충렬왕의 장자인 강양공(江陽公)의 아들이었다. 충선왕 2년인 1310년에 단양부원대군(丹陽府院大君)에 봉해졌고, 삼중대광(三重大匡)의 관직에 있었다. 그는 일찍부터 원나라를 자주 왕래하며 기 황후의 권세를 피부로 느꼈다. 그래서 고려에 와서는 기 황후의 오라비인 기철에게 접근하여 친한 사이가 되었다. 자주 술을 마시며 여러 이야기를 나누곤 했는데, 오늘은 미리 기별도 없이 이렇게 느닷없이 찾아온 것이다.

"무슨 일인데 그리 흥분을 하시는 겝니까?"

"세상에 이럴 수가 있단 말입니까? 아무리 왕이라 해도 남의 종을 함부로 빼앗아가도 되냔 말입니다."

기철은 그가 찾아온 이유를 속으로 짐작하고 있었다. 하지만 내색하지 않고 태연하게 물었다.

"무슨 일인지 차근차근 말씀해보시지요."

단양대군은 길게 숨을 내쉬며 입을 열었다.

"그러니까 두 달 전쯤에 말입니다."

두 달 전. 궁중에서의 엽색행각도 모자라 민가에 가서 횡포를 부리던 충혜왕은 새벽녘에 신하 유신의 집을 나서고 있었다. 유신을 멀리 유배 보내고 그 아내 인씨를 욕보이고 나오는 참이었다.

왕은 용포 대신 일반 관리의 옷을 입고 말을 타고 있었다. 그 뒤를 심복인 구천우(丘天佑)와 강윤충(康允忠)이 따랐다. 말을 타고 지나가자 거리의 백성들은 높은 관리가 지나가는가 싶어 모두들 허리를 굽혔다. 설마 그가 왕인지는 백성들도 몰랐다.

왕 일행이 골목을 꺾어 들어가는데 광주리를 머리에 인 여인이 서 있는 게 보였다. 그녀는 행차가 오는 것도 무시하고 길 한가운데를 걷고 있었다. 그러자 구천우가 말을 타고 앞으로 나서며 소리쳤다.

"무엄하도다! 냉큼 길을 비켜서라!"

여인이 급히 옆으로 물러서느라 머리에 이고 있던 광주리를 땅에 떨어뜨리고 말았다. 광주리에는 사기그릇이 들어 있었는데, 그게 모두 깨져버린 것이다.

"에그머니나!"

여인은 물러서는 대신 깨어진 사기를 주워들었다.

"어허, 물러서라는데도 뭘 하고 있느냐?"

여인은 날선 눈을 들어 올려다보았다.

"댁들 때문에 이 귀한 사기그릇이 깨졌으니 값을 물어주세요."

"이 발칙한 것이……."

구천우는 들고 있던 칼을 빼어들었다. 그러자 충혜왕이 손을 들어 제지했다. 왕은 아까부터 그 여자의 행색을 자세히 살피고 있었다. 버드나무처럼 늘씬하고 풍만한 몸매에 까무잡잡한 얼굴, 작고 붉은 입 모양이 은근히 시선을 잡아끌었다.

"너는 누구냐?"

"소인은 단양대군의 종년이옵니다."

그렇게 대답하면서 그녀는 덜컥 두려움을 느꼈다. 행색으로 보나 말투로 보나 상대는 예사 인물이 아닌 것으로 보였다.

"사기가 모두 깨어져서 어떡하느냐? 너의 물건값은 변상토록 하겠다."

그러자 여인의 눈이 크게 벌어졌다.

"그게 정말이옵니까?"

"그렇다. 하지만 지금은 은병이 없으니 우선은 저 자의 집에 가 있도록 하라. 그러면 내 속히 은병을 준비하여 너에게 보내줄 것이야."

충혜황은 강윤충의 집에 여자를 데려가도록 했다. 여인은 사기그릇 값을 준다는 말을 듣고 강윤충을 따라갔다. 하지만 집안으로 들어서자 강윤충의 태도가 돌변했다.

"지금부터 내 말을 잘 들어라."

"예에?"

"이제 깨끗이 목욕을 하고 새 옷으로 갈아입어라. 그리고 나면 종들이 너를 예쁘게 단장시킬 것이다."

"왜 그래야 하나이까?"

"까닭은 묻지 마라. 잘하면 너뿐만 아니라 네 집안이 팔자가 바뀔 것이야."

여인은 강압적인 분위기 탓에 하라는 대로 따를 수밖에 없었다. 그의 명령에 따라 목욕을 마친 뒤 얇고 화려한 비단옷으로 갈아입었다. 여종은 그녀의 얼굴을 곱게 꾸민 다음 후원 깊은 곳에 위치한 별채로 안내했다. 그녀 앞에는 풍성한 술상이 준비되어 있었다. 한번도 보지 못한 음식들이 상 위에 가득했다. 참다못해 음식을 한입 가득 물고 있는데 충혜왕이 들어왔다. 그는 허겁지겁 음식을 먹고 있는 여인을 내려다보며 웃었다.

"음식 맛이 어떠냐?"

"소인 태어나서 처음 맛보는 진미이옵니다."

"진미라……."

충혜왕은 가늘게 중얼거리며 그녀 앞에 앉았다.

"내 명을 잘 따르면 그보다 더 좋은 음식을 날마다 먹게 될 것이다."

"정말이옵니까?"

충혜왕이 고개를 끄덕이자 여인이 내처 물었다.

"그런데 무슨 명이신지요?"

충혜왕은 대답 대신 여인 앞으로 바투 다가갔다. 그리고는 손을 들어 그녀의 뺨을 어루만졌다.

"역시 이렇게 차리고 보니 더 곱구나."

여인은 거칠게 손을 떼며 슬쩍 뒤로 물러났다. 그리고 얼굴을 붉힌 채 고개를 숙였다. 하지만 그게 오히려 충혜왕을 자극하고 말았다. 그는 여인을 끌어안고는 금침 위로 쓰러졌다. 여인도 그가 원하는 게 무엇인지 이미 짐작하고 있던 터였다. 몸을 열어 천천히 그를 받아들였다. 두 사람은 이내 뜨거운 불꽃처럼 활활 타올랐다. 소나기로도 식힐 수 없는 뜨거운 열기가 그들을 한 몸으로 만들었다. 철철 흐르던 그녀의 샘은 길게 폭포를 뿌리고, 그 폭포에 빠져 허우적대던 용 한 마리도 하늘로 올라가려고 몸부림쳤다. 그러다가 동작을 멈추고는 풀썩 주저앉고 말았다. 심산유곡에 쓰러지는 맛이란, 오 이것이 천지음양의 오묘한 환희란 말인가?

충혜왕은 아직도 흥분이 채 가시지 않은 말투로 더듬거렸다.

"내 오늘, 너를, 궁으로 데려 갈 것이야."

"그게 정말이옵니까?"

"그렇다마다. 이제 날마다 너를 품을 것이다."

다음 날 그녀는 정말 가마를 타고 궁궐로 향했다. 궁에는 왕의 정실인 덕녕공주(德寧公主)와 희비 윤씨(禧妃尹氏)가 있었다. 여인 임씨는 출신이 미천했지만 그녀들에게 조금도 위축되지 않았다. 왕을 사로잡을 자신이 있었다. 자신의 미모와 방중술로 왕을 묶을 생각이었다. 그리고 얼마 뒤 임씨 여인은 옹주(翁主)로 봉해졌다. 원래 옹주란 왕의 딸을 부르던 칭호인 궁주(宮主)를 옹주로 고치면서 비롯되었다. 그러나 충혜왕 이후에는 왕의 후궁이나 왕자의 적실부인 등을 부르는 호칭으로 두루 쓰였는데, 임씨를 바로 옹주에 봉한 것이었다. 그녀는 이후 은천옹주로 불렸다.

왕은 그녀를 위해 삼현궁(三峴宮)을 지어주었다. 그 크기나 화려함이 정궁과 다를 바 없었다. 임씨 여인에 대한 소문은 삽시간에 개경 전체에 퍼져 기철도 이미 들어 알고 있었다.

자신의 종을 충혜왕이 빼앗아간 걸 안 단양대군이 치를 떠는 건 당연했다. 그는 평소 그 종과 은밀히 정분을 나누던 사이였다. 왕족 체면에 겉으로 드러내진 못했지만 자신의 첩이나 다름없는 여자를 왕이 강제로 빼앗아갔으니 분할 수밖에 없었다. 하지만 상대가 왕이니 말도 못하고 끙끙대다가 이렇게 기철을 찾아온 것이다.

기철도 임씨 여인을 평소 마음에 품어왔었다. 단양대군에게 찾아갈 때마다 슬쩍 그녀에게 추파를 던진 적이 있었다. 그때마다 임씨 여인도 싫지 않은 기색으로 응하곤 했다. 두 사람은 마음이 맞아 거의 정분을 나누기 직전이었다. 그런데 그만 한발 앞서 충혜왕이 그녀를 데려가 버린 것이다.

단양대군은 아직도 분이 가라앉지 않는지 미간을 심하게 찌푸리고 있었다.

"왕의 행패가 이만저만이 아니오. 궁중의 여인도 모자라 이제는 민가에까지 와서 수많은 아낙들을 농락하고 있어요. 이를 그대로 두고 볼 것입니까?"

기철은 슬쩍 딴청을 부렸다.

"두고 보지 않으면 어떡한단 말이오?"

"대감의 누이이신 기 황후마마께 이를 소상히 알려야지요. 그를 왕으로 복위시킨 분도 바로 기 황후마마가 아니시오?"

"허나 상대는 한 나라의 국왕이 아니오?"

"국왕은 무슨……. 그는 패륜아요. 패륜아를 몰아내는데 누가 반대하고 나서겠소? 뒷일은 우리가 수습할 것이오."

기철은 잠자코 듣고만 있었다. 단양대군이 계속 말을 이었다.

"원나라에서 그를 압송해가기만 하면 고려 땅은 온전히 덕성부원군의 것이 되는 겁니다."

"단양대군께서 그렇게 간절히 부탁하신다면야……."

기철은 마지못해 받아들이는 척하고는 고개를 끄덕였다. 단양대군이 집을 나서자 그는 얼른 먹과 벼루를 찾았다. 충혜왕의 행적을 낱낱이 서찰에 적은 뒤 자신의 사병을 시켜 급히 원나라 대도성에 보냈다.

10

"역시 너의 그림은 예사 솜씨가 아니다."

왕면(王冕)은 그림을 보며 흡족한 표정으로 고개를 끄덕였다. 옆에는 강릉대군(江陵大君 ; 공민왕)이 막 붓을 내려놓으며 왕면의 칭찬에 몸 둘 바를 모르고 있었다.

"제가 감히 스승께 칭찬 받을 솜씨나 되겠습니까?"

"아니야. 넌 그림을 그려도 대성할 자질이 충분히 있다."

왕면은 진심으로 강릉대군에 대한 칭찬을 아끼지 않았다. 그는 최초로 그림에 몰골법(沒骨法)을 써서 중국 화단에 지대한 영향을 끼친 인물이었다. 몰골법이란 윤곽이나 선을 그리지 않고 그림에 바로 채색하는 것으로 당시 화법으로써는 혁명적인 기법이었다. 왕면은 자신이 그린 매화 그림을 모아 《매보(梅譜)》라는 책을 묶기도 했다. 강릉대군은 그의 책을 읽고 감명을 받아 왕면을 자신의 그림 스승으로 모신 것이다.

왕면은 강릉대군이 그린 '묵매도(墨梅圖)'의 채색을 도와주며 흡족한 미소를 지었다.

"넌 고려로 돌아가지 말고 이곳에 남아 그림을 더 그리는 게 좋을 것 같다. 필시 이름 있는 화가가 될 것이야."

"저도 고려엔 돌아갈 뜻이 없습니다. 이렇게 그림이나 그리면서 편안히 보내고 싶군요."

강릉대군은 붓을 내려놓고는 긴 한숨을 내쉬었다. 강릉대군, 후에 공민왕이 될 그는 충숙왕과 명덕태후 홍씨(明德太后洪氏) 사이에서 둘째 아들로 태어났다. 자신의 이복형은 바로 지금 고려의 왕인 충혜왕이었다. 일찍이 강릉대군에 봉해진 그는 올해 열두 살의 나이로 원나라 대도성에 와 숙위(宿衛)하고 있었다.

대도성의 생활은 답답하기 그지없었다. 볼모로 끌려온 것이나 다름없어 함부로 이동하기도 힘들었다. 궁중에서 파견한 무사들이 늘 감시하므로 대도성을 벗어날 수도 없었다. 매일 지루한 일상의 반복이었다. 그런 그에게 유일한 위로가 되는 게 바로 그림이었다. 강릉대군은 어릴 적부터 그림과 음악에 뛰어난 소질을 보였고, 왕면을 스승으로 초빙하고부터는 부쩍 그 실력이 늘어가고 있었다.

왕면은 강릉대군의 그림을 꼼꼼히 지도하고 돌아갔다. 붓을 내려놓은 그는 창밖을 무연한 시선으로 바라보았다. 이미 꽃은 지고 신록

이 더해진 나뭇잎들이 바람에 따라 흔들리고 있었다. 바야흐로 계절은 여름을 향하고 있었다. 날씨도 많이 더워져 조금만 움직여도 땀이 솟았다.

고려를 떠날 때는 한겨울이었다. 거센 눈보라가 몰아치는 요동 땅과 유하를 지나 어렵게 여기까지 왔다. 그는 자신을 떠나보내며 눈물 흘리던 어머니 홍씨의 얼굴을 잊지 못했다. 왕의 아들이라는 이유만으로 원나라 땅에 끌려가야 하는 비애가 새삼 서글펐다.

밖으로 보내던 시선을 거두고 등을 막 돌리려는 순간 밖에서 기척이 들렸다.

"숙부님!"

"오, 조카님이 여긴 웬일이신가?"

강릉대군을 찾은 자는 여덟 살짜리 조카 흔(昕)이었다. 다음에 충목왕(忠穆王)이 될 그는 충혜왕의 맏아들로서 덕녕공주의 소생이었다. 몽고식 이름은 팔사마타아지(八思麻朶兒只)였는데, 줄여서 흔이라고 불렀다. 고려 국왕의 장남으로 이곳 대도성에 강릉대군과 함께 숙위로 와 있었다. 하지만 숙위는 겉으로 드러난 명분일 뿐, 그 또한 볼모로 잡혀온 것이나 다름없었다. 고려가 삼별초(三別抄)의 난에 꺾여 원나라에 항복한 후, 국왕의 자녀는 왕이 될 때까지 대도성에 볼모로 잡혀와야만 했다. 멀리 떨어진 고려왕이 원나라의 명을 거역하지 못하게 할 의도와 함께 다음 왕을 몽고식으로 교육시켜 원나라의 뜻대로 움직이기 위해서였다. 그리하여 흔은 여덟 살의 어린 나이인데도 여기 대도성에 머물며 원나라 식 교육을 받고 있었다. 비록 어린 나이였지만 영특했으며, 오랫동안 타국에서 눈치를 보고 살아온지라 상황을 판단하는 능력도 또래보다 훨씬 빨랐다.
그는 숙부인 강릉대군의 손을 꽉 잡은 채 방안을 둘러보았다. 벽면마다 강릉대군이 그린 그림이 가득했다.
"역시 숙부님의 예술적인 기질은 알아주어야 할 것입니다."
"제가 여기 원나라에 있으면서 무슨 낙으로 살아가겠소이까? 그림이나 그리며 허송세월을 보낼 수밖에……."
"허송세월이라니요? 숙부님은 우리 고려를 위해 큰일을 하셔야죠."
강릉대군은 인상을 흐리며 고개를 내저었다.
"큰일이라, 큰일이라면 조카님이 하셔야죠. 전 여기서 평생 죽을 때까지 그림이나 그리며 살랍니다."
그리고는 다시 붓을 잡았다. 잠시 그림에 몰두하던 그가 고개를 옆으로 돌렸다.
"그런데 무슨 일로 소인을 찾으셨는지요?"
"황궁에서 입궁하라는 전갈이 왔습니다."
"황궁이라면 어디서?"
"기 황후 마마께서 우릴 부른다고 하더군요."
그러자 강릉대군의 표정이 변하며 입매가 옆으로 돌아갔다.
"우리가 왜 황후의 부름을 받들어야 합니까?"
"그분은 이곳 원나라의 황후십니다. 같은 고려인이니 우릴 잘 봐주겠다는 의도가 아니겠습니까?"
"감히 공녀 출신 따위가 우리 왕족을 오라 가라 하는 게 말이나 되는 소립니까? 전 가지 않겠습니다."
그러자 밖에서 으흠 하는 헛기침소리가 들렸다. 강릉대군이 눈짓을 보내자 흔이 낮은 목소리로 일렀다.

"원외랑께서 함께 오셨습니다. 숙부님을 모셔가려고 말입니다."

잠시 후 박불화가 안으로 들어왔다.

"황후께선 두 분을 황상 폐하께 알현시키고자 부르시는 것입니다. 얼른 채비를 하시지요."

강릉대군은 긴 한숨을 내쉬며 고개를 끄덕였다.

홍성궁에 들어선 강릉대군과 흔은 기 황후 앞에 무릎을 꿇고 고개를 숙였다. 기 황후도 앉은 채 고개를 숙였다.

"어서들 오세요."

그녀는 반갑게 그들을 맞이했다.

"집을 떠나 있으니 많이 적적하시지요?"

흔이 대답했다.

"아닙니다. 대도성은 천하의 중심이지 않습니까? 많은 것을 배우고 있습니다."

"역시 왕자님께선 영특하십니다그려."

그녀는 다시 옆을 바라보았다.

"강릉대군께서도 잘 계시지요?"

"덕분에……."

그는 고개를 숙이며 말끝을 흐렸다.

기 황후는 두 사람을 데리고 황제를 알현하러 갔다. 정사를 보던 황제는 두 사람을 가까이 오게 하더니 그들의 표정을 찬찬히 살피며 고개를 끄덕였다. 두 사람 다 출중한 외모에 영특해 보이는 게 황제도 꽤 만족해하는 표정이었다.

황제는 먼저 충혜왕의 맏아들인 흔에게 질문을 던졌다.

"너는 네 아비를 본받으려 하느냐? 아니면 어미를 본받으려 하느냐?"

흔이 주저 없이 또박또박 대답하였다.

"제 어미를 본받겠사옵니다. 사사로운 부자간의 정보다는 도리가 더 옳을 줄 아뢰옵니다."

"그렇구나, 참 영특한지고. 넌 아비를 닮지 말고 어미를 닮을지어다."

황제가 그렇게 물은 것은 그 아비 충혜왕의 횡포를 염두에 두고 한 말이었다. 고려왕의 포악한 소문은 이곳 대도성까지 자자해 있었다. 황제는 그런 아비를 본받지 말고 나중에 왕이 되거든 어진 정치를 행하라는 의미로 그렇게 말했던 것이다. 황제는 고개를 끄덕이며 이번엔 옆에 있는 강릉대군 쪽으로 시선을 돌렸다.

"너의 생각은 어떠하냐?"

강릉대군은 아랫배에 단단히 힘을 주면서 대답했다.

"저는 조카님과 생각이 다르옵니다."

"생각이 다르다니 그게 무슨 말이냐?"

"자식에게 부모 중 누구를 본받겠냐고 묻는 건 옳지 않다고 봅니다. 두 부모가 계시기 때문에 지금의 내가 존재하는 법. 마땅히 두 분을 똑같이 본받고 받들어야 한다고 생각하옵니다."

순간 황제의 안색이 굳어지며 미간이 꿈틀거렸다. 자신이 묻는 의도를 뻔히 알면서도 그렇게 대답하는 강릉대군이 고약하게 보였다. 잠시 어색한 침묵이 돌자 박불화가 나서며 분위기를 무마했다.

"역시 강릉대군은 효자시옵니다. 두 부모를 똑같이 배려하는 마음이 기특하지 않습니까?"

기 황후도 옆에서 거들었다.

"아직 어리지만 순진한 강릉대군의 효심을 높이 사주시지요."

그리고는 두 사람을 데리고 속히 물러났다.

흔은 강릉대군의 말에 불안한지 아직도 떨고 있었지만, 정작 강릉대군 본인은 태연한 표정이었다. 기 황후는 오히려 그런 강릉대군의 당당한 호기에 더 높은 점수를 주고 있었다. 두 사람은 기 황후에게 절을 하고는 황궁을 나갔다. 그들의 뒷모습을 바라보던 기 황후가 흡족한 표정을 지어 보였다.

"저 둘 중 누가 왕이 되든 지금의 왕보다는 나을 게야."

그러자 박불화가 슬쩍 그녀의 눈치를 살폈다.

"이참에 아예 바꾸시는 게……."

기 황후는 아무 대답도 하지 않았다. 무연한 표정으로 고개만 내저었다. 흥성궁으로 들어가자 기다리고 있던 태감 하나가 얼른 다가왔다.

"마마, 고려의 덕성부원군으로부터 서찰이 왔사옵니다."

"그래?"

그녀는 얼른 서찰을 건네받아 펼쳤다. 글을 읽어가던 그녀의 이마가 꿈틀거리더니 이내 심하게 일그러졌다.

"마마, 무슨 내용이옵니까?"

기 황후는 읽고 있던 서찰을 박불화에게 내밀었다.

"아니, 이건?"

그는 서찰을 끝까지 읽으며 고개를 끄덕였다.

"지금의 왕을 바꾸자는 말씀 아니옵니까?"

"서두를 것 없다."

"하오나 고려 백성들의 원성이 이곳 대도성까지 들려오고 있습니다. 국왕의 횡포에 못 이겨 국경을 넘는 사람들도 속출하고 있다 하옵니다."

기 황후는 여전히 고개를 내젓고 있었다.

"내가 개입하여 고려의 국왕을 바꾸었다는 소문이 대도성은 물론 고려에까지 퍼진다고 생각해 보거라. 사람들이 날 어떻게 보겠나? 막후에서 권력을 움직이는 요부로 볼 것이야. 굳이 적을 만들 필요야 없지 않는가? 약하게 보이는 것이 진정 강한 것이야."

그녀는 박불화를 시켜 아직 국왕을 바꿀 뜻이 없음을 기철에게 전하게 했다. 아울러 고려에서 자중하라는 엄중한 경고도 덧붙였다. 그녀는 여러 사람을 통해 고려에 있는 기철의 행적을 낱낱이 보고 받고 있었고, 그가 세도를 부리며 고려를 휘어잡고 있다는 걸 모두 알고 있었다. 그동안 그녀는 천하의 권력을 뒤흔들던 당기세 형제와 백안이 거꾸러지는 걸 두 눈으로 똑똑히 지켜보았다.

권세란 절정에 이를 때가 더 위험한 법. 말 위에서 권력을 얻을 수는 있으나, 덕을 베풀지 않고 권력을 지킬 수는 없었다. '권불십년(權不十年)'이란 고사가 괜히 사람들의 입에 오르내리겠는가? 그녀는 고려에서 들려오는 소식을 접할 때마다 벌써부터 기철의 야심과 오만함이 걱정되었다.

그녀가 그런 걱정에 빠져 있는데 문득 밖에서 환관이 급히 아뢰었다

"마마, 어의께서 급히 아뢸 게 있다 하옵니다."

"뭐라! 어의가? 어서 들라 해라."

말이 떨어지자 어의가 재빨리 안으로 들어왔다. 그는 자신이 궁녀로 있을 때 설사약을 구해 황제를 처음 보게 만들었고, 나중에 다나실

리 황후 앞에서 거짓으로 수태를 했다고 꾀를 낼 때도 자신을 도와준 자였다. 그녀는 황후가 되자 그의 공로를 인정하여 어의에 천거했다. 어의라 하면 천하제일의 의원으로서 부와 명성을 함께 얻는 자리였다. 때문에 기 황후에 대한 그의 충성심은 남다를 수밖에 없었다.

어의는 안으로 들어와서는 곧장 고개를 숙였다. 그의 눈썹과 턱수염은 온통 하얗게 덮여 있어 신선 같은 분위기를 풍겼다. 황후는 그의 모습을 살필 새도 없이 물었다.

"갑자기 무슨 일이시오?"

"소인 밤새 고민하다가 황후 마마께 먼저 아뢰어야 할 것 같아 이렇게 달려왔사옵니다."

"무슨 급한 일이란 말이오?"

그는 박불화를 슬쩍 살피며 말끝을 흐렸다.

"잠시 사람을 물리시는 게……."

"원외랑은 나의 분신이나 다름없소. 속히 말해보시오."

그러자 어의가 목소리를 낮추고 찾아온 용건을 급히 알렸다. 듣고 있던 기 황후와 박불화의 입이 동시에 벌어졌다.

"그게 정말이란 말이오?"

기 황후는 너무 놀라 입 언저리를 부르르 떨며 맥을 놓고 말았다.

11

기 황후의 서찰을 읽던 기철은 고개를 잘래잘래 흔들며 서찰을 움켜쥐었다. 그리고는 갈기갈기 찢으며 이를 갈았다.

"오라비의 청 하나 들어주지 않다니······."

그는 못내 분을 이기지 못하고 앞에 놓인 책상을 두 발로 차버렸다. 눈에는 경멸기까지 감돌았다. 누이인 황후가 자신의 뜻을 거절했지만 그렇다고 포기할 그가 아니었다.

기철은 즉시 집을 나서서 궁궐로 들어가 곧장 영화궁에 있는 경화공주를 찾았다.

"어서 오세요, 덕성부원군 나으리."

그녀는 반갑게 기철을 맞이했다. 그녀는 충혜왕에게 능욕을 당한 뒤 이를 원나라에 알려 그를 잡아가도록 한 장본인이었다. 그 후 경화공주는 왕이 없는 자리를 차지하여 충혜왕을 따르는 신하들을 모조리 옥에 가두고, 정동행성의 관리를 대폭 교체하여 자신의 사람으로 만들었다. 충혜왕이 복위하자 그녀의 권세는 많이 위축되었지만 아직도 그녀를 은밀히 따르는 신하가 많았다. 그녀는 또한 국정을 맡아본 경험이 있어 충분히 왕을 대신할 만했다. 게다가 충혜왕에게 능욕을 당한 뒤로는 왕에게 깊은 반감을 가지고 있었다. 기철은 은밀히 공주와 만나며 호시탐탐 충혜왕을 몰아낼 궁리를 하고 있었다.

기철은 기 황후로부터 온 서찰의 내용을 전했다. 그러자 공주는 실망감을 감추지 못했다.

"황후마마께서 마음만 먹으시면 국왕 정도는 충분히 잡아갈 수 있을 텐데요."

"그러게 말입니다. 황후마마는 여기 고려에 있지 않아 국왕의 횡포를 아직 잘 모르는 것 같습니다."

경화공주는 초조한 마음으로 걱정을 늘어놓았다.

"이제 더 이상 두고 볼 수가 없습니다. 백성들의 생활은 도탄에 빠지고, 황실의 기강은 무너진 지 이미 오랩니다."

"조금만 더 때를 기다려 보시지요. 제게도 나름대로 생각이 있습니다."

"생각이라뇨, 어떤 생각이신지?"

"지금은 때를 기다리고 있지요. 그 때가 찼다고 생각되면 제가 직접 나설 겁니다."

기철은 그렇게 큰소리를 치고는 영화궁을 나섰다. 밖은 이미 늦은 저녁이었다. 궁을 나선 기철은 개경 한복판을 지나갔다. 그를 태운 채여(彩轝) 뒤에는 수많은 사병이 호위하고 있었다. 채여란 원래 사람이 타는 것이 아니라 귀중품을 실어 나르던 가마였다. 기철은 이를 개조시켜 자신이 타고 다녔다. 포장이나 덮개가 없이 의자처럼 생긴 남여(籃輿)와 모양이 비슷하여 밖에서도 모습이 훤히 드러났다. 자신의 권세를 사람들에게 널리 알리기 위해 일부러 채여를 만들게 한 것이다.

채여를 타고 가는데 문득 길 한복판에서 수런거리는 소리가 들렸다. 기철은 잠시 가마를 멈추게 했다. 그리고는 가마에서 내려 그곳을 유심히 보았다. 가게가 마주 보고 있는 시장 한복판에 세 명의 사내가 한 아녀자를 희롱하고 있었다. 한 사내가 여자의 목을 끌어안았고 나머지 두 사내는 치마를 들어 안쪽으로 손을 넣고 있었다. 여자는 거칠게 비명을 내질렀으나 사내들은 낄낄대며 웃기만 했다. 그들 주위에는 많은 사람들이 몰려 있었지만 아무도 이를 말리지 않았다.

기철은 그쪽으로 달려가려는 심복을 막고는 자신이 손수 사람들 틈으로 갔다. 그는 옆 사람에게 슬쩍 물었다.

"저 사내들이 저런 행패를 부리는 데 왜 아무도 말리지 않는 거요?"

그러자 옆 사람이 도리질을 했다.

"저들은 예사 사람이 아닙니다. 저 중 한 명은 왕이라고 합디다."

"예끼 이보슈, 그게 말이나 되는 소립니까? 왕이 어찌 민가에 나가 여러 사람이 보는 데서 아녀자를 희롱한단 말이오?"

"말이 안 되다뇨? 엊그제도 왕이 민가의 아녀자를 희롱하는 걸 어떤 사람이 말리다가 그 집안이 모두 죽음을 당했는걸요."

기철은 그들 세 사람의 얼굴을 자세히 살폈다. 하지만 그 중에 왕은 없었다. 그는 뒤에 대기하고 있던 심복들에게 외쳤다.

"여봐라! 저들을 어서 잡아들여라."

그는 평소 수십 명의 사병들을 대동하고 다녔다. 사병들이 칼을 들고 달려가 순식간에 그 사내들을 잡아들였다. 세 사람은 포박되어 기철 앞으로 끌려나왔다.

"너희들은 어찌 감히 국왕을 사칭하며 그런 포악한 짓을 하는 게냐?"

사내들은 덜덜 떨며 두 손으로 빌었다.

"죽을죄를 지었습니다. 제발 살려주십시오."

기철은 다시 한번 크게 소리쳤다.

"왜 국왕을 사칭하느냐고 물었다."

사내는 고개를 숙인 채 간신히 대답했다.

"엊그제 국왕께서 직접 민가에 내려와 아녀자를 희롱했는데 아무도 말리는 자가 없었다기에 저희도 그런 행세를 했습니다. 저희뿐만 아니라 다른 사내들도 많이 그런다고 합니다. 국왕 행세만 하면 아무도 나서지 못한다는 겁니다."

"이런 쳐 죽일 놈들."

기철은 주먹을 움켜 쥔 두 손을 부르르 떨었다. 그리고는 크게 소리쳤다.

"저놈들을 당장 하옥시켜라. 관아에 넘기지 말고 내가 직접 그 죄를 물을 것이야."

집으로 돌아온 기철은 손수 매를 들어 그들을 심하게 내리쳤다. 얼마나 세게 때렸는지 그들 중 한 명은 그만 목숨을 잃고 말았다.

그날 밤 기철은 너무 안타깝고 분해 잠을 이루지 못했다. 국왕이 얼마나 포악하고 타락했으면 백성들이 왕을 사칭하며 횡포를 부리겠는가? 이대로 가다가는 면면히 이어오던 고려의 미풍양속은 모두 힘깨나 쓰는 자들에게 짓밟혀 무법천지가 될 판이었다.

"그냥 두고 볼 순 없다. 황후가 나서지 않는다면……."

기철은 밤을 꼬박 새웠다. 이른 새벽이 되자 그는 가장 잘 달리는 준마를 골라 타고 심복 몇 명을 대동한 채 급히 원나라의 대도성으로 향했다.

12

기 황후의 눈빛은 얼음처럼 차가웠고, 어느덧 입술은 마르고 갈라져 있었다. 한동안 눈을 감은 채 말을 잇지 못하고 있는 것이다. 박불화는 슬쩍 기 황후의 눈치를 살피다가 어의에게 대신 물었다.

"이 사실을 아는 사람이 또 누가 있소?"

"아무도 모르옵니다. 소인이 진맥을 짚고는 아무에게도 알리지 않고 이곳으로 왔습니다."

"선자성혜도 이 사실을 모른단 말이지요?"

"황후 마마를 위해 일부러 알리지 않았습니다."

"잘했습니다그려."

박불화는 한쪽 눈을 가늘게 뜨며 기 황후를 올려다보았다.

"마마, 어찌할까요? 선자성혜가 수태를 했다면 이건 보통 일이 아니옵니다."

어지러운 생각의 파문이 기 황후의 창백한 얼굴에 흩어지고 있었다. 아직도 충격에서 벗어나지 못하고 있는 듯했다.

"더구나 그녀는 굉길자 족이 아니옵니까? 황상의 사랑을 독차지하고 있다면 그가 낳은 아이가 황태자가 될 수도 있사옵니다."

기 황후가 눈을 뜨며 천천히 대답했다.

"문제는 정후와 황태후가 그녀를 돕고 있다는 거다. 그 아이를 황태자로 앉힌 뒤에 섭정을 하겠지. 물론 그렇게 되면 나와 우리 황자의 안위는 보장할 수 없게 되겠지."

잠시 생각에 잠겼던 박불화가 교활한 눈빛으로 기 황후를 바라보았다.

"한 가지 방법밖엔 없을 듯하옵니다."

"한 가지 방법이라니?"

박불화는 대답 대신 눈을 가늘게 뜨며 한 손을 목에 가져간 뒤 옆으로 사선을 그었다. 기 황후는 불에 덴 듯 화들짝 놀라며 소리쳤다.

"그건 안 된다. 내가 그런 일을 당하지 않았더냐? 그 일로 최 태감이 나 대신 죽음의 문턱까지 갔다 왔다. 그런데 그들과 똑같은 방법을 쓴단 말인가?"

"하지만 달리 방법이 없사옵니다. 언제까지 사실을 숨길 수 있으리라 보시옵니까? 조만간 수태한 사실이 알려지면 바짝 경계를 하여 일이 더욱 힘들어질 것이옵니다. 그러면 지금보다 의심을 살 가능성이 더 많아지게 되옵니다."

"으음……."

기 황후는 더 이상 대답하지 못하고 긴 한숨만 내쉴 뿐이었다. 박불화는 그녀의 눈치를 살피며 단호하게 잘라 말했다.

"그럼 소인이 이 일을 처리하겠사옵니다."

그는 옆에 있는 어의에게 눈짓을 해 보였다. 이내 두 사람은 흥성궁을 나가 어디론가 급히 달려갔다.

선자성혜는 보료에 누운 채 힘없이 한숨을 내쉬고 있었다. 벌써 며칠째 음식을 제대로 들지 못하고 있었다. 속이 더부룩하고 헛구역질을 하는 바람에 음식이 몸에 받지 않았다. 아침에 미음을 가져왔지만 그것도 몇 숟갈 뜨지 못하고 밀어놓았었다. 혹시 수태한 것인가 해서 어의를 불렀지만 아니라는 소리를 들었다. 생각해보니 근래 황제와 무리한 방사를 치르느라 몸이 많이 축나 있었던 듯했다. 식욕도 없고 기운이 떨어져 보료에 누워 있는데 궁녀가 음식을 들고 왔다.

"이걸 한번 드셔보시지요."

그녀는 두 손으로 그릇을 내밀었다.

"복국이라 하옵니다."

"뭐라, 복국?"

"그러하옵니다. 복국은 거북한 속을 달랠 수 있을 뿐 아니라, 식욕을 돌아오게 하는 데 좋다고 하옵니다."

선자성혜는 음식이 별로 내키지 않았다. 하지만 거북한 속을 달래준다는 말에 억지로 수저를 들었다. 국물을 들이켜고 복어의 속살을 몇 점 뜯어 입에 넣었다. 맛이 담백한 것이 그리 싫지만은 않았다. 한 그릇을 온전히 비우고는 수저를 내려놓자 콧등에 땀이 솟으며 몸에 열이 나기 시작했다.

"몸이 왜 이렇게 뜨거워지는 게냐?"

그녀는 일어나서 옷을 슬쩍 풀어놓았다. 그리고는 보료에 다시 앉으려다가 그만 바닥에 쓰러지고 말았다. 곧이어 입에서 피를 토하더니 정신을 잃고 말았다. 환관이 달려오고 의원이 진맥을 짚었지만 이미 숨을 거둔 뒤였다. 이 소식은 곧장 황제에게 전해졌다. 황제는 어전회의를 하다 말고 달려와 선자성혜를 가슴에 안고 통곡을 했지만 그녀의 몸은 이미 차가운 시체가 된 뒤였다.

같은 시각. 황후전에는 침통한 기운이 감돌고 있었다. 백안홀도 황후와 황태후가 긴 한숨을 내쉬며 낯빛을 흐리고 있었다. 황태후는 침통한 표정으로 겨우 입을 떼었다.

"애써 가꾸어온 우리의 노력이 허사가 되었습니다그려."

"황상을 온전히 우리 손에 넣을 수 있었는데……."

황태후는 고개를 주억거리며 백안홀도 황후를 건너다보았다.

"헌데 선자성혜의 죽음이 심상치 않습니다."

"심상치 않다니요?"

"복어를 먹고 그 독으로 죽었다는데 음식을 올린 궁녀도 자살을 했답니다. 죽음의 진상을 밝힐 수가 없게 되었단 말입니다."

"혹 누군가 선자성혜를 독살하고 그 배후까지 없앴단 말입니까?"

"그렇지요."

"그렇다면 누가?"

"의심갈 만한 사람은 한 명밖에 없지 않습니까?"

백안홀도 황후는 짐작이 가는지 입술을 깨물며 고개를 끄덕였다. 황태후가 말을 이었다.

"더구나 선자성혜는 죽기 전에 속이 거북하여 음식을 통 먹지 못했다고 합니다. 혹 수태가 되니 그걸 알고 고려 년이 무슨 짓을 했을지도 모르겠습니다."

"이렇게 가만히 당하고 있을 수만은 없지요."

두 사람의 얼굴엔 차가운 냉기가 흐르고 있었다. 마치 시퍼런 날을 세운 칼처럼 냉랭한 기운이었다.

13

선자성혜의 사망 소식을 들은 기 황후는 착잡한 심정을 가눌 수 없었다. 박불화는 기쁨을 감추지 못하고 있는데 기 황후의 표정은 심히 어두웠다. 그녀는 입술 근육을 뒤틀며 나직이 중얼거렸다.

"언제까지 이렇게 무고한 생명을 죽여야 한단 말인가?"

"마마께서 생각하시는 세상을 이루기 위해서는 불가피한 일이었사옵니다. 너무 유념치 마옵소서."

"내가 생각하는 세상이라……."

"그러하옵니다. 마마께선 반드시 지금보다 더 높은 자리에 오르셔서 천하를 어질고 바르게 이끄셔야 합니다. 백성은 도탄에 빠져있고, 고려의 국운도 크게 기울어가고 있지 않습니까? 속히 마마께서 천하를 다스려야 모든 것이 바로잡힐 것입니다. 그러기 위해선 작은 장애물 정도는 유념치 마소서."

박불화의 말에도 불구하고 기 황후는 여전히 무거운 표정이었다. 그녀는 마음을 달랠 양으로 차를 들기로 했다. 고려에서 가져온 인삼차를 뜨겁게 데워오게 하여 마시려는데 밖에 있던 최천수가 들어왔다. 그는 숨을 크게 몰아쉬며 기 황후 앞에 머리를 조아렸다.

"마마, 덕성부원군께서 대도성에 오셨답니다."

"그래? 그럼 어서 모셔야지."

"헌데 벌써 도성을 떠나 고려로 가셨다고 합니다."

"그게 무슨 소린가? 그렇게 멀리서 왔다가 나를 만나지도 않고 바로 가셨단 말이냐?"

최천수가 기 황후의 눈치를 보며 말끝을 흐렸다.

"저, 그게……."

"무슨 일인지 속히 말해 보거라."

"황상 폐하를 뵙고 급히 가셨답니다."

"도대체 무슨 일이기에 나도 보지 않고 급히 고려로 갔단 말이냐?"

그녀는 황제가 있는 편전으로 달려갔다.

"폐하, 저의 오라버니 덕성부원군이 다녀갔다면서요?"

"나와 국사를 논의하다가 돌아갔소이다."

"국사를 논하다뇨? 무엇을 말씀하시는 건지요?"

"고려에 관한 이야기였소."

기 황후는 짐작 가는 바가 있어 다시 물었다.

"고려에 관한 이야기라면 혹?"

"내 고려의 왕을 압송하라는 분부를 내렸소. 듣자하니 그의 포악하고 음탕한 행실을 더는 두고 볼 수 없더구려. 하여 짐이 대경(大卿) 타적(朶赤)과 낭중(郞中) 별실가(別失哥)에게 군사를 데리고 가 고려의 국왕을 압송해오라고 분부했소이다."

"하오나 고려의 정사에 너무 깊이 개입하시면 오히려 고려 백성들의 원성을 들을 수 있습니다."

"지금 고려는 국왕 때문에 백성들의 원성이 말이 아니오. 황후께선 모른 척하시구려."

편전을 나온 기 황후는 즉시 사람을 보내 기철과 그의 일행이 어디까지 갔는지 알아보도록 했다. 그들은 말을 빨리 몰아 벌써 대도성을 벗어났다고 했다. 사람을 보내 따라잡기에는 거리가 너무 멀었다.

기 황후는 안타까운 듯 입술을 가늘게 비틀고 있었다. 그러자 박불화가 슬쩍 물었다.

"어차피 지금의 왕은 바꿔야 되지 않사옵니까?"

기 황후는 고개를 내저었다.

"내 오라버니가 앞장서서 국왕을 쫓아내는 모습은 아무래도 좋지 않아. 게다가 이 일이 성사되면 오라버니의 기세는 더 높아질 테니 고려에서 거칠 게 없어지겠지. 나는 그 점이 오히려 걱정되느니라."

14

고려의 궁성에는 기철이 원나라로 떠났다는 소식이 자자했다. 민가에서 부녀자를 농락하던 왕은 지체 없이 궁으로 돌아왔다. 왕도 사태의 심각성을 깨달은 것이다. 왕의 심복인 밀직부사 최안우가 급히 왕에게 달려왔다.

"폐하, 기철이 원나라에 가서 군사를 대동하고 온다고 하더이다."

"군사를 대동한다면?"

"아마도 폐하를 폐위시키려는 게 아닐지……."

최안우는 말끝을 흐리며 안색을 붉혔다.

"그러면 내가 어떻게 해야 하는 게냐?"

"당분간은 근신하시면서 원의 눈치를 살펴야 할 것입니다."

몇 달 후, 대경 타적과 낭중 별실가 등이 군사를 대동하고 개경 근처의 교외에 도착했다. 그들은 사람을 보내 왕이 사신을 맞으러 친히 나올 것을 요구했다. 충혜왕은 자신을 압송하기 위해 온 것이라 생각하고 병을 핑계로 나가지 않았다.

"짐이 병이 나서 거동이 불편하니, 그대들이 도성 안으로 들어오시오."

천하의 원나라 군사라지만 도성 안으로 들어오면 어찌지 못할 거라는 계산이었다. 그러자 타적이 다시 사람을 보내왔다.

"황제께서 일찍이 말씀하시기를 왕이 불경하다고 하셨는데, 이렇게 마중도 나오지 아니하면 황제의 의심이 더욱 커질 것입니다."

전갈을 받은 충혜왕은 신하들과 의견을 나누었다. 신하들 대부분은 끝까지 도성에 남자는 의견이었다.

"결코 도성 밖으로 나가시면 아니 되옵니다."

"무슨 짓을 할지 모르는 그들입니다."

하지만 응양군(鷹揚軍)의 수장인 김선장(金善莊)은 다른 의견을 내놓았다.

"그렇다고 마냥 이렇게 버틸 수는 없지요."

"우리 쪽에서 군사와 백관을 거느리고 나간다면 그들도 함부로 어쩌진 못할 겁니다."

충혜왕은 그의 말을 받아들여 수백 명의 호위군사와 신하들을 대동하고 도성을 나와 곧장 정동행성을 찾아갔다. 정동행성에는 이미 대경 타적을 비롯한 원의 관리들과 수백의 군사들이 기다리고 있었다. 충혜왕은 그 기세에 위축되었지만, 일부러 아랫배에 단단히 힘을 주고는 중앙의 의자에 앉아 근엄한 표정을 지어 보였다.

"황상께서 무슨 조서를 내렸느냐?"

그러자 앞에 서 있던 타적의 얼굴이 심하게 일그러졌다.

"무엄하오. 황상께서 조서를 내리셨는데 어찌 감히 앉아서 받으려 하시오?"

그는 말을 마치자 발을 들어 충혜왕의 가슴을 그대로 차버렸다. 충혜왕은 너무 놀라 급히 몸을 일으키며 주위를 돌아보았다.

"이것들이 어찌 감히 국왕을 능멸하는고?"

왕은 옆에 있는 심복을 돌아보았다.

"무엇들 하느냐? 어서 이 자를 내리쳐라."

그러자 지평(持平) 노준경(盧俊卿)이 칼을 빼들며 타적 앞으로 나섰다. 하지만 주위에는 이미 원나라 군사가 포위하고 있었다. 정동행성은 원나라의 직속기구여서 고려 군사들은 안으로 들어오지 못한 채 밖에서 대기하고 있었다. 때문에 안에서 무슨 일이 벌어지고 있는지 알 수 없었다. 충혜왕은 몇몇 심복만 데리고 들어왔기 때문에 원나라의 기세에 눌릴 수밖에 없었다.

노준경이 칼을 빼들었으나 아무래도 주위의 군사에 기가 꺾일 수밖에 없었다. 타적이 가소롭다는 표정을 지어 보이고는 손짓을 했다. 그러자 원나라 병사 하나가 뒤에서 노준경을 단칼에 베어버렸다. 그는 비명 한번 지르지 못하고 그 자리에 쓰러졌다.

그제야 충혜왕이 덜덜 떨며 의자에서 일어났다. 그 틈을 놓치지 않고 원나라 군사들이 달려들어 밧줄로 왕을 포박하고는 무릎을 꿇렸다. 무신들이 참지 못하고 달려들었지만, 모두 원나라 군사의 칼에 쓰러지고 말았다.

좌우사 낭중(左右司郞中) 김영후(金永煦), 만호(萬戶) 강호례(姜好禮), 밀직부사 최안우 등이 창에 맞아 쓰러지고, 끝까지 반항한 군사들은 모조리 죽임을 당했다. 왕을 포박한 타적은 황제가 내린 조서를 읽기 시작했다.

그대 왕정은 나라의 윗사람으로서 백성들의 고혈을 긁어먹은 것이 너무 심하였으니 비록 그대의 피를 온 천하의 개에게 먹인다 해도 오히려 부족하다. 그러나 내가 사람 죽이기를 즐겨하지 않기 때문에 귀양 보내는 것으로 그칠 테니 그대는 나를 원망하지 마라.

그들은 충혜왕을 한 필의 말에 태우고 곧장 대도성으로 출발했다. 충혜왕은 타적에게 두 손을 모으고 간절히 빌었다.
"마지막으로 나의 가족들을 보고 가게 해주시오."
하지만 타적은 칼을 들고 위협할 뿐 그의 부탁을 들어주지 않았다
정동행성을 출발하기 전에 타적은 덕성부원군 기철과 이문(理問) 홍빈(洪彬)에게 정동행성의 사무를 임시로 맡게 했다. 기세가 오른 기철은 군사를 동원해 개경에 남아 있는 충혜왕의 심복인 박양연(朴良衍), 임신(林信), 최안의(崔安義), 승신(承信) 등을 잡아 가두었다. 이제 고려의 국정은 온전히 기철의 손 안에 들어온 것이다.
왕이 잡혀갔다는 소식을 듣고 단양대군의 종이었던 은천옹주 임씨가 울면서 달려왔다. 그녀는 울면서 원나라 사신들에게 매달렸다.
"전하께선 예복만 입으셨습니다. 지금 날씨가 몹시 추우니 따뜻한 옷을 입게 해 주십시오."
그 모습을 지켜보며 기철과 단양대군은 음흉한 미소를 지어 보였다. 이제 비로소 왕에게 빼앗긴 여인을 되찾을 수 있게 된 것이다. 기철은 애처롭게 매달리는 은천옹주 임씨의 자태를 눈여겨보고 있었다. 그리고는 조용히 혼잣말로 중얼거렸다.
"이제 저깟 여인이 대수겠느냐? 고려의 모든 땅이 내 수중에 들어

온 것을."

그는 천천히 타적에게 다가갔다.

"국왕을 생각하는 마음이 지극하지 않습니까? 옷을 입히도록 하시지요."

타적은 왕이 두꺼운 옷을 입도록 허락했다.

개경을 떠난 타적 일행은 충혜왕을 호송하여 두 달 만에 대도성 근처에 도착했다. 하지만 그들은 대도성 안으로 들어갈 수 없었다. 원나라 황제가 다시 조서를 내려 고려왕을 게양현(揭陽縣)으로 유배 보낼 것을 명했기 때문이다. 게양현은 대도성에서 이만여 리나 떨어진 곳이었다. 끝까지 남은 그의 심복 원자(元子)가 옷 한 벌을 바쳤을 뿐, 충혜왕의 귀양 행렬은 더 이상 아무도 따르는 자가 없었다.

충혜왕을 태운 말이 게양현으로 가는 동안 그의 고생은 이루 말할 수 없었다. 힘겨운 여정을 견디지 못한 왕은 게양현에 도착하기도 전에 악양현(岳陽縣)에서 그만 죽고 말았다. 그의 죽음에 대해서는 여러 가지 소문이 나돌았다. 여독을 견디지 못해 죽었다는 말도 있고, 호사스러운 음식만 먹던 그가 급히 귤을 먹다가 급체해서 죽었다는 말도 있었다. 하지만 충혜왕이 귀양길에 한 사람을 만난 것을 아는 사람은 아무도 없었다. 그 자가 노독이나 풀라면서 술을 올렸는데, 충혜왕은 그 술을 먹은 후 그만 쓰러지고 말았다. 술을 보낸 사람은 바로 기철이었던 것이다.

2장
숨통을 조여오다

1348년 기 황후의 명으로
고려 개풍군에 경천사 10층석탑을 세우다

1

 이른 새벽부터 황실이 바쁘게 움직이기 시작했다. 황제를 태운 보여가 화의문(和義門)으로 향하자 신하들과 많은 시종들이 말을 타고 뒤따랐다. 이른 아침부터 궁중에서 격구(擊毬)가 열리는 것이다.
 격구란 원래 페르시아에서 시작된 운동인데, 이것이 중국에 전해지면서 원나라 시대에도 많은 사람들이 즐겨하는 놀이가 되었다. 당시 격구는 원나라뿐만 아니라 유럽에도 전해져 사람들이 즐겼는데 약간 변형되어 폴로(Polo)경기로 완성되기도 했다.
 궁성의 안쪽에서 화의문을 향해 보면 동쪽에 융복궁이 있고, 북쪽으로 큰 연못인 적수담이 있는데, 이 옆에 격구를 할 수 있는 구장이 마련되어 있었다. 사람과 말들이 몰아쉬는 입김이 새벽의 차가운 공기를 녹이며 하얗게 피어올랐다. 구장의 정자에 둘러친 장막의 화려한 색채가 군데군데 피운 화톳불에 반사되어 찬란하게 빛났다.
 황제는 여러 문무백관을 친히 거느리고 행차해 정자의 중앙에 설치된 옥좌에 앉고, 그 옆에는 황태후를 비롯한 황족들이 정해진 자리에 앉았다. 한쪽 구석에는 오색 무늬를 넣은, 화려하고 아름다운 도포를 입은 예악사(禮樂司)가 자리해 있으며 충익시위군이 사방에 정렬하여 경호를 맡고 있었다.

이윽고 해가 떠올라 아침 안개에 싸인 나뭇가지를 붉게 물들이기 시작하자 커다란 북이 대기를 진동시키며 웅장하게 울려 퍼졌다. 북소리가 울리자 대기하고 있던 선수들이 화의문을 박차고 구장으로 달려 나왔다. 관중들이 지르는 환호성이 대지를 진동시켰다. 다시 한번 북이 쿵하고 울리자 이번에는 경쾌한 군악이 연주되었다. 세 번째 북소리가 울리자 군악이 그치면서 말에 올라탄 선수들이 황제를 향해 허리를 깊숙이 숙이고 절을 올린 뒤에 경기를 시작했다.

양쪽 조장 가운데 한 사람이 타구채를 휘둘러 공중에 띄운 공이 땅에 떨어지면, 선수들은 먹잇감을 다투는 용호처럼 공을 향해 일제히 말을 몰았다. 타구채는 오색 무늬의 비단으로 감았는데 이것으로 날쌔게 공을 낚아 쳐올려야 했다. 경기가 진행되는 동안 황제는 연신 손뼉을 치며 선수들을 격려했다.

경기가 한참 무르익을 무렵 갑자기 장막 안이 수런거리기 시작했다. 황제 옆에 앉아 있던 황태후가 쓰러진 것이다. 그녀는 가슴을 부여잡으며 거센 신음을 내뱉고 있었다. 환관들이 그녀에게 달려들어 겨우 몸을 일으켰다. 옥좌에 앉아 있던 황제도 옆으로 달려와 태후의 손을 붙들었다. 황태후는 얼굴이 붉게 상기된 채 숨을 거칠게 몰아쉬고 있었다. 통증이 심한지 이를 악물고 옅은 신음을 연신 뱉어냈다. 황제는 주위를 향해 황급히 외쳤다.

"어서 어의를 불러 오라."

이윽고 어의가 달려와 황태후를 진맥했다. 어의는 눈을 감은 채 한참 동안 맥을 잡더니 이내 고개를 내저었다. 황제가 다급하게 물었다.

"황태후께서 왜 쓰러지신 게냐?"

어의는 황태후의 눈치를 살피더니 조심스럽게 대답했다.

"황태후 마마께선 아무 이상이 없으십니다."

그러자 누워있던 황태후가 벌떡 일어나 앉았다.

"뭐야? 내가 이렇게 가슴이 찢어질 듯 아픈데 아무 이상이 없단 말이냐?"

어의는 대답하지 못한 채 고개를 숙이기만 했다.

"내가 꾀병이라도 부린다는 게냐?"

황태후는 분을 이기진 못한 듯 가슴을 부여잡고 다시 소리쳤다.

"안 되겠다. 어서 라마승을 불러오너라. 나의 병을 치료할 사람은 그들밖에 없다."

이윽고 붉은 적삼을 걸친 라마승 한 명이 급히 달려왔다. 그는 황태후에게 합장을 한 후 적삼에서 마니차를 꺼내들었다. 마니차는 경전을 쓴 천을 넣고 겉은 귀한 보석으로 장식한 작은 통이었다. 라마승은 마니차를 돌리며 주위를 돌더니 이내 주문을 외기 시작했다.

"옴 마니 반메 훔, 옴 마니 반메 훔……."

한참 동안 주문을 외운 라마승이 그 자리에 선 채 다시 합장을 했다. 황제가 얼른 그에게 물었다.

"황태후께서 왜 갑자기 쓰러지신 게냐?"

라마승은 대답하지 못하고 망설이고 있었다.

"어허, 어서 말해 보려무."

황제가 재촉하자 라마승은 쓰러져 있는 태후를 슬쩍 쳐다보았다. 그러자 태후가 의미심장한 표정으로 고개를 끄덕이며 눈짓을 보냈다. 라마승은 침을 꿀꺽 삼키더니 이내 대답하기 시작했다.

"사실은 태후께서 아프신 이유는……."

같은 시각. 흥성궁에서는 기 황후가 황자와 함께 글을 읽고 있었다. 황자 애유식리달렵의 나이는 이제 여섯 살. 어린 나이인데도 그는 글을 자유롭게 읽고 쓸 수 있었으며, 기 황후의 지시로 매일 《사기》를 읽고 있었다. 기 황후는 《사기》의 한 부분을 펼쳐놓고, 그 내용을 직접 물었다.

"有天下而不恣睢(유천하이부자수), 命之曰以天下爲桎梏(명지왈이천하위질곡)이 무슨 뜻이더냐?"

"천하를 차지하고도 자기 뜻대로 행하지 않으면 천하를 질곡(桎梏)으로 삼는 것과 같다는 뜻이옵니다."

"그렇다면 황자는 천하에 자신의 뜻을 어떻게 펴겠느냐?"

"모름지기 온 백성들이 골고루 잘 살고, 덕과 온정이 넘치는 나라로 만들겠사옵니다."

"우리 원 제국은 평범한 나라가 아니다. 천하의 중심이요, 곧 천하를 다스리는 나라다. 황실을 장악하면 모름지기 천하를 다스릴 수 있을 게야."

황자는 고개를 끄덕이며 기 황후를 바라보았다.

"이 어미가 반드시 천하를 네게 줄 테니 부디 뜻을 바로 세워 천하를 다스려야 할 게야."

"명심하겠사옵니다. 어마마마."

"또한 황자의 몸에는 항상 고려의 피가 흐르고 있다는 걸 명심해야 할 것이야."

"어마마마가 사셨던 고려는 어떤 나라이옵니까?"

"고려는 산이 많고 물이 맑은 곳이다. 사람들도 순박하고 인심도 좋은 나라지. 문무를 함께 숭상하여 기상이 넘치고 백성들의 학식도 매우 높단다. 네 어미가 그런 고려인이란 걸 항상 자랑스럽게 여겨야 할 게야."

"하지만 고려는 원 제국을 섬기는 작은 변방 국가가 아니옵니까?"

"고려가 지금은 비록 작은 나라에 불과하지만 예전에는 대륙을 호령하던 나라였단다."

"그런 때가 있었습니까?"

"고려는 고구려라는 나라를 계승한 나라란다. 고구려는 수나라와 당나라의 백만 대군을 이긴 나라였지. 대륙을 경영했던 고구려의 기상을 그대로 이어받았기 때문에 고려는 지금도 원나라의 형제국으로써 자주적으로 나라를 다스리고 있단다."

기 황후가 황자에게 고려에 대한 이야기에 열중하고 있는데, 갑자기 밖이 수런거리는가 싶더니 박불화가 안으로 들어왔다.

"황후 마마, 큰일 났사옵니다."

"무슨 일이냐?"

"황상 폐하의 충익시위군이 몰려와 내전을 뒤지고 있사옵니다."

"무슨 일이기에 감히 내전을 뒤진단 말이냐?"

기 황후는 자리에서 일어나 밖으로 나갔다. 밖에는 수십 명의 충익시위군이 무장을 한 채 궁의 구석구석을 뒤지고 있었다. 최천수가 노한 표정으로 그들 앞을 막았으나 그들은 개의치 않았다. 군사들은 기 황후의 침전까지 뒤질 기세였다. 최천수는 품속에 감추어 둔 칼을 꺼내려 하다가 이내 주먹으로 그들 중 한 명을 때려눕혔다. 이에 노한 군사들이 칼을 빼들며 최천수를 포위했다. 최천수 또한 품속에서 작은 칼을 꺼내들었다. 팽팽한 긴장감이 감돌았다.

"그만 두어라!"

최천수는 내치려던 칼을 흠칫 멈추고는 기 황후 쪽을 바라보았다. 그녀가 한 번 더 고갯짓을 하고서야 그는 뒤로 물러났다. 기 황후는 시위군의 친병대장(親兵大將)에게 다가갔다.

"대체 뭐하는 짓들이냐?"

"황공하오나, 황상 폐하의 명이십니다. 잠시만 무례함을 용서하소서."

군사들은 이리저리 흩어져 궁전 바닥과 벽 틈, 마루 밑과 처마를 샅샅이 뒤졌다. 주위에서 환관들이 이를 말렸지만 그들의 서슬에 물러설 수밖에 없었다. 잠시 후 황제가 나타났고, 황태후가 뒤따라왔다. 그녀는 아직도 가슴이 아픈지 미간을 찌푸린 채 힘겹게 발걸음을 움직이고 있었다.

"무슨 일이옵니까. 폐하?"

기 황후가 간곡히 물었으나 황제는 대답하지 않은 채 고개를 돌렸다. 기 황후는 뒤따라온 황태후가 마음에 걸려 불안했다. 아픔을 참기 위해 가슴을 부여잡는 그녀의 표정 뒤에는 차가운 냉기가 흐르고 있었다.

기 황후가 어리둥절해 있는데 이윽고 어디선가 외치는 소리가 들렸다.

"여기에 있습니다."

시위군이 소리치자 황제와 황태후가 그곳으로 다가갔다. 궁의 대들보 아래 작은 돌조각 사이에는 짚으로 만든 인형이 놓여 있었다. 인형의 가슴 부근에 붙은 흰 종이에는 황태후의 이름이 적혀 있고, 그 위에 날카로운 칼이 꽂혀 있었다.

"이걸 보시지요. 라마승의 말이 틀리지 않았던 겁니다."

인형을 건네받은 황제의 미간이 심하게 일그러졌다. 황제는 미심쩍은 눈으로 기 황후를 건너다보았다.

"저는 모르는 일이옵니다."

"황후께서 이걸 놓아두지 않았다는 겁니까?"

"제가 어찌 감히 이런 짓을 하겠사옵니까?"

황제는 황태후와 기 황후의 모습을 번갈아 살피더니 헛기침을 하며 말꼬리를 흐렸다.

"하긴 이게 여기에 있다고 해서 반드시 황후가 그리했다고는 볼 수 없지요."

황제는 그렇게 마무리하며 돌아섰다. 하지만 미심쩍은 표정은 여전히 가시지 않은 채 몇 번이나 고개를 주억거리고 있었다. 그 뒤를 따르는 황태후의 얼굴에 고통스런 표정은 어느새 사라지고 대신 차가운 웃음이 흐르고 있었다.

2

내전으로 든 기 황후는 황자를 물러가게 하고는 차를 마시고 있었다. 태연한 표정의 기 황후와는 달리 박불화는 이를 악물며 분을 삭이고 있었다.

"황후 마마, 이대로 당하고 계실 것이옵니까?"

"내가 당했다는 것인가?"

"그들은 황상 폐하께서 직접 보시는 앞에서 모함을 했사옵니다."

"황태후가 이번에 사용한 방법은 아주 낮은 수네. 황제께선 나의 인품을 믿으시기에 심하게 의심치는 않을 것이야. 저들이 저런 수를 사용했다는 것은 그만큼 나를 공격할 방법을 제대로 찾지 못했다는 걸 보여주는 것이네."

"아무튼 저쪽에서 대적하겠다는 뜻이 아닙니까?"

"굳이 맞대응할 필요는 없다. 저들이 교활하게 굴수록 오히려 나의 인품과 덕을 높일 수 있는 계기가 될 것이야."

기 황후는 화제를 돌렸다.

"우선은 고려의 새 왕을 세우는 게 급하다."

"충혜왕의 장자 흔(昕)이 어떻겠사옵니까?"

"그는 이제 겨우 여덟 살이 아닌가?"

"어린 왕을 내세워야 황후 마마나 고려의 덕성부원군이 쉽게 움직이실 수 있을 것이옵니다."

"여기 앉아서 섭정을 하자는 겐가?"

"그래야만 고려를 온전히 마마의 손에 넣을 수 있을 것이옵니다."

기 황후는 눈을 감으며 고개를 저었다.

"그러면 따로 염두에 두시고 계신 분이라도 있사온지요?"

박불화가 다시 묻자 기 황후는 턱을 고이며 눈을 가늘게 떴다.

"혹 강릉대군은 어떻겠는가?"

"충혜왕의 동생 말씀이십니까?"

"그는 형과 달리 식견과 학식을 고루 갖추었을 뿐 아니라 주도면밀하여 고려를 잘 이끌 수 있을 게야."

"하지만 그렇게 출중한 인물을 고려왕으로 내세웠다가 혹 마마께 반기라도 들면 어찌합니까? 전에 마마 앞에서 불충한 이야기를 늘어놓는 걸 소인도 똑똑히 들었사옵니다."

"그러니까 먼저 내 사람으로 만들어야지. 난 어린 왕이 이리저리 휘둘리는 모습은 보고 싶지 않아. 강성하고 부강한 고려를 보는 게 내 소원이란 말이야."

기 황후와 박불화가 고려의 정세를 논하고 있는 동안 고려의 개경은 전혀 다른 상황으로 전개되고 있었다. 대도성에서 고려 개경까지는 무려 삼천리가 넘는 거리. 말을 타고 부지런히 달려도 오가는 데 서너 달은 족히 걸렸다. 고려의 소식은 아무리 빨라도 두 달이 지나야 전해들을 수 있었다.

사실 충혜왕을 몰아낸 데는 덕성부원군 기철과 경화공주의 협력이 있어 가능한 일이었다. 하여 왕의 빈자리를 그들이 차지하기 시작했다. 경화공주는 예전에도 충혜왕을 원나라로 몰아내고 자신이 직접 섭정한 적이 있었다. 그때 공주는 충혜왕의 심복들을 모두 정동행성에 감금시키고 김지겸(金之謙)에게 정동행성을 임시 관리하게 했다.

왕이 쫓겨나자 그 반대편에 섰던 신하들이 대거 경화공주에게로 몰려왔다. 그들은 대부분 과거 충혜왕이 없는 동안 정사를 담당했던 신하들이었다. 기 황후를 등에 업은 기철이라지만 아직 완전한 세를 모으지는 못했다. 정동행성은 온전히 그의 것이지만, 개경의 궁중까지 장악하지는 못했던 것이다. 기철은 경화공주가 자신의 사람들을 조정에 앉히는 것을 바라만 보고 있었다. 그는 궁중에 들어가지도 못하고 집에서 분통을 터뜨렸다.

"이런 고얀지고. 닭 쫓던 개 지붕 쳐다본다더니 내가 딱 그 꼴이구나."

분하기는 그의 동생 기원도 마찬가지였다. 그의 입에서는 침이 마르고 단내가 났다.

"궁중의 대신들 대부분이 경화공주를 따르고 있다 합니다."

"내가 목숨을 걸고 대도성에 가서 왕을 쫓아냈건만……."

기철은 굳은 표정으로 도리질을 하고 있었다.

"만약 그년이 주도를 해서 왕을 세우면, 뒤에서 섭정할 게 분명해."

"그러면 어찌합니까?"

"어쩌긴, 우리가 먼저 선수를 쳐야지."

기철은 얼른 자리에서 일어나 밖을 향해 외쳤다.

"어서 가마를 대령해라."

그는 가마를 타고 급히 덕녕공주를 찾아갔다. 덕녕공주는 충혜왕의 첫째 부인으로 원나라 무정왕(武靖王)의 딸이었다. 그녀는 충혜왕의 패륜 행위로 마음고생이 심했으며, 그가 악양현에서 죽었다는 소식을 듣고 슬퍼하기보다는 오히려 기쁨의 눈물을 흘렸다고 한다. 기철은 아무도 모르게 은밀히 덕녕공주의 처소를 찾았다.

"덕성부원군께서 여긴 웬일이십니까?"

"신하된 도리로 태후 마마를 뵈러 왔사옵니다."

"태후 마마라뇨? 전 공주에 불과합니다."

"마마의 아드님이신 흔 대군께서 곧 보위에 오르실 테니 태후 마마가 되실 거 아닙니까?"

"아직 보위 문제는 정해지지 않았잖습니까?"

"정해지지 않았다뇨? 대도성에 계시는 기 황후 마마께서 이미 낙점을 하셨습니다. 소인은 곧 전하를 모시고 대도성으로 향할 것입니다."

"그게 정말입니까?"

"물론입니다. 전하께선 나이가 어리시기 때문에 태후 마마께서 고려를 위해 수고를 많이 하셔야 될 겁니다."

순간 덕녕공주의 입가에 함박웃음이 걸렸다. 그녀의 얼굴엔 흥분 때문에 가벼운 경련이 일고 있었다. 기철은 그녀의 표정을 슬쩍 살피며 말꼬리를 흐렸다.

"하지만 하나 걸리는 게 있는지라……."

"걸리는 게 있다니요? 말씀을 해보세요."

"충혜왕의 모후인 경화공주의 세가 만만치 않습니다. 신하들이 그분에게로 몰려들고 있답니다. 만약 왕자께서 왕위에 오르신다 해도 뒤에서 섭정할 게 분명하니 걱정입니다."

"그래서는 아니 되지요. 그분은 아들에게 몸을 더럽힌 분 아닙니까? 경화공주께서 고려를 이끌어간다면 이 나라의 위신이 서질 않습니다."

"저도 같은 생각입니다."

"그럼 어떡해야 될까요?"

덕녕공주의 눈동자에 날이 서며 강렬한 기운을 내뿜자 기철은 내처 말을 이어갔다.

"그야 한 가지 방법밖에 없지 않겠습니까?"

"한 가지 방법이라?"

기철은 의미심장한 표정으로 고개를 끄덕였다. 덕녕공주는 옅은 한숨을 내쉬며 두 주먹을 불끈 쥐었다.

"마마, 정신을 차리옵소서."

시녀 하나가 침전에서 크게 흐느끼고 있었다. 해가 중천에 떠올랐는데도 경화공주가 일어나지 않아 시녀가 침전으로 들어갔는데 피를 흘리고 누워 있지 않은가? 어의를 불러오고 환관들이 몰려왔지만 공주는 이미 숨을 거둔 뒤였다. 그녀는 각혈을 한 채 눈을 뜨고 죽어 있었다.

이 소식은 곧장 궁궐 밖으로 전해져 문무백관들이 급히 궁으로 몰려왔다. 그들은 경화공주를 시중드는 환관과 시녀들을 추궁했다.

"공주께서 어떻게 사망하신 게냐?"

"각혈을 하셨습니다."

어의가 조심스럽게 일렀다.

"독살을 당하신 듯하옵니다."

"독살이라, 누가 감히 그런 짓을 한단 말이냐?"

모두 침묵을 지켰지만 신하들은 그 주모자가 누군지 짐작할 수 있었다. 하지만 후환이 두려워 더 이상 경화공주의 죽음을 추궁하지 못했다.

때를 같이해 기철은 덕녕공주의 아들 흔을 자신의 말에 태우고 회경전에 들어섰다. 그는 공주의 부음을 듣고 몰려온 신하들을 향해 크게 외쳤다.

"나는 흔 왕자를 모시고 대도성에 가서 황상 폐하께 고려왕으로 낙점을 받아 올 테니, 그동안 조정의 급한 정무는 덕녕공주의 명을 받드시오."

말을 마친 기철은 휘하 사병 수십 명을 거느리고 대도성을 향해 달려갔다.

기철이 왕자 흔을 데리고 대도성에 왔다는 소식은 곧장 기 황후에게 전해졌다. 그녀는 기철이 이번 일을 주도했다는 것을 알고 크게 화를 냈다.

"내가 아직 결정을 내리지 않았거늘 오라버니가 어찌 마음대로 일을 벌이는 걸까?"

박불화가 고개를 숙이며 부드러운 목소리로 말했다.

"아마도 덕성부원군께서는 마마의 의중이 왕자 흔에게 계신 걸로 여겼나 봅니다."

"나는 그렇게 어린 자를 왕으로 세우고 싶지 않다."

"하지만 마마, 만약 덕성부원군께서 손수 데리고 온 왕자를 마마께서 거절하시는 모습을 보이신다면 황궁에선 이를 마마 집안의 분란으로 바라볼 겁니다. 그렇지 않아도 마마를 트집 잡지 못해 안달이 나있는 정후와 황태후의 일파에겐 호재가 되겠지요."

기 황후는 호흡만 크게 가다듬을 뿐 더 이상 대답하지 않았다. 박불화가 마저 말을 이어갔다.

"이참에 덕성부원군의 위신을 세워주시지요. 어차피 잘 되었지 않습니까? 왕이 나이가 어리니까 고려에 계신 덕성부원군께서 쉽게 상대하실 수 있을 것이고, 이는 곧 마마의 영향력을 직접 고려에 행세하실 수 있을 것이옵니다."

기 황후는 크게 한숨을 내쉬며 어쩔 수 없다는 표정으로 고개를 끄덕였다. 그녀는 오라비의 물불 가리지 않는 야욕이 자꾸만 마음에 걸렸다. 오랫동안 권문세족의 횡포에 시달려 온 터라 고려 조정에 원한이 많은 오라비였다. 그런 자가 독기를 품고 작심하고 있으니 많은 정적을 만들지나 않을까 심히 염려되었다. 고려는 여기서 몇 천리나 떨어진 거리, 거기서 급박한 일이 발생한다 해도 손을 써 돕기에는 너무 늦을 것이다.

"아무래도 단단히 다짐을 받아 두어야겠다."

그 시각, 기철은 왕자 흔을 데리고 손수 황제를 알현하고 있었다. 황제는 예전에 왕자를 본 적이 있어 그를 기억하고 있었다.

"네 아비의 일은 안타깝기 그지없다. 짐이 잠시 귀양을 보낸 후에 다시 복위시키려 했건만……."

황제는 그렇게 의례적인 말을 한 후 왕자 흔을 내려다보았다.

"어린 네가 고려를 잘 다스릴 수 있겠느냐?"

"황상 폐하의 분부만 잘 받들면 능히 다스릴 수 있으리라 여기옵니다."

황제가 크게 소리내어 웃었다.

"하하하. 기특한지고. 역시 넌 고려의 왕이 될 자질이 있도다. 특히 고려는 황후의 모국인지라 내 항상 유심히 바라보고 있다는 걸 명심해야 할 것이야."

"분부 잘 받들어 모시겠사옵나이다."

어전에서 물러난 흔은 기철과 함께 기 황후를 찾아왔다. 그 전에 기 황후는 미리 강릉대군을 불러놓고 있던 터였다. 기 황후에게 인사를 올린 흔은 강릉대군에게도 고개를 숙였다.

"미안합니다, 숙부님. 고려왕은 숙부님이 앉으셔야 하는 것인데……."

그러자 강릉대군이 손사래를 치며 무릎을 꿇었다.

"무슨 말씀을 하시는 겁니까? 전하께서는 어질고 영특하시어 성군이 되실 것이옵니다."

기 황후는 보료에 앉은 채 그런 두 사람의 모습을 가만히 지켜보고 있었다. 그녀가 눈여겨 본 이는 바로 강릉대군이었다. 어린 고려왕 앞에 무릎을 꿇고 있었지만, 그의 표정 속에는 날카로운 비수가 숨겨져 있었다. 기 황후가 슬쩍 그를 떠보았다.

"강릉대군은 국왕이 되지 못해 섭섭하지 않소?"

"섭섭하다니요? 소인은 여기 대도성에서 그림이나 그리며 여자를 찾는 게 훨씬 좋사옵니다."

"그럼 평생 여기에 머물 수도 있다는 게요?"

강릉대군은 얼른 대답하지 못하고 잠시 망설이다가 이내 고개를 끄덕였다.

"물론입니다. 황후 마마께서 여기 계시는 한 누구도 절 괄시하지 못할 게 아닙니까? 그 권세를 빌어 여기 대도성에 영원히 머물고 싶습니다."

"좋소. 대군의 말대로 해 주리다."

두 사람은 기 황후에게 다시 한번 절을 올리고는 물러났다. 돌아서는 강릉대군의 얼굴이 가늘게 꿈틀거리는 걸 기 황후는 놓치지 않고 바라보고 있었다.

흔과 강릉대군이 물러가자 기 황후는 따로 기철을 불러들였다. 그녀는 못마땅한 표정으로 기철을 건너다보았다.

"오라버니께선 무모한 행동을 하셨습니다그려."

"무모한 행동이라니요? 고려의 국왕은 당연히 원나라에서 세우는 게 아닙니까?"

"원나라에서 세우는 것이지 오라버니께서 세우시는 게 아닙니다. 오라버니께선 원나라의 허락도 받지 않으시고 무작정 올라오셨지 않습니까?"

"그건 잠시라도 보위를 비워둘 수 없어 급한 마음에……."

어느새 기철의 목소리는 작아지고 있었다. 그는 입을 다물면서 기린처럼 목을 길게 뺐다. 이때를 놓치지 않고 기 황후는 눈을 번득이며 목소리를 높였다.

"고려에 가셔도 자중하셔야 될 겁니다. 정사에 너무 깊숙이 관여하지는 마세요."

기철은 작아진 목소리로 고개를 숙일 수밖에 없었다.

"잘 알겠사옵니다, 마마."

기 황후가 기철을 만나고 있는 그 시각, 황후전에서는 백안홀도 황후가 황태후를 만나고 있었다. 부쩍 가까워진 두 사람은 환관과 시녀를 모두 물리친 채 이야기를 나누었다. 은밀히 주고받는 이야기라 밖에서는 전혀 들리지 않았다. 이야기 끝에 주위가 떠나갈 듯한 황태후의 웃음소리가 들렸다.

"고려 년의 얼굴이 새파랗게 질리는 모습을 보셨어야 했습니다."

백안홀도 황후는 아직 분이 덜 풀린 표정이었다.

"그 정도로는 너무 약하지 않습니까? 기 황후는 우리가 애써 키워 놓은 아이를 죽였습니다."

"이건 시작에 불과합니다. 이번엔 경고하는 차원이었지만 다음부터는 일에 사정을 두지 않을 것입니다."

"그렇다면 본격적으로 움직이실 요량이십니까?"

황태후는 가늘게 입술을 씰룩이며 웃음을 흘렸다.

"그년는 미천한 고려의 공녀 출신입니다. 대부분의 신하들은 신성한 몽고의 피가 섞인 황후를 지지할 것입니다."

"이번처럼 약하게 혼을 내는 차원에 그쳐서는 아니 됩니다."

"아예 황후 자리에서 쫓아내야죠. 이대로 놔두었다가는 그의 아들이 황태자에 오를 것이고, 그러면 고려인의 피를 가진 아들이 황제가 될 것이 분명합니다. 그렇게 되면 누대에 걸쳐 이어온 우리 대원 제국을 고려에게 내주는 것이나 다름없지 않습니까? 이를 눈 뜨고 가만히 두고만 볼 수는 없지요."

문득 백안홀도 황후의 눈빛이 황태후의 얼굴을 찌를 듯 번뜩였다.

"그럼 기 황후를 쫓아낼 계책이라도 있으신지요?"

"물론 있지요. 이번에는 꼼짝 못하고 당할 수밖에 없을 겁니다."

"어떤 계획이신지?"

백안홀도 황후가 물었지만 황태후는 대답 대신 고개를 주억거리기만 했다.

"두고 보셔요. 그년의 코를 납작하게 만들어 놓을 테니."

3

삼경이 지난 늦은 밤. 황태후가 위독하다는 급보를 받은 황제는 침전에 들려다 말고 급히 황태후를 찾아갔다. 그러나 황제가 가보니 목숨이 위태로울 정도는 아니었다. 황태후는 황제를 보자 긴 한숨을 내쉬며 울음을 터뜨렸다.

"황상께서는 무심하시구려. 늙은 숙모가 가슴이 아파 매일 침상에 누워 있는데 이제야 찾아오시는 겝니까?"

황태후는 침대에서 반쯤 몸을 일으킨 채 흐느끼고 있었다. 그녀는 시녀를 시켜 얼굴에 하얀 분칠을 하게 하고, 눈 밑에는 흑연을 칠해 병색이 완연해 보이도록 했다. 더구나 일부러 식사를 하지 않아 얼굴엔 광대뼈가 튀어나오고, 손발은 뼈만 앙상한 채 말라 있었다. 머리까지 풀어헤쳐 모습은 말이 아니었다. 황제는 침대 앞으로 몸을 숙였다.

"아직까지 병중에 계신 줄은 몰랐사옵니다. 어서 자리를 털고 일어나셔야지요?"

"황상도 보지 않으셨소? 기 황후가 방술을 써 나를 위해하고 있으니 내 몸이 좋아질 까닭이 없지 않소?"

"하지만 황태후 마마, 지난번 일은 기 황후의 행동으로 단정할 수 없습니다. 다른 사람이 기 황후를 모함하기 위해 그랬을 수도 있지 않습니까?"

"황상께서 말하시는 다른 사람이란 바로 나를 두고 하시는 말씀이시오?"

"아니옵니다. 무슨 말씀을 그렇게 하십니까?"

황태후는 눈물을 그치고 목소리를 높였다.

"이참에 황실의 기강을 바로잡아야겠습니다."

황제는 그게 무슨 말인지 몰라 턱을 앞으로 내밀었다.

"황실의 서열이 바르지 않으니 음기가 성한다느니, 여자가 설친다는 말이 나오는 게 아닙니까?"

어느새 황태후는 자리에서 일어나 앉았다. 그녀는 아픈 기색 대신 형형한 눈빛으로 또렷하게 말했다.

"우선 흥성궁에 있는 황후와 황비들을 모두 다른 곳으로 보내세요."

황제가 영문을 몰라 하며 경황이 없는 사이 황태후가 말을 이었다.

"원래 흥성궁은 정후의 별궁으로만 사용하던 곳이었어요. 그런데 언제부턴가 황실의 위엄이 사라지더니 황후와 황비들이 함께 기거하게 되었지요. 황상, 지금은 황실 기강을 위해서라도 그것을 바로 잡아야 해요."

"하지만 그건 선대부터 황실의 화목과 황손의 번창을 위해 허용해 오던 것이 아니옵니까?"

"황상의 말씀은 백번 지당하나 최소한 정후의 전각은 정후가 언제든지 쓸 수 있게 비워두어야 하는 것 아니오? 그런데 지금 그곳 주인이 대체 누구요?"

"허나 황태후 마마……."

"황상께서 결정을 내리시지 못하겠다면 어전회의에서 문무백관들을 모아놓고 논의를 해보세요. 여러 신하들의 의견을 들어보고 거기에 따르면 되는 것 아닙니까?"

황제는 대답하지 않고 잠시 생각에 빠졌다. 지금 흥성궁의 본전은 기 황후 처소이다. 애초 흥성궁이 정후의 별궁인 만큼 황태후의 말마따나 정후를 위해 비워두어야 했으나, 기 황후를 황후로 책봉하고 거처가 마땅치 않자 내명부에서 흥성궁의 본전을 기 황후의 처소로 정했었다. 이미 황자까지 생산한 터였으니 내명부에서도 쉽게 결정한 사안이었다.

그러나 저간의 사정이 어찌되었건 황실 어른이 목숨까지 내놓으며 부탁하는 의견을 막무가내로 거절할 수는 없는 일. 황제는 고심 끝에 황태후의 의견을 받아들이기도 했다.

"알겠습니다. 황태후 마마의 명을 받들어 신하들의 의견을 물어보겠습니다."

황제가 황태후의 명을 받아들인 것은 신하들의 그 의견에 반대할 것을 믿었기 때문이었다. 황제인 자신이 기 황후의 이궁에 반대하는 의견을 펼치면 다른 신하들도 지지해 줄 것으로 여긴 것이다. 하여 자신 있게 황태후가 낸 안건을 어전회의에 내놓았다.

"원래 흥성궁은 정후만을 위한 궁이거늘, 그 규모가 커지면서 다른 황후와 비빈이 함께 거하고 있습니다. 황태후께서 정후 이외의 황후와 비빈을 모두 다른 곳으로 옮길 것을 주청하셨는데 경들의 생각은 어떠하오?"

가장 먼저 박불화가 앞으로 나섰다.

"흥성궁은 오래전부터 여러 황후와 비빈들이 함께 거하던 곳입니다. 이미 내명부에서도 황손의 번창과 비빈들의 화목을 위해 숙의하여 결정한 사안인데, 지금에 와서 명분도 없이 이궁하라시는 것은 이치에 맞지 않사옵니다. 통촉하시옵소서."

황제가 고개를 끄떡이자 다른 신하가 나섰다. 바로 합마였다. 그는 이미 황태후로부터 지시를 받은 터였다.

"잘못된 것은 마땅히 바로잡아야 합니다. 어찌 정후께서 다른 황후나 황비와 같은 궁을 사용하신단 말입니까? 이건 우리 원 제국의 전통에도 어긋나는 일입니다."

합마는 목소리를 높이며 주위를 돌아보았다.

"여러 대신께서는 생각이 어떠하신지요?"

신하들은 기 황후가 실세로 떠오르면서 그녀의 눈치를 봐왔다. 하지만 황태후가 다시 복위되고, 그녀의 제안대로 황제가 기 황후의 흥성궁 퇴궁을 논하자 흔들리기 시작했다. 황제가 태후의 말을 받아들여 이를 논한다는 것 자체가 기 황후로부터 마음이 떠난 것이라고 해석한 것이다. 이에 신하들의 생각이 급속히 한쪽으로 기울기 시작했다. 게다가 그들 대부분은 몽고족이 아닌가? 고려 여인이 황후에 봉해진 것도 마음속으로는 오랫동안 승복할 수 없는 일이었는데, 몽고족의 전통을 들먹이자 다시금 마음이 동요되었다. 또한 합마와 별아겁불화는 이런 안건이 나올 줄 알고 미리 대신들을 포섭해 놓은 터였다. 황제의 의중이 정후 백안홀도에게 있음을 은근히 강조하며 대신들의 마음을 움직여 놓았던 것이다. 합마가 말을 마치기 무섭게 별아겁불화가 기다렸다는 듯이 나섰다.

"예부상서의 말씀이 옳은 줄 아뢰오. 잘못된 것은 마땅히 바로 고쳐야 하옵니다."

"하지만 짐은 별로 내키지 않소이다."

합마가 목소리를 더욱 높였다.

"우리 원나라의 전통을 회복하시어 황실의 권위를 세워야 하옵니다. 황상 폐하께오선 부디 현명한 판단을 내리소서."

다른 신하들도 한 목소리로 외쳤다.

"부디 현명한 판단을 내리소서."

많은 문무백관들이 한 목소리로 주청하는데 황제라 해서 막을 수는 없었다. 내키지는 않았으나 고개를 끄덕일 수밖에.

어전회의가 끝나자 박불화는 급히 기 황후가 있는 흥성궁으로 달려갔다. 하지만 흥성궁엔 이미 휘정원의 태감들이 도착해 있었다. 휘정원 태감들은 황태후의 명을 받고 어전회의 결과가 내려지기 전부터 여기에 대기하고 있다가 황제의 명이 떨어지자 곧장 기 황후가 머물고 있는 흥성궁의 내전에 들어와 그녀의 물건을 챙기기 시작했다. 흥덕전으로 기 황후의 집기를 옮기기 위해서였다. 막무가내로 들이닥친 휘정원 태감들을 맨 먼저 가로막은 사람은 최천수의 동생 하영이었다.

"어찌 황후 마마의 침소에 함부로 들어오는 게요?"

그러나 아녀자 몸으로 그들을 막을 수는 없는 일. 태감 한 명이 하영을 밀치자 그대로 바닥에 쓰러지고 말았다. 다른 궁녀가 나섰지만 모두 그들에게 밀려 나동그라졌다. 뒤늦게 달려온 최천수가 쓰러져 있는 하영을 일으켜 세웠다.

"괜찮느냐?"

하영의 입술에는 피가 고여 있었다. 순간 최천수의 눈길에 형형한 불꽃이 일었다. 그는 침을 크게 삼키고는 벌떡 일어났다. 그는 다짜고짜 태감들에게 달려들어 그들을 막았다.

"황후 마마의 명 없이는 여기에 들어올 수 없다. 어서들 물러가지 못할까?"

하지만 그들은 막무가내였다. 최천수는 재빠르게 앞장선 태감의 팔목을 잡아 비틀었다.

"악!"

거친 비명이 터져나오는 사이, 뒤에서 칼을 빼드는 태감마저 다리를 걸어 넘어뜨렸다. 그러자 나머지 태감들이 우르르 달려들었다. 최천수는 소매 안에 감춰둔 단검을 세게 거머쥐었다. 여차하면 칼을 빼들 기세였다. 그는 천천히 주위를 살피며 앞으로 다가갔다. 그때였다.

"멈추어라!"

기 황후의 날선 목소리가 떨어졌다.

"무엄한지고. 여기가 어디라고 함부로 들어와 난동을 부리는 게냐?"

바닥에 쓰러져 있던 휘정원 태감이 얼른 일어났다.

"황상 폐하의 명이십니다. 저희들의 무례를 용서하소서."

뒤늦게 달려온 박불화가 기 황후에게 어전회의에서 논한 일을 이야기했다. 기 황후는 믿을 수 없다는 듯 한동안 어리둥절해 있었다.

"황상께서 어찌 내게 이러실 수 있단 말이냐?"

"황태후께서 충동질하고 몽고족 신하들이 찬동하여 벌어진 일입니다."

기 황후는 핏발선 눈을 동그랗게 떴다. 얼굴 근육도 부들부들 떨렸다. 그녀는 바닥에 쓰러져 있는 하영을 일으켜 세우며 입술을 세게 깨물었다. 어지러운 그림자의 파문이 그녀의 창백한 얼굴에 짙어지고 있었다.

그날 밤 기 황후는 흥성궁으로 거처를 옮긴 지 5년 만에 다시 흥덕전으로 돌아와야만 했다. 그동안 흥덕전은 비어 있는 데다 수리까지 하지 않아 안과 밖의 시설이 모두 낡아 있었다. 석조로 된 바닥과 계단은 군데군데 금이 가 있었고, 끝이 뾰족하게 위로 올라간 기와들이 떨어져 볼썽사나웠다. 그녀를 시중드는 환관과 시녀들의 숫자도 줄어들어 황비로 머물 때와 비슷해졌다.

하지만 기 황후는 의연했다. 표정도 행동에도 변함이 없었다. 평소처럼 좋아하는 차를 마시고 서책을 가까이 했다. 박불화와 고용보가 달려와 걱정스런 한탄을 쏟아냈지만 그녀는 오히려 입가에 희미한 미소를 머금은 채 그들을 안심시켰다.

"우리가 이런 수모를 어디 한두 번 당해보는 게냐? 너무 심려치 말아라."

그런 모습을 바라보며 최천수는 말없이 눈물을 흘렸다. 생각 같아서는 칼을 빼들어 기 황후를 내쫓은 황태후의 세력들을 당장 베어버리고 싶었다. 은밀히 일을 진행한다면 못할 것도 없었다. 하지만 그는 오랫동안 그녀와 함께 하면서 인내와 절제를 배워왔다. 참고 기다리며 때를 기다리면 다시 기회가 올 것이라 여겼다.

어느 날 그는 기 황후에게 뜬금없는 청을 올렸다.

"아무래도 제 누이를 다른 곳으로 보내야 할 것 같습니다."

"그게 무슨 소리냐. 오누이가 같이 있는 게 좋지 않느냐?"

"소인, 이번에 휘정원의 태감들이 몰려왔을 때 제 누이가 쓰러지는 것을 보고는 사사로운 감정이 동하여 큰 실수를 했나이다."

최천수는 진작부터 누이가 기 황후와 함께 있는 것이 마음에 걸렸다. 상황이 여의치 못해, 다시 말해 기 황후와 자신의 누이가 동시에 위급한 상황에 빠질 경우 누구부터 구해야 하나 망설일 것이었다. 그 잠깐의 망설임 동안, 모시고 있는 기 황후가 큰 변을 당할지도 몰랐다. 물론 기 황후부터 지켜야 하겠지만 오누이에 대한 감정으로 자신의 책무를 소홀히 할까 내심 걱정되었던 것이다. 기 황후는 하영을 그대로 곁에 두고 싶었지만 최천수가 간곡히 청하는 바람에 그의 충심을 받아들이기로 했다. 하지만 하영은 서운함을 감출 수 없었다. 기 황후에게 인사를 올리고 나오면서 하영은 오라비를 힐난했다.

"오라버니, 너무 하시옵니다."

최천수는 말없이 누이를 외면했다. 자신을 떼어두려는 오라비의 마음을 아는 하영은 더욱 서운할 수밖에 없었다.

기 황후가 흥덕전으로 쫓겨났다는 소식은 삽시간에 황궁 전체로 퍼졌다. 애초에 황태후는 홍성궁에 기거하는 모든 황비와 후궁들을 같이 내보내기로 했다. 하지만 그들은 모두 그대로 두었다. 결과적으로 기 황후만 밖으로 내쳐진 형국이 돼버렸다. 그렇다고 다른 황비와 후궁은 왜 쫓아내지 않느냐고 항변할 수도 없는 처지였다.

흥덕전은 황제가 머무는 황궁과 멀리 떨어져 있지는 않지만, 그렇다고 쉽게 오갈 수 있는 곳도 아니었다. 하여 황실의 정세와 돌아가는 상황을 파악하기 어려운 데다 다른 황비를 통제하기도 어려웠다. 게다가 기 황후에 대한 황제의 사랑이 이미 식었다는 소문이 퍼지면서 그녀의 위세 또한 급격히 줄어들었다. 공녀 출신인 그녀가 단숨에 황후의 자리에까지 오른 것은 순전히 황제의 은총 때문이었다. 그녀에겐 자신을 지지해줄 신하들도 막강한 가문도 없었다. 오로지 황제의 사랑을 독차지하며 여기까지 올라왔다. 그런 그녀가 황제에게 버림받은 형국이 되었으니, 그 진위 여부를 떠나 기 황후에겐 치명적일 수밖에 없었다.

기 황후를 찾는 신하들의 발걸음은 아예 끊어지고, 천하 각지에서 몰라오던 진상품도 현격히 줄어들었다. 그야말로 고립무원(孤立無援).

박불화는 수시로 찾아와 지금의 위기 상황을 전했지만 기 황후는 아무런 반응을 보이지 않았다. 애써 태연한 표정을 지으며 때를 기다리라는 말만 했다. 하지만 시간이 흐를수록 기 황후를 찾는 황제의 발걸음도 뜸해졌다. 이 소문은 황궁뿐만 아니라 대도성 전체에 퍼졌다. 조만간 고려에도 기 황후의 상황이 전해질 게 뻔했다. 그렇다면 기철은 물론이고 가족 전체가 위험할 수 있었다. 섭정을 하고 있는 덕녕공주가 어떻게 나올지 모르는 것이다. 박불화는 작심하고 기 황후를 다시 찾아갔다.

"황태후와 백안흘도 황후가 손을 잡고 있사옵니다. 그 뒤에는 몽고인 신하들이 줄을 대고 있는 게 분명하옵니다. 그들이 힘을 합쳐 압박해 들어오면 우리 힘으로 당해낼 수 없사옵니다."

박불화는 사태의 심각성을 설명하고 있었지만 기 황후는 역시 아무런 대답이 없었다. 눈을 지그시 감으며 가늘게 입술을 씰룩이는 것이 깊은 생각에 빠져 있는 듯했다.

"마마, 이대로 계시오면 이 자리까지 흔들릴 수 있사옵니다."

"………."

"말씀 좀 해보셔요, 마마."

여전히 말이 없자 박불화는 답답한 듯 두 주먹으로 가슴을 쳤다. 그제야 기 황후가 천천히 눈을 떴다.

"내 오늘 같은 날이 올 줄을 알고 미리 준비해 놓은 게 있네."

"준비해 두신 게 있다면?"

"이 방법만은 사용하지 않으려 했다만 이제 어쩔 수가 없구나. 정면으로 치고 나가는 수밖에……."

박불화는 무슨 말인지 몰라 턱을 앞으로 내밀었다. 기 황후는 작심을 한 듯 미간을 좁히고 있었다.

"지금 가서 고용보를 불러오라."

"고용보라면 휘정원에 있는?"

"속히 가서 내가 미리 준비해 두어라 했던 것을 가져오라 하게."

박불화는 급히 휘정원으로 달려가 고용보에게 기 황후의 명을 전했다. 그는 삼경이 넘은 야심한 시각을 골라 은밀히 흥덕전으로 건너왔다. 그의 손에는 비단보자기에 싸인 묵직한 보퉁이가 들려있었다.

기 황후는 주위의 환관과 시녀를 모두 물린 채 고용보를 맞았다.

"어서 오너라."

고용보는 의자에 앉자마자 들고 있던 보따리를 내놓았다.

"이게 바로 내가 지시했던 것이냐?"

"그러하옵니다."

기 황후는 심호흡을 크게 하며 천천히 보퉁이를 풀었다. 박불화도 긴장하고 있었다. 그는 안에 든 내용물이 궁금하여 침을 꿀꺽 삼키며 바라보았다. 기 황후가 보자기를 풀어 내용물을 꺼내놓자 박불화가 먼저 탄성을 내질렀다.

"아니, 이것은?"

기 황후는 그것을 꺼내 살피며 고개를 끄덕였다. 고용보는 자신 있는 표정으로 두 사람을 바라보았다.

"이것 하나면 황태후는 물론 백안홀도까지 한꺼번에 날릴 수 있을 것입니다."

"그동안 수고가 많았다."

기 황후는 고개를 끄덕이면서도 의미심장한 표정으로 고용보를 건너다보았다.

"허나 이번 일을 행하게 되면 자네는 많은 고초를 당할 게야."

"그 정도는 각오되어 있습니다."

"어쩌면 목숨을 잃을지도 모른다."

순간 고용보의 낯빛이 하얗게 변하며 미간을 좁혔다. 찢겨 올라간 작은 눈에 한순간 복잡한 감정의 빛이 서렸다. 하지만 그는 이내 원래의 침착한 표정을 회복하고는 깊숙이 고개를 숙였다.

"저도 마마와 같이 고려에서 끌려온 환관입니다. 우리 고려가 힘이 없고 관리들이 무능해서지요. 고려가 강성해질 수 있다면, 그래서 원나라에 공녀와 환관을 바치지 않을 정도의 국력을 다질 수 있다면 소인 무엇이든 할 것이옵니다. 마마를 위한 일이 곧 우리 고려를 위한 것이 아니겠사옵니까? 소신 기꺼이 목숨을 바치겠나이다."

어느새 기 황후의 얼굴은 홍시 빛으로 달아올랐다. 속눈썹이 촘촘한 그녀의 짙은 눈자위가 떨리는가 싶더니 이내 눈물이 맺혔다. 황태후에게 쫓겨 이곳으로 오면서도 끝내 눈물을 흘리지 않던 그녀였다. 하지만 고용보가 목숨을 내걸면서까지 자신이 계획한 일을 수행하려 하자 끝내 눈시울이 젖어들고 말았다.

"이 일만 성공한다면……."

기 황후는 잠시 말끝을 흐리다가 고용보의 손을 꼭 잡았다. 고용보가 황공한 표정으로 몸을 엎드렸다. 그녀는 탁자 밑에 놓아둔 상자를 올려놓았다. 상자를 열자 각종 보화와 패물이 가득했다.

"이것은 모두 천하에서 올라온 귀한 진상품들이다. 이걸 모두 팔아 이번 일에 사용하면 모자라지 않을 것이다."

고용보는 고개를 끄덕이며 상자를 받아들었다. 그는 들고 왔던 보자기를 풀어 상자를 함께 넣은 후 다시 묶었다. 보자기를 들고 문을 나서는 고용보를 바라보며 기 황후는 가늘게 중얼거렸다.

"기어이 또 피를 흘려야 한단 말인가?"

4

고려의 개경, 송악산 아래 만월대를 돌아 흐르는 광명천 앞에 선 거대한 저택.

이곳은 바로 기철 일가의 집이었다. 그들은 원래 살던 고향인 행주를 떠나 얼마 전에 이곳으로 옮겨왔다. 개경에 온 것은 궁궐과 가까워서기도 하지만, 무엇보다 자신들의 위신을 크게 과시하기 위해서였다. 그들이 새로 지은 집은 그 규모나 화려함에 있어 왕이 사는 궁궐에 결코 뒤지지 않았다. 붉은 색이 칠해진 육중한 대문 안에 들어서면 여러 채의 건물이 보이는데 건물마다 청색, 금색의 단청 장식을 한 기둥이 죽 이어져 있고, 여러 문양으로 조각된 검은 난간이 회랑을 따라 죽 이어져 있었다. 푸른 기와를 얹은 지붕 위에는 금박을 입힌 둥근 수키와를 얹어 외양이 몹시도 화려했다. 집안 구조가 몽고 양식 그대로여서 마치 대도성의 궁궐을 옮겨 놓은 듯했다.

기철은 거대하고 화려한 채여를 타고 막 집안으로 들어서고 있었다. 밤새 궁궐에서 덕녕공주가 베푼 연회에 참석하고 오는 길이었다. 그는 술이 취해 얼굴이 불콰했으며 기분이 좋아 콧노래를 부르고 있었다. 경화공주를 내쫓고 덕녕공주의 아들을 왕으로 내세운 그의 권세는 그야말로 하늘을 찌를 듯했다. 왕을 마음대로 내세울 정도이니 어느 누가 대적하겠는가? 이제 모든 신하들이 고개를 숙인 채 자신의 말을 왕명처럼 받들고 있었다.

막 집안으로 들어서는데 저쪽에서 아는 체를 하며 누군가 걸어오고 있었다. 자세히 보니 조카인 기삼만(奇三萬)이었다. 그 또한 술이 취하여 걸음을 제대로 가누지 못하고 있었다.

"넌 어찌하여 이렇게 늦게 들어오는 게냐?"

기삼만이 활짝 웃는 표정으로 채여에 올라탄 기철을 올려다보았다.

"혹 서호(徐浩)의 처를 아십니까?"

"서호의 처라, 천하절색이라고 소문이 자자한 부인이 아니더냐?"

"그러하옵니다. 소자가 방금 그년과 정분을 통하고 왔지 뭡니까?"

"그 부인은 엄연히 남편이 있거늘 어찌 정분을 통한단 말이냐?"

"서호를 기방으로 불러놓고, 그가 없는 사이에 그 집에 가서 겁탈을 했지요."

그러자 기철이 한 손을 들어 내치려 했다.

"예끼 이놈아! 벌써부터 여자 맛은 알아 가지고……. 충혜왕 꼴을 당하고 싶은 게냐?"

"충혜왕은 아무런 배경이 없지만 우리 뒤에는 대원 제국의 황후가 계시지 않습니까? 두려울 게 뭐가 있습니까?"

"그래도 자중해야 하느니라. 들자하니 근자엔 무고한 백성들의 땅까지 빼앗고 다닌다면서?"

기삼만이 손사래를 쳤다.

"엄밀히 말하면 빼앗은 게 아닙니다. 대도성의 황후께 바쳐야 한다고 하니 두말없이 내주던걸요."

"그게 빼앗은 거나 진배없지 않느냐? 땅을 빼앗긴 백성들이 안렴존무사(按廉存撫使)에게 탄원을 했다는 게야."

"이런 죽일 놈들. 순순히 땅을 바칠 때는 언제고 이제 와서 고자질을 해?"

"아무튼 당분간은 자중해야 할 것이야. 대도성에서 좋지 않는 소리가 자꾸 들려온단 말이다."

기삼만이 놀라 물었다.

"안 좋은 소식이 들리다뇨?"

"황후께서 정후에게 밀려 흥덕전으로 쫓겨났다는 게야. 신하들도 정후의 눈치를 살피며 우리 황후께 얼씬도 하지 않는다는구나."

"그게 정말입니까?"

"이 소식이 조만간 고려에 알려지면 우리에게도 영향이 미칠 게야. 그러니 너도 당분간 조심해야 한다."

다음 날 아침 일찍 기철은 채여를 타고 궁궐로 들어섰다. 궁으로부터 급히 입궐하라는 전갈을 받았던 것이다. 신봉문(神鳳門)을 지나려는데 입구를 지키고 있던 용호군(龍虎軍)들이 앞을 가로막았다. 그러자 채여 앞에 선 사병이 소리쳤다.

"무엄하다, 이놈들아! 이 가마에 누가 타신 줄 알고 감히 막는 것이냐?"

"회경전은 국왕께서 거하시는 곳입니다. 채여를 탄 채 들어가실 수 없습니다."

"내가 채여를 타고 여길 드나든 게 하루 이틀이 아니거늘……."

기철은 그렇게 투덜댔지만 채여에서 내릴 수밖에 없었다. 용호군의 말은 이치에 맞았다. 어쨌든 신하된 도리로 국왕 앞에 가마를 타고 가는 건 예가 아니었다. 직접 걸어 회경전에 들어서니 신하들이 모두 모여 있었다. 기철은 안으로 들어서며 위를 바라보고는 깜짝 놀랐다. 어린 충목왕은 서쪽에 동향(東向)하여 앉고, 덕녕공주가 북쪽에 남면(南面)하여 앉아 있는 게 아닌가? 이를 본 기철이 버럭 소리를 내질렀다.

"누가 옥좌를 이렇게 마련한 것이오?"

그러자 덕녕공주가 대답했다.

"옥좌는 내가 배치하였소이다. 무엇이 잘못됐습니까?"

"모름지기 국왕께서 남면을 하고 앉으셔야지, 어찌 태후께서 남면하시는 것입니까?"

이에 덕녕공주 대신 배전이 앞으로 나섰다. 그는 궁비(宮婢)의 소생으로서 충혜왕의 호군(護軍)이 되어 기무(機務)를 장악하였으며, 뒤에 군부판서(軍簿判書)에 올랐다. 그러다가 국왕이 바뀌자 이번에는 덕녕공주에게 총애를 받고 있었다. 배전은 미리 준비한 말을 기철에게 쏟아내었다.

"덕성부원군께서는 한번 생각을 해보시지요. 전하는 고려의 국왕이시지만 연세가 어리셔서 아직 국정을 살피지 못하시는 탓에 정무를 대신하는 분이 누구시옵니까? 유충하신 전하의 뒤를 돌보시는 분은 태후 마마이십니다. 나랏일을 처결하며 정사를 손수 이끄시는 태후 마마께서 당연히 남면을 하셔야지요, 안 그렇습니까?"

그는 다른 신하들을 향해 외쳤다.

"다른 분들은 어떻게 생각하시오?"

그러자 회경전에 모인 신하들이 일제히 고개를 숙였다.

"태후 마마께서 남면하시는 것이 지당하옵니다."

신하들의 지원을 등에 업은 덕녕공주는 한층 기세가 등등해져 눈을 치켜뜨며 아래를 내려다보았다.

"그런데 덕성부원군의 옷이 왜 그 모양인 게요?"

"제 옷이 어때서요?"

"여긴 고려입니다. 그런데 왜 원나라의 복장을 하고 왔냐는 겁니다."

기철은 웃옷과 아랫도리를 따로 재단하여 이어 붙이고 아랫도리에 주름을 넣은 몽고식 철릭을 입고 있었다. 그의 머리에 쓴 관은 원나라 종려나무 껍질로 만든 최고급 관이었다. 신고 있는 신발은 자화(紫靴)라 하여 값이 은자로 쉰 근이 넘었다.

"태후께서도 몽고인이 아니십니까?"

"허나 여긴 엄연히 고려의 땅이오. 고려의 백성이 어찌 남의 나라 옷을 입고 궁에 출입하는 게요?"

"원나라가 어찌 남의 나라이겠습니까? 우리 고려는 원의 부마국이 옵니다."

"나도 고려에 시집온 이상 고려 사람이오. 하물며 고려 땅에서 난 덕성부원군께서 어찌 그런 복장으로 왕실을 출입하며 이목을 어지럽히는 것이오?"

기철은 이래저래 덕녕공주와 다른 신하들로부터 모욕당하고 있었다. 아무래도 분위기가 심상치 않았다. 그러고 보니 자신의 편에 선 친원세력들은 보이지 않았다. 급히 입궐하라는 통보를 받았는데 자신의 심복들에게는 연락이 안 간 게 분명했다. 이렇게 혼자만 부른 이유가 필시 있을 터. 덕녕공주는 주위의 문무백관을 둘러보다가 시선을 기철에게 돌렸다.

"이번에 정방(政房)을 폐지하고 정치도감(整治都監)을 설치하려는데 부원군의 생각은 어떠시오?"

기철이 깜짝 놀라며 손사래를 쳤다.

"정방을 폐지하다니요? 그건 아니 될 말씀입니다."

정방은 고려 무신 집권기에 최우(崔瑀)가 설치한 인사행정기관이었다. 최씨 정권은 이 기관을 통해 문무대신의 지배자가 되어 조정을 좌지우지했다. 정방은 무신정권 몰락 뒤에도 존속하여 지금은 백관의 승강(昇降)과 임명(任命), 이동(移動)에 관한 전정(銓政)의 대권을 장악하고 있었다. 때문에 국왕은 정방의 결정에 승인하는 형식을 취하는 허수아비가 될 수밖에 없었다. 기철은 실질적으로 정방을 지휘하고 있었다. 그런데 정방을 덕녕공주가 폐지하려고 하는 것이다.

"국왕이 새로 등극한 이상 국정을 쇄신할 필요가 있어요. 온당치 못한 제도는 과감히 없애야 되지 않을까요?"

덕녕공주가 기세 좋게 소리치자 다른 신하들도 입을 모았다.

"태후 마마의 현명하신 판단을 따를 뿐입니다."

기철은 얼굴을 붉힌 채 헛기침을 했다. 그리고는 등을 돌려 황급히 회경전을 나왔다. 돌아서는 그를 향해 덕녕공주가 한마디 던졌다.

"대도성의 기 황후께서 흥성궁에서 쫓겨나셨다구요?"

문을 나서던 기철이 얼굴을 홱 돌렸다. 덕녕공주는 비아냥거리는 웃음을 짓고 있었다.

"권불십년이라는 말이 있습니다. 이 말을 마음에 잘 새겨두세요."

덕녕공주는 호언대로 곧바로 정방을 폐지해 버렸다. 밀실에서 쥐고 있던 인사권이 임금에게 주어진 것이다. 덕녕공주는 정방 대신 설립한 정치도감을 통해 개혁 작업을 실천해나갔다. 먼저 지방관의 탐학과 정동행성 관리의 작폐를 없앴다. 백성들을 노역으로 내몬 정동행성의 홀치군과 순군을 해체했으며, 정치도감 관리들이 나라 곳곳에 파견되어 썩은 관리들을 잡아들이고 죄상을 조정에 고하여 삭탈관직 시키거나 벌을 내렸다.

이처럼 관리들의 부패를 혁신적으로 개혁하려는 움직임이 일어나는 가운데 원나라에서 칙사 아단불화(阿但不花)가 고려로 건너왔다. 그는 덕녕공주를 알현하고 정치도감의 관리들에게 힘을 실어주었다. 아단불화는 백안홀도 정후와 황태후의 사람이었다. 그는 두 사람의 명을 받아 고려에서 기 황후의 영향력을 약화시키기 위해 파견되었다. 아단불화는 개경의 궁궐에 오자 공공연하게 이런 소리를 떠들고 다녔다.

"황상 폐하의 사랑이 식었으니 조만간 기 황후는 폐위될 것입니다."

이에 자신을 얻은 덕녕공주는 기철의 세력을 바짝 압박하기 시작했다. 그 본보기가 바로 기삼만이었다. 그는 충주판관(忠州判官) 최순보(崔純寶)에게 고소를 당하여 순군옥(巡軍獄)에 잡혀왔다. 예전 같으면 생각도 할 수 없는 일이었다. 고려에서 감히 기 황후의 조카를 건드린 것이다. 기삼만은 옥에 끌려와서도 버럭 고함을 질러댔다.

"네놈들이 어찌하여 나를 잡아 가두는 게냐? 이놈들, 내가 누군 줄 아느냐?"

"넌 원나라 기 황후의 조카가 아니더냐?"

"그걸 잘 알면서 내게 이럴 수 있는 게냐?"

"황후는 무슨……. 조만간 폐위될 것이란 소리가 자자하거늘 어딜 함부로 날뛰는 것이야?"

"폐위는 가당치도 않은 소리다. 내가 여기에 잡혀온 걸 황후께서 아시는 날엔 가만 계시지 않으실 거다."

순군옥의 관리는 애써 그의 말을 무시하고 문초하기 시작했다.

"어찌하여 선량한 백성들의 땅을 함부로 빼앗았던 게냐?"

"그것은 기 황후 마마께 올리려는 것이었소."

"그래서 네 맘대로 빼앗고 죄 없는 백성에게 매질을 했느냐?"

잠시 뒤 옥사 뒤에서 또 다른 관리가 나타났다. 그 관리는 바로 좌랑(佐郎) 서호였다. 그는 사나운 표정으로 기삼만을 노려보았다.

"내가 누군지 잘 알고 있으렷다?"

"다, 당신은?"

"날 기방으로 불러놓고 내 처를 능욕했겠다? 오늘 그 죄 값까지 함께 물을 것이다."

서호는 직접 매를 들어 기삼만에게 곤장을 내리쳤다. 손에 원한을 실어 내리치니 여간 힘이 들어간 게 아니었다.

"아구구, 나죽네……"

서호는 있는 힘을 다해 곤장을 내리쳤다. 기삼만은 주색으로 몸이 곯은 데다 사나운 매질까지 당하자 이내 피를 쏟더니 그 자리에서 죽고 말았다. 이 소식을 전해들은 기철은 즉각 덕녕공주를 찾아갔다.

"내 조카를 함부로 죽인 놈이 누구요?"

"그 일은 순군옥에서 잘못했소이다. 그래서 예빈시사를 죽인 서호를 즉각 하옥하여 문초했소이다."

"하옥하는 것에 그쳐서는 안 되지요. 여기에 관련된 자들을 모조리 붙잡아 주살해야 합니다."

기철의 흥분된 목소리와는 달리 덕녕공주는 침착했다.

"허나 예빈시사 또한 잘못한 게 한둘이 아니더군요. 무고한 백성들의 땅을 빼앗는가 하면 서호의 아내를 몰래 능욕했다지요?"

"그래서 죽어 마땅하다는 겁니까 뭡니까?"

"보통 백성 같으면 진즉 목숨이 남아나지 않았을 겁니다. 예빈시사는 운이 좋았던 편이지요."

"태후 마마."

"이 일은 내가 알아서 처리할 테니 덕성부원군께서는 얌전히 돌아가시지요."

덕녕공주가 차갑게 눈짓을 보내자 용호군들이 들어와 기철을 끌어냈다.

"놓아라! 이놈들아!"

기철은 버럭 소리를 지르며 덕녕공주를 노려보았다.

"우리 집안을 이렇게 모욕하고도 무사할 줄 아시오?"

기철은 곧장 희빈 윤씨를 찾아갔다. 희빈 윤씨는 충혜왕의 두 번째 부인으로 아들 하나를 두고 있었다. 지금 왕인 충목왕 다음의 유일한 왕자였다. 그녀는 원래 권력욕이 강한 데다 성정이 거칠어 덕녕공주의 섭정을 고이 보지 않고 있었다. 이를 잘 알고 있는 기철은 그녀를 은근히 자극했다.

"이대로 더 두고 볼 수가 없습니다그려. 아녀자가 설쳐대는 꼴이라니!"

희빈 윤씨는 익히 들은 소문을 먼저 확인하고 싶었다.

"기 황후께서 폐위될지도 모른다는 소리가 들리는데 어떻게 된 것이오? 흥성궁에서 퇴궁을 당하셨다고 하던데······."

"우리 누이가 어떤 분이십니까? 공녀로 끌려가 황후의 자리까지 오르신 분입니다. 조만간 백안흘도를 몰아내고 정후로 앉으실 겁니다."

"그래요?"

"황후께서 다시 흥성궁에 입궁하시고 정후의 자리에 오르시면 날

괄시하고 우리 집안을 욕되게 한 놈들은 무시하지 못할 것입니다. 우선 덕녕공주부터 손을 봐야겠습니다. 국왕도 함께 말입니다."

"지금 전하는 이제 열두 살입니다. 그렇게 되면 우리 왕자 저(爰)는 평생 왕좌에 오르지 못할 게 아닙니까?"

"사람이 어디 명대로만 살라는 법이 있습니까?"

"그게 무슨 말씀이신지?"

기철은 주위를 휘둘러보더니 희빈 윤씨 앞으로 바짝 다가왔다. 그리고는 낮은 소리로 속삭였다. 듣고 있는 희빈 윤씨의 입가에 차가운 웃음이 걸리고 있었다.

5

황성의 문이 열리며 조그만 가마 한 대가 천천히 밖으로 나오고 있었다. 가마는 작고 볼품없었으며 아무런 장식도 하지 않았다. 가마를 메고 있는 교꾼은 둘에 불과하고, 그 뒤로 박불화와 최천수가 조용히 따랐다. 최천수는 늘 가슴에 품고 있던 단칼 대신 장검을 허리에 차고 있었다. 황성을 나오면서부터는 주위를 경계하는 눈빛이 더욱 날카로워졌다. 가마는 대도성을 가로질러 서쪽 해자 부근 종고루에 도착했다.

이곳은 대운하의 종점으로 남쪽에서 올라온 상선이 모두 집결하고 이었다. 대도성에서 가장 크게 열리는 시장으로 온갖 물건들이 다 모여 들었다. 지나가는 사람들을 불러들이기 위해서 싸구려를 외치는 장사꾼들로부터 흥정을 하는 말다툼소리, 사람들의 눈을 끌기 위해서

북을 치고 나발을 부는 취타(吹打)소리, 물건을 고르는 행인들이 한데 뒤섞여 한낮의 시장은 발 디딜 틈이 없을 정도로 혼잡했다.

가마는 잠시 동안 시장 입구에 멈추어 선 채 주위를 살폈다. 여기에는 천하 각지에서 올라온 물건들뿐만 아니라 사람들의 인종 또한 다양했다. 멀리 안남과 대진 사람뿐만 아니라 하얀 수건으로 머리를 두른 색목인도 보였다. 특히 색목인은 보기에도 귀한 낙타와 코끼리를 가져와 사람들을 불러 모으고 있었다. 한참 동안 그들의 낙타와 코끼리를 구경하던 가마 안에서 목소리가 들렸다.

"주위 사람들의 행색을 자세히 보아라."

"어떤 모습 말입니까?"

"아녀자들의 옷차림을 자세히 보란 말이다."

최천수는 눈을 부릅뜬 채 주위를 살폈다. 시장에는 남자 못지않게 여자들도 많았다. 그들의 옷차림을 살피던 최천수가 눈을 크게 떴다.

"아니, 저것은?"

여자들의 옷차림은 모두 비슷해 보였는데, 그 양식은 바로 고려의 옷차림과 흡사했던 것이다. 몽고 여자들은 아래위가 연결된 양피옷을 입는 게 보통이었다. 그 옷이 무척 길어 치마가 바닥에 끌릴 정도였다. 하지만 지금 시장에 있는 대부분의 여자들은 상하가 분리된 치마와 저고리를 입고 있었다. 허리까지 내려온 저고리와 발끝에 닿는 치마가 어울려 여자들의 옷맵시를 한결 여성스러워 보이게 했다.

"저건 고려의 옷이다. 내가 황궁에서 즐겨 입던 옷이지."

가마 안에는 기 황후가 타고 있었다. 그녀는 황후에 오른 후 처음으로 황궁 밖을 나왔다. 그새 대도성은 크게 변하여 사람들의 옷차림까지 바뀌어 있었다. 자신이 황후가 되고 고려 출신의 환관과 궁녀가 궁을 장악하면서 황궁 밖 거리는 복식까지 알게 모르게 고려의 것으로 바뀐 것이다. 뿐만 아니라 당시 원나라 곳곳에는 고려식 복식과 음식, 기물이 유행하게 되었는데, 원나라 사람들은 이를 두고 고려양(高麗樣)이라 칭했다. 바로 고려 풍속이란 뜻이었다.

원나라에 만연한 고려풍은 단순히 유행에만 그치지 않았다. 원의 황제들은 고작 세금이나 거두고 시나 읊조리는 한인들보다 고려인들이 기술면에서 낫고 유학에도 능통하다고 찬사를 보냈다. 그리하여 원 황실에서는 고려국유학제학사(高麗國儒學提擧司)를 설치하여 고려 유학을 전문으로 연구하도록 하였다. 충선왕 때에는 대도성에 '만권당(萬卷堂)'이란 학당을 열어 두 나라 석학들이 만나 학문을 교류할 수 있는 장을 만들었다. 고려의 뛰어난 불전 사경본이 전해지고, 명의 설경성(薛景成)이 원나라 세조와 성종의 병을 고쳐주었으며, 고려의 바둑 고수들이 황실에 초빙된 사실만 보아도 수준 높은 고려 문물이 일찍부터 원에 전파되었음을 잘 알 수 있다.

기 황후가 황후로 책봉된 이후 이러한 고려풍은 더욱 유행했다. 원나라의 웬만한 고관대작의 집에는 고려에서 가져온 청자와 서적들이 가득했고, 즐겨 입는 옷과 먹는 음식도 고려의 것이 많았다. 이제는 일반 백성들 중 상당수가 고려의 옷을 입은 것을 보며 기 황후는 흐뭇한 표정을 지어 보였다. 하지만 그런 만족도 잠시, 자신이 황후 자리에서 물러나면 이러한 고려풍도 한때의 유행으로 그치고 말 것이란 생각이 들었다. 문득 마음이 급해진 그녀는 서두르기로 했다. 시장의 모습을 유심히 살피다 밖을 향해 명을 내렸다.

"여기서 지체할 수 없다. 속히 찾아 보거라."

가마는 다시 급히 움직여 시장 골목으로 들어갔다. 한참이나 주위를 둘러보던 박불화가 한쪽을 가리켜 보였다.

"어서 저쪽으로 가보자."

그들이 도착한 곳은 시장에서 가장 큰 소금 가게였다. 하지만 가게에는 소금도 손님도 없었다. 주인은 안쪽에서 꾸벅 졸다가 박불화가 들어오는 것을 보고 일어나 길게 하품을 했다. 가마를 입구에 대어둔 채 박불화가 안으로 들어갔다.

"소금을 좀 사려고 하오."

그러자 주인이 두 손을 내저었다.

"우리 가게엔 소금이 없소이다."

"여긴 소금 가게가 아니오? 소금 가게에 소금이 없다는 게 말이 됩니까?"

그러자 주인이 안색을 구기며 긴 한숨을 내쉬었다.

"소금은 원래 전매를 하는 것이라 휘정원에서 받아 팔곤 했는데 거기서 소금을 내놓지 않아요."

"그럼 어디 가면 소금을 구할 수 있는 겁니까?"

"휘정원에서 몰래 소금을 받아 밀거래를 하는 치들이 있다고 합니다."

"그래요?"

"하지만 소금이 귀하다 보니 부르는 게 값이라, 소금이 그야말로 금값보다 더 비싸다고 합디다."

"그렇게 소금이 비싸면 일반 백성들은 어떡합니까?"

"고관대작들도 소금을 먹지 못하는데 백성들이야 오죽 하겠어요.

오랫동안 소금을 먹지 못해 모두들 얼굴이 누렇게 떠있어요. 휘정원에서 소금 값을 올려 관리들 배를 채우려는 게지요. 나 원 참."

주인은 끌끌 혀를 차며 안으로 들어가 버렸다. 소금을 팔지 못하는 가게라 개점휴업이나 다름없었다. 소금 가게를 나온 박불화는 가마를 향해 말했다.

"마마, 어떠하옵니까?"

"우리 뜻대로 되어 가는 것 같구나."

기 황후는 가마에 탄 채 시장을 둘러보며 낮게 중얼거렸다.

"섶이 바짝 말랐으니 이제 불을 지피는 일만 남았다."

대도성의 소금 공급이 원활하지 못하자 백성들 사이에서는 원성이 높아갔다. 소금은 음식뿐만 아니라 한의학에서 약재로 사용할 만큼 중요했으며, 생선을 비롯한 음식을 저장하는 데도 꼭 필요했다. 소금 없이 사는 것은 곧 물 없이 사는 것과 다름없었다. 휘정원에서 소금을 내놓지 않자 날이 갈수록 소금 가격은 천정부지로 치솟아 암시장에서는 금값보다 더 높은 가격에 거래되었다. 백성들은 관리들에게 투고를 하고 벽보를 붙여 그들의 고통을 알렸다.

대도성의 사정이 이러하니 다른 지방은 말할 것도 없었다. 소금을 구하기 위해 염전을 약탈하는 사건이 빈번해졌고, 이를 지키기 위해 군대가 동원될 정도였다. 한족들의 거주지에선 집단적인 폭동까지 일으킬 기세였다. 이 소식은 황제에게도 전해졌다. 하지만 소금을 관리하고 있는 곳이 황태후가 관리하는 휘정원이라 선뜻 나서지 못하고 있었다. 그러던 차에 어전회의에서 이 문제를 정식으로 거론한 자가 있었다. 바로 박불화였다. 그는 문무백관들이 모두 모인 자리에서 큰 소리로 아뢰었다.

"지금 대도성을 비롯한 온 나라에 소금 품귀현상이 벌어져 백성들의 고통이 이만저만이 아니옵니다. 이대로 두시면 나라의 근간이 흔들릴지도 모르옵니다."

"그깟 소금이 무어 그리 대수라는 게요?"

"이건 단순한 소금만의 문제가 아니옵니다. 그렇지 않아도 한인들의 동태가 심상치 않은데 이를 계기로 대규모 폭동을 일으킨다는 첩보가 있사옵니다."

"뭐라? 폭동이라 하였느냐?"

"황실이 소금 공급을 중단하여 한족을 압살하려한다는 흉흉한 소문이 원나라 전체에 자자하옵니다. 사람에게 염분이 결핍되면 신체에 부종이 생기고 비(脾)와 위(胃)를 진정하기 어려워 기혈(氣血)을 도울 수 없어 사망에 이릅니다."

황제는 폭동이라는 말에 놀라 어찌할 바를 몰랐다. 그렇지 않아도 백련교가 교세를 확대하며 백성들을 선동하는 바람에 남쪽에서는 대규모 반란이 일어날 기세였다. 여기다 소금 문제로 대도성의 백성들까지 들고 일어선다면 나라의 흥망까지 좌우할지도 몰랐다. 황제는 신경을 곤두세우고 바짝 긴장한 채 신하들에게 하문했다.

"그렇다면 어찌해야 된단 말이오?"

"속히 소금의 공급을 늘려 백성들에게 나눠주어야 합니다."

"그런데 소금이 왜 그렇게 바닥이 난 것이오?"

황제가 물었으나 박불화는,

"아뢰옵기 황공하오나……."

하고 말꼬리를 흐리며 슬쩍 황제의 눈치를 살폈다.

"휘정원에서 소금을 매점매석하여 비싼 값에 어디론가 넘긴다는 소문이 있사옵니다."

"뭐라? 휘정원에서?"

"휘정원에서 나온 소금을 누군가 몽땅 사버려 소금이 하나도 남아 있지 않다 하옵니다."

"그게 정말이렷다? 다른 대신들도 한번 말해 보구려."

여태 박불화의 입만 바라보던 다른 신하들도 하나둘 아뢰기 시작했다. 이번 일은 나라의 근간을 흔드는 일이라 그들도 가만 있을 수 없었다. 앞 다투어 백성들의 고통을 황제에게 보고하며 위급한 나라 상황도 함께 전했다.

"그럼 짐이 어떡해야 하는가?"

황제는 무엇을 해야 할지 알고 있었지만 일부러 신하들의 의견을 묻는 형식을 취했다. 자신이 직접 나서서 황태후의 비리를 조사하는 모습을 보이고 싶지 않았던 것이다. 이를 잘 알고 있는 박불화가 나서서 대답했다.

"속히 휘정원을 조사하시는 게……."

다른 신하들도 같은 뜻을 표했다. 황제는 결심한 듯 고개를 끄덕였다.

"알았소. 지금 즉시 어사대를 휘정원으로 보내 그곳의 문서를 모두 가져와 조사하도록 하시오. 소금이 누구에게로 갔으며, 그것으로 번 엄청난 돈을 어디에 사용했는지까지 철저히 조사해야 하오."

6

어사대의 관리들은 군사를 동원해 득달같이 달려가 휘정원을 포위했다. 군사들은 창을 들고 주위를 에워싼 채 휘정원 건물에 있던 관리들을 모두 끌어내고 안으로 들어가 각종 장부와 문건을 압수했다. 휘정원의 재정 책임자인 고용보도 끌려나와 오랏줄에 묶였다. 어사대의 치서시어사(治書侍御史)가 물었다.

"휘정원 장부는 어디에 두었느냐?"

"장부는 시어사께서 들고 있지 않소?"

"이게 가짜 장부라는 건 다 알고 있다. 소금이 나가고 들어온 내역이 하나도 맞지 않지 않느냐?"

"난 그 장부밖에 모르오."

"분명 몰래 숨겨둔 비밀 장부가 있을 터, 어서 그것을 내놓아라."

고용보는 단호하게 고개를 내저었다.

"난 모르는 일이오."

"안 되겠다. 이놈을 단단히 물고를 내야겠다. 어서 끌고 가라."

고용보를 비롯한 휘정원 관리들은 즉시 하옥되었고, 이어 감찰기관인 어사대 관리가 찾아왔다. 어사대 관리는 고용보를 국문장으로 끌어냈다. 그를 형틀에 앉힌 다음 밧줄을 단단히 묶고는 심문을 시작했다.

"휘정원에서 관리하는 소금을 모두 어디로 빼돌렸느냐?"

"소인은 모르는 일이옵니다."

"휘정원을 총괄하는 네놈이 모른다는 게 말이 되느냐?"

고용보는 대답 없이 고개를 숙였다.

"분명 휘정원에서는 그 많은 소금을 누군가에게 아주 비싼 값을 주고 팔았을 것이다. 누구에게 팔았으며, 그 돈을 어디에 썼는지 이 장부에는 하나도 기록되어 있지 않다. 어서 진짜 장부를 내놓아라."

"소인은 그 장부가 어디 있는지 정말 모르옵니다."

"환관 주제에 입만 살았구나. 좋다, 네 고집이 얼마나 센지 한번 보자."

어사대 관리가 지시를 하자 주장(朱杖)이라는 붉고 굵은 몽둥이로 형틀에 앉은 고용보의 허벅지를 양쪽에서 힘껏 압박했다. 고용보는 이내 비명을 터트리며 거친 신음을 토해냈다. 양쪽 허벅지에서는 흥건히 피가 고이며 퍼렇게 멍들어갔다. 그래도 실토하지 않자 이번에는 손가락을 형틀에 묶은 채 위에서 무쇠 추를 떨어트려 손가락 관절을 모두 결단냈다.

"아악!"

엄청난 고통 때문에 비명도 지르지 못했다. 가슴의 피가 졸아들어 입 안에서는 단내가 났다. 온몸이 피범벅이 된 채 팔꿈치의 뼈가 드러났다.

"어서 말하거라. 이래도 장부가 있는 곳을 불지 못하겠느냐?"

하지만 고용보는 끝까지 대답하지 않았다. 마침내 형리들은 그의 옷을 모두 벗겼다. 알몸이 되자 고용보의 등 뒤로 손을 묶은 채 도르래를 올려 몸뚱이를 공중에 매달았다가 갑자기 줄을 놓아 바닥에 그대로 떨어트렸다. 그의 몸에 심한 충격이 가해지며 이번에는 어깨뼈가 부러지고 말았다. 다시 줄을 당기며 어사대 관리가 물었다.

"너의 충성은 태후 마마께서도 잘 아실 것이다. 이제 순순히 대답해보거라."

그런데도 고용보는 고개를 내젓기만 했다. 이번에는 시위군이 칼을 뽑아들었다.

"진정 죽고 싶은 것이냐? 너희 휘정원 때문에 수많은 백성들이 소금이 없어 죽어가고 있다. 네 목숨을 거두어 백성들의 원성을 풀어야겠다."

그러면서 칼끝을 고용보의 목에 바짝 댔다. 힘을 가하자 피가 흐르며 살점이 베어져 나왔다. 마침내 고용보는 눈을 감은 채 헛소리처럼 내뱉었다.

"장부는, 장부는 휘정원의 대들보 밑에……, 있소이다."

"혼을 완전히 빼놓으니 이제야 털어놓는구나."

어사대 관리들은 즉각 휘정원으로 달려갔다. 전각 대들보를 뒤지니 과연 보자기에 싸인 장부가 나왔다. 장부는 즉각 어사대의 감찰을 마친 뒤 황제에게 올려졌다. 어사대부의 보고를 들으며 장부를 들여다보던 황제는 눈을 부라리며 두 주먹을 불끈 쥐었다. 그는 환관이 넘겨주는 장부의 내역을 유심히 살피고 있었다.

"소금을 이렇게 어마어마하게 팔아서 무엇에 사용했단 말이냐?"

그러자 재무를 담당하는 환관이 급히 아뢰었다.

"폐하, 그 뒷장을 넘겨보시옵소서."

뒷장을 넘기자 돈이 사용된 구체적인 내역이 자세히 적혀 있었다. 그걸 읽어가던 황제의 입이 더욱 크게 벌어졌다.

"아니, 이것은?"

황제는 너무 놀라 그만 장부를 떨어뜨리고 말았다. 그는 잠시 심호흡을 하며 진정을 하고는 급히 충익시위대장을 찾았다.

"너는 속히 가서 황태후를 데려오너라."

같은 시각. 흥덕전에 있는 기 황후는 고용보가 비밀 장부의 위치를 털어놓았다는 소식을 전해 듣고 있었다.

"고용보가 큰일을 치렀구나."

옆에 있던 박불화가 안타까운 표정으로 고개를 끄덕였다.

"저들의 의심을 받지 않기 위해서는 그런 고문을 받을 수밖에 없었습니다."

"우리가 만들어 놓은 가짜 장부에 잘 넘어가겠지?"

"고용보가 목숨을 걸고 지키려 했던 것입니다. 의심치 않고 그 내역을 그대로 믿을 것이옵니다."

"황상께서 황태후를 부르시겠지?"

박불화는 고개를 끄덕이며 슬쩍 기 황후의 눈치를 살폈다. 그러다가 슬쩍 말머리를 돌렸다.

"마마, 이 참에 아주 완전히……."

그렇게 운을 떼고는 마저 말을 이었다.

"확실하게 후환을 없애야 합니다. 황족이라고 여지를 두었던 게 큰 화근이 되었지 않습니까?"

기 황후는 조용히 고개를 내저었다.

"그래도 그 분은 황상의 숙모님이 되지 않느냐?"

"조카 되시는 황상 폐하를 내치려 했던 분이기도 합니다."

기 황후는 입술을 달싹하다가 이내 한일자로 꽉 다물고 말았다. 어지러운 그림자의 파문이 그녀의 얼굴에 흩어졌다. 박불화가 마저 말을 이었다.

"여태 마마께서 은혜를 베풀어 오셨기 때문에 그런 치욕을 당하시지 않았습니까? 이번에 확실히 제거를 하셔야 합니다. 고용보의 희생을 헛되이 해서는 안 되지 않습니까?"

"으음."

기 황후가 깊은 생각에 잠기자 박불화가 일어났다. 그는 기 황후의 표정을 살피며 말을 매듭지었다.

"그럼, 소인이 직접 처리하겠습니다."

박불화는 급히 흥덕전을 나와서는 휘정원으로 갔다. 아직 시위군이 도착하지 않은 데다 휘정원의 관리들이 모두 끌려가 건물에는 아무도 없었다. 그는 주위를 살피며 몰래 휘정원 별실의 황태우 처소로 들어갔다. 황태후는 너무 근심이 되어 이불을 덮어쓴 채 누워 있었다. 인기척을 느껴 막 일어나려는 걸 박불화가 급히 달려가 이불을 꾹 눌렀다. 갑작스럽게 목 부위를 거세게 눌린 황태후는 한동안 발버둥쳤지만 노파의 힘으로 젊은 박불화를 당할 순 없었다. 한참이 지나자 이불 속이 잠잠해지며 황태후는 숨을 놓아 버렸다. 박불화는 덮고 있던 이불을 얼른 들추고 소매 안에 숨겨온 밧줄을 급히 황태후의 목에 걸었다. 그리고는 천천히 그 줄을 당겨 천장 모서리와 이어진 기둥에 달아 놓고는 급히 밖으로 빠져나왔다.

잠시 후 충익시위군이 도착했지만 그들이 발견한 것은 목을 매고 허공에 매달려 있는 황태후의 시신이었다. 그들은 황태후의 죽음을 황제에게 보고했다. 하지만 황제는 전혀 슬프거나 안타까운 표정을 짓지 않았다. 백안을 등에 업고, 그 뒤로 이필을 사주하여 연첩고사를 황제로 만들려던 황태후가 아닌가? 이번에도 소금을 비싼 값에 팔아 대규모 사병까지 만들려 했었다. 그런 그녀의 죽음이 황제에게 슬프게 느껴질 리 없었다.

7

황태후가 죽고 나자 자연스럽게 기 황후의 흥성궁 복귀가 명해졌다. 그녀는 이전보다 더 화려하게 꾸며놓은 흥성궁으로 돌아왔다. 정후 백안홀도 또한 이번 휘정원의 일에 깊이 관여한 흔적이 엿보였으나 더 이상 파고들지 않았다. 황태후가 맡고 있는 휘정원과 정후가 관리하고 있는 자정원은 서로 밀접한 관계를 맺고 있어 모종의 거래가 오간 것은 분명했다. 하지만 기 황후가 나서서 여죄의 조사를 중지한 것이다. 황제는 그런 기 황후의 배려에 감복하며 큰 선물을 하나 준비했다.

"아니 되옵니다, 폐하."

"어허, 짐의 말을 들으려두!"

"소인이 감당하기 힘든 일이옵니다."

황제는 기 황후를 불러놓고 거듭 재촉했다. 하지만 그녀는 고개를 내저으며 계속 거절했다. 황제도 작심한 듯 설득을 멈추지 않았다.

"휘정원을 맡을 사람은 황후밖에 없소이다."

"정후이신 백안홀도 황후가 계시지 않사옵니까?"

"정후는 이미 자정원(資政院)을 관리하고 있소."

황제는 다시 말을 이었다.

"짐이 미안해서 그러오. 지난날 황태후의 말만 듣고 황후를 흥덕전으로 내친 일이 너무 마음에 걸려서 그러는 것이오."

기 황후는 고개를 들어 떨리는 목소리로 말했다.

"알겠습니다. 폐하. 폐하께서 그리 말씀하시니 제가 휘정원을 맡아보겠습니다, 그러나 한 가지 청이 있사옵니다."

"무엇이든 말해보시구려."

"휘정원의 원사 자리는 고용보를 선임해주십시오."

"그 자는 황태후 밑에서 휘정원의 재정을 담당하던 자가 아니오? 장부를 조작하는 죄를 범해 추국을 당했소. 그런 자에게 다시 휘정원 살림을 맡기라니, 그건 좀 어려울 것 같소."

"그 일은 상관을 모시는 자로서 어쩔 수 없었다 생각되옵니다. 오히려 그의 충성심을 잘 보여주는 것이지요. 얼마 전 휘정원 원사가 노환으로 물러나 그 자리가 공석이라 들었사옵니다."

기 황후는 의아해하는 황제의 반응을 살피며 말을 이었다.

"소첩이 막중한 살림을 맡자면 휘정원 사정을 잘 아는 사람이 필요하온데, 휘정원의 일이라면 고용보만큼 잘 아는 자도 없을 것 같아 올리는 청이옵니다."

듣고 있던 황제가 고개를 끄덕이더니 이내 허락했다.

"정 그렇다면 내 황후의 청을 들어드리리다. 그러나 반드시 휘정원 살림을 바로 잡아 황실과 백성을 위한 것으로 만들어 주시구려."

기 황후는 깊이 고개를 숙였다.

"성은이 망극하여이다."

기 황후가 편전을 나오자 밖에서 대기하고 있던 박불화가 따라나왔다. 기 황후는 흡족한 표정으로 눈짓을 해 보였다. 그녀는 곧 가마를 흥성궁 앞에서 멈추게 했다.

"마마, 어디로 가시는지요?"

기 황후의 입가엔 늠름한 웃음이 물려 있었다.

"이번에 아예 기를 꺾어 놓아야겠다."

그녀가 찾은 곳은 정후가 있는 황궁 내전이었다. 기 황후는 안으로 들어가자마자 정후 백안흘도와 마주앉았다. 정후가 권하지 않았는데도 탁자에 놓인 차를 마셨다.

"오랜만에 뵙게 되니 감회가 남다르군요."

백안흘도 황후는 아무 말 없이 듣기만 했다.

"이번에 휘정원의 고용보를 국문한 내용을 들어보니 재미있는 사실이 들어있더군요."

"재미있는 사실이 들어있다니요?"

"황상께 보고한 장부 말고 또 다른 비밀장부가 있더군요. 그 장부에는 휘정원에서 소금을 판매한 금액이 상당 부분 이곳 자정원으로 들어온 내역이 있었습니다."

그렇게 말을 꺼낸 기 황후는 슬쩍 정후의 표정을 살폈다. 백안흘도는 당황한 표정으로 눈주름을 부르르 떨었다.

"그건 나와 상관없는 일이오."

"소첩도 그렇게 믿고 싶습니다. 허나 장부에 그렇게 기록되어 있는 건 어떻게 설명하실는지요?"

"무엇이라?"

백안흘도의 떨리는 목소리와 달리 기 황후는 침착했다.

"허나 너무 심려치 마옵소서. 그 장부는 제가 잘 보관하고 있으니 아무에게도 알리지 않을 것입니다."

그 말은 협박이나 다름없었다. 여차하면 이를 황제에게 알려 정후를 위협하겠다는 뜻이기도 했다. 정후는 울화가 치밀어 올랐지만 억지로 참아야만 했다. 얼굴을 붉히며 입술을 세게 깨물 수밖에. 그 모습을 지켜본 기 황후는 차가운 미소를 띠며 자리에서 일어났다. 밖에서 기다리고 있던 박불화가 얼른 달려왔다.

"확실하게 기를 눌러 놓으셨는지요?"

"내가 약점을 잡고 있으니 더 이상 다른 일은 못할 게야."

"아예 이번 사건과 묶어서 쫓아내시는 게 낫지 않을까요?"

"정후를 쫓아내고 내가 그 자리에 오르는 모습은 보기에 좋지 않아. 그러면 사람들이 날 두고 표독한 황후라고 손가락질할 것이야."

그녀는 사람들의 눈을 피해 박불화와 최천수만 데리고 휘정원의 사택으로 향했다. 사택에는 고용보가 침상에 누워 있다가 고통스러운 얼굴로 일어나 앉았다.

"그대로 누워 있게나!"

고용보는 기어이 일어나 침상 위에 정좌하고 앉았다. 그는 모진 고문을 견뎌내느라 몸이 말이 아니었다. 얼굴 곳곳에 피멍이 들어 심하게 부어 있었고, 어깨가 탈골되어 팔을 움직이지 못했다. 온몸에 생긴 상처에 피딱지가 앉아 검붉은 자국으로 가득했다. 기 황후는 앉은 채 고용보의 손을 꼭 잡았다.

"자네의 공이 컸네그려."

"송구하옵니다, 마마."

"고문을 대충 받고 말을 하지 그랬나? 그 모진 고문을 왜 끝까지 받아냈던 것이야?"

"그래야 저들이 믿어줄 것 같았습니다."

"미련한 사람 같으니라구……."

기 황후는 잡고 있던 고용보의 손에 힘을 주었다. 그리고는 박불화와 고용보의 모습을 차례로 바라보았다.

"내 자네들의 희생을 잊지 않을 것이야. 오늘의 소중한 경험을 바탕으로 반드시 이 천하를 내 품에 안아 우리가 원하는 세상을 만들 것이다."

기 황후는 복잡한 심사를 달래기 위해 눈을 감고 있다가 다시 말을 이었다.

"이번에 많은 것을 깨달았네. 난 여태 황상 폐하의 사랑에만 기대어 왔어. 하지만 사람의 마음이란 얼마나 변하기 쉬운가? 황상의 마음이 변하면 여태 내가 쌓아온 모든 것이 한꺼번에 무너질 수 있다는 걸 깨달았어."

"이제 마마께선 새롭게 출발하시는 것이옵니다."

"그래. 이번에 맡게 된 휘정원을 기반으로 나의 세력을 본격적으로 확장할 것이다. 그렇게 천천히 이 조정을 장악할 것이야."

"그렇지 않아도 은밀히 사두었던 소금이 많사옵니다. 그것만 팔아도 엄청난 돈을 만들 수 있을 겁니다."

그러나 기 황후는 고개를 내저었다.

"소금은 모두 백성들에게 나누어 주어라."

"허나 지금 소금은 금값보다 비싸옵니다. 팔아서 많은 돈을 만들면 마마를 위해 요긴하게 사용될 것입니다."

"무엇보다 중요한 건 백성들의 민심을 얻는 것이다. 내가 휘정원을 맡으면서 소금을 나누어 주고 그들의 신임을 얻는다면 백안홀도 황후의 자정원과 대비를 이루겠지. 이제는 황상의 사랑뿐만 아니라 백성들의 사랑까지 받아야만 한다."

8

대도성에서 남서쪽으로 조금 가면 넓은 하천이 하나 흐르고 있다. 산서성(山西省)에서 흘러내린 몇 개의 물길과 합쳐지면서 대도성을 지나는 이 하천의 이름은 영정하(永定河)이다. 대도성을 지난 영정하의 물은 해하로 흘러들어 바다로 빠지게 된다. 이 영정하를 가로지르는 돌다리 노구교(盧構橋) 위로 큰 수레 한 대가 지나가고 있었다.

수레 안에는 기 황후가 타고 있었다. 그녀는 박불화와 고용보, 그리고 맨 앞에 최천수의 인도를 받으며 대도성을 둘러보는 중이었다.

"다리가 참 아름답구나!"

그녀는 창을 통해 다리를 내다보며 감탄하고 있었다. 대도성의 지리에 밝은 고용보가 얼른 설명을 덧붙였다.

"노구교라 하옵니다. 예전부터 이곳은 연경 8경의 하나로 꼽힐 만큼 아름다움을 칭송 받던 다리입니다."

노구교는 마르코 폴로가 대도성으로 들어갈 때 지난 곳이라 일명 '마르코 폴로 다리'라고 부르기도 했다. 마르코 폴로는 《동방견문록》

에서 이 다리에 대한 예찬을 아끼지 않았다.

> 강에는 멋있는 다리가 하나 걸려 있다. 돌기둥과 난간에는 화려한 무늬가 새겨져 있는데 특히 돌기둥 위에 새겨진 사자상들은 마치 살아서 움직일 듯하다. 전 세계적으로도 보기 드문 아름다운 다리이다.

실제로 노구교는 구조가 견고하고 모양새가 매우 아름다웠다. 특히 다리 양변을 따라 서 있는 백마흔 개의 돌기둥에 새겨진 사백팔십여 마리의 사자상들은 모양이 다양할 뿐 아니라 살아있는 듯 생생하여 시선을 사로잡기에 충분했다. 수레는 다리를 지나 경산(景山) 어귀에서 멈추었다. 이곳은 비교적 평평한 대도성에서 가장 높은 곳이다. 경산은 자연적인 산이 아니라 인공으로 만든 산이었다. 원나라가 대도성에 도읍을 닦을 때 성안 통자하의 진흙들을 퍼내 이곳에 쌓아 두었다. 그러다가 적에게 포위되었을 때 연료를 확보하기 위해 석탄까지 쌓다보니 자연스럽게 산이 되고 말았다. 이 산에는 다섯 개의 낮은 봉우리가 있는데 모두 원나라가 건국하면서 북쪽을 방비하기 위해 인공으로 만든 것이었다.

수레에서 내린 기 황후는 몸소 산에 올랐다. 비록 높지는 않았지만 기 황후로서는 오르기가 다소 벅찼다. 평지만 걸어왔기에 경사진 길이 다소 부담스러웠다. 그녀는 궁녀들의 부축을 받으며 간신히 정상에 올랐다.

정상에 오르자 대도성 전경이 한눈에 들어왔다. 궁에서 살 때는 몰랐지만 이렇게 멀리서 바라보자 기 황후는 새삼 그 규모에 놀라 입을 다물 수 없었다. 성은 바둑판 모양 동서남북으로 뻗어 있고 주 도로 뒤에는 간선도로들이 이어지며, 도로에 의해 구획된 작은 사각형 안에는 각 지점의 기능에 알맞은 건물들이 들어서 있었다. 대도성 바깥을 둘러쌓은 외성의 길이는 육십 리가 넘을 정도로 길었다.

옆에 있던 박불화는 손가락으로 가리키며 기 황후에게 이곳저곳을 설명해주었다.

"저기 보이는 곳이 황궁 정문인 여정문이옵고, 그 뒷건물이 황상 폐하께서 거처하시는 연춘각(延春閣), 저 숲은 황궁의 아름다운 정원인 어원(御苑)이옵니다."

그 옆에는 기 황후가 자주 찾곤 했던 태액지가 보였다. 여기서 바라보니 하늘빛을 고스란히 품은 수면에 인근 궁궐의 모습을 그대로 비추고 있었다. 궁궐 뒤편으로 펼쳐진 대도성의 중심부에는 고루(鼓樓)와 종루(鐘樓)가 나란히 보였다. 도성 곳곳에는 라마의 불교와 힌두교 사원의 높은 첨탑들이 조화를 이루며 하늘로 솟아 있고 대도성은 제국의 중심도시로서의 위용을 드러내고 있었다.

휘정원에서 오랫동안 일해 온 고용보는 대도성에 대해 잘 알고 있었다.

"대도성은 규모만 큰 것이 아니오라 그 기능 또한 대단하옵니다. 단순한 성이 아니옵죠. 천하를 향해 웅비하는 꿈이 담겨 있는 곳입니다. 초원에서 말을 달리던 유목민들이 중원을 점령한 뒤 수로를 통해 바다를 헤치고 멀리 천하로 뻗어나가겠다는 야심찬 포부가 담겨 있습죠. 그 꿈의 출발점이 바로 저기 보이는 적수담(積水潭)이옵니다."

적수담은 말이 호수지 그것은 내륙 속에 자리한 항구나 다름없었다. 이 적수담은 수로를 통해 통혜하로 이어지고 다시 백하를 따라 바다로 향하게 된다. 물줄기를 따라 가면 천주와 광주 등 남쪽의 해상도시는 물론이고 고려와 일본으로 이어지는 해상 항로로 나갈 수 있었다. 뿐만 아니라 동지나해와 인도양을 거쳐 세계로 나갈 수 있는 출발점이기도 했다. 애초부터 대도성은 천하를 품기 위해 만들어진 도시였던 것이다.

"여태 나의 시각이 너무 좁았구나. 천하가 이곳을 통해 연결되어 있는데 나는 너무 좁은 것만 생각해 왔어. 이제부터는 천하를 경영할 방도를 찾아야겠다."

기 황후는 새롭게 마음을 다잡으며 산을 내려왔다. 내려가는 것은 오르는 것보다 더 힘들었다. 특히 그녀의 화려한 옷과 치렁치렁한 장식 때문에 몸을 움직이기가 여간 불편한 게 아니었다. 미끄러지지 않기 위해 궁녀들의 부축을 받으며 겨우겨우 발걸음을 움직이다가 어느 순간 경사진 길에서 그만 넘어지고 말았다.

"아악-."

몸을 일으켰지만 발목이 부어올라 있었다. 발목을 삐어 한쪽 발을 전혀 움직일 수 없었다. 궁녀들이 달려들어 부축했지만 몇 발자국 움직이지 못하고 풀썩 그 자리에 주저앉고 말았다. 뒤에서 따르던 최천수가 얼른 달려갔다.

"마마, 소인의 등에 업히소서."

이 모습을 본 다른 환관들이 눈을 부릅뜨며 최천수를 노려보았다.

"저런 무엄한지고……."

지엄한 황후가 일개 환관의 등에 업힐 수는 없었다. 하지만 박불화가 그들을 막아섰다. 그는 환관들을 향해 고개를 내젓고는 물러서게 했다. 최천수가 앉은 채 등을 내밀었지만 기 황후는 선뜻 업히지 않은 채 잠시 아득한 시선을 하고서 그의 등을 천천히 매만졌다. 그녀의 입가엔 희미한 미소가 피어났다.

"나에게는 너의 등이 대도성처럼 넓어 보이는구나!"

최천수는 그녀를 업고 조심스럽게 산을 내려갔다. 그의 발걸음이 미세하게 흔들거리고 있었다. 무거워서가 아니라 주체할 수 없는 감정의 소용돌이에 휘말려 온몸을 추스를 수 없었기 때문이었다. 등에 닿는 그녀의 체온이 마치 자신을 태울 것처럼 뜨겁게 느껴졌다. 심장은 튀어나올 듯이 크게 뛰어 숨이 절로 가빠왔다. 기 황후는 넓은 최천수의 등에 얼굴을 기댔다. 환관들과 궁녀들이 따르고 있었지만 아랑곳하지 않았다. 그녀의 마음은 이미 어릴 적 고향으로 날아가 있었다.

"예전에 자네랑 고향 숲을 뛰놀던 때가 기억나는구나. 그때도 나를 이렇게 업고 돌아다녔었지."

기 황후는 눈을 감으며 고향의 숲을 떠올렸다. 잘 익은 과실주처럼 향기로운 숲 속엔 툭툭 꽃망울 터지는 소리와 함께 새들의 경쾌한 노랫소리가 가득했었다. 얼굴에 간들 스치는 숲의 바람살을 느끼며 비단뱀이 풀숲을 헤치듯 사르륵사르륵 나아가면서 토끼를 쫓던 시절. 그때 항상 함께 했던 사람이 바로 최천수였다.

"자네가 마지막으로 나를 업었을 때가 기억나는구나."

최천수도 그때를 잊지 않고 있었다. 황제와 첫날밤을 치르고 너무 지쳐 움직이지도 못하던 그녀를 처소로 데려가던 밤! 그때 최천수는 속으로 통한의 눈물을 흘렸었다. 자신의 모든 것을 걸고 사랑하던 여인을 다른 남자에게 바치고 돌아오던 저주받은 그날 밤의 참담한 심경을 황후가 조금이라도 헤아릴 수 있었을까? 철갑처럼 씌워진 평민의 신분을 벗어던지고 출셋길에 올라 당당하게 그녀를 색시로 맞으려고 절치부심했던 날들, 이제는 한낱 백일몽이 되어 흩어진 지 오래지만, 그럼에도 불구하고 이렇게 환관의 몸으로나마 곁에서 보필하며 그녀를 위해 살 수 있다는 게 커다란 위안이 되기도 했다.

산 중턱에 내려서자 도로 위에 마차가 서 있었다. 마차에 다가섰지만 기 황후는 내리지 않고 한참을 그렇게 업혀 있더니 최천수의 등을 한 번 쓸어주고는 천천히 내려섰다. 마차에 올랐지만 그녀의 눈길은 여전히 최천수를 향했다. 하지만 최천수는 이내 마음을 다잡고 뜨거운 숨을 크게 내쉬며 옷매무새를 바로 했다. 그리고는 마차의 맨 앞으로 나서며 길을 재촉했다.

황궁으로 돌아온 기 황후는 황제의 후원을 받으며 조정을 장악해 나갔다. 또한 휘정원을 중심으로 무역에 손을 대기 시작했다. 우선 시장 중심가에 여러 가게를 열게 했다. 모든 일은 고용보가 도맡아서 처리했다. 고용보는 유능하고 뛰어난 상인들을 고용해 중간에서 물건을 거래하도록 했다. 이는 전국에서 올라온 물건을 구입해 창고에 보관하였다가 세계 각지에서 몰려온 상인들에게 넘기는 것이다. 가게와 창고는 대부분 적수담 부근에 있었다. 엄청난 크기의 인공호수인 적수담 주변에는 여러 종류의 시장과 창고, 그리고 관아들이 자리 잡고 있었다. 적수담 주변 지역은 완전히 경제 중심 지역이었다.

세계 각지에서 멀고 먼 바닷길을 헤치고 직고(直沽)에 도착한 상품들은 운하를 지나는 배로 옮겨져 수로를 따라 적수담까지 운반되었다. 뭍으로 옮겨진 상품들은 대부분 우마차를 이용해 제국 각지로 팔려나갔고, 일부는 휘정원의 창고에 저장되기도 했다. 그녀는 이 유통을 원활하게 하기 위해 각지로 향하는 공도(公道)를 만들고, 내륙의 교통망인 역참제를 새롭게 정비하고 보완했다.

제국 각지에서 생산되는 상품들은 잘 정비된 내륙 교통망을 통해 대도성으로 운송된 뒤 적수담의 물길을 따라 세계 각지로 퍼져나갔다. 적수담을 오가는 배가 하루에 수백 척에 이르렀고, 그 중 상당수는 기 황후가 관할하는 휘정원 소속이었다. 기 황후는 휘정원에 재물이 쌓이는 대로 배를 구입해 상품들을 운송했다. 거기서 얻는 운송 수입료만 해도 엄청났다.

기 황후는 해상로 뿐만 아니라 대륙으로 이어지는 실크로드에도 큰 관심을 가졌다.

실크로드는 대도성을 출발하여 고비 사막의 오아시스인 돈황에서부터 본격적으로 시작된다. 돈황에서 고비 사막을 통과하면 죽음의 땅이라고 일컫는 타클라마칸 사막이 나온다. 이곳은 너무나 황량하고 험준하기 때문에 사람들은 감히 통과할 생각을 하지 못했다. 상인들은 이 사막을 피해 양 갈래로 길을 만들어 갔다. 하나는 북쪽을 우회하는 길로 투르판과 가라샤르, 쿠차, 악수, 카쉬카르 등의 도시로 이어지고, 남쪽 길은 토번의 북쪽 방벽과 사막의 가장자리를 빠져나가 미란, 엔데레, 니야 등의 도시를 지나가게 된다.

처음 실크로드가 개척될 당시만 해도 중국에서 서역으로 이르는 오아시스는 물품을 나르는 대상들의 휴식처 역할을 했다. 하지만 왕래하는 상인들의 수가 늘어나자 오아시스 주변에서는 중계무역이 번성하고, 사람들이 모여들어 도시가 형성되면서 독립된 왕국으로 발전하기도 했다.

실크로드의 최고 번성기는 당나라 시대였다. 당의 수도였던 장안에는 백인, 흑인, 황인종 등 다양한 외국인들이 자유롭게 드나들면서 최고의 번성을 이루었다. 하지만 당이 망하면서 실크로드도 운명을 같이했고 오랫동안 그 길은 잊혀져왔다. 그러다가 몽고족이 중원을 차지하고 천하를 점령하면서 실크로드 또한 다시 살아났다.

기 황후는 고용보에게 실크로드를 더욱 활발하게 이용토록 지시했다.

"바닷길은 이미 우리가 장악하고 있다. 대륙을 통해 서역으로 향하는 길도 우리 휘정원에서 도맡아야 할 것이야."

실크로드를 통해 서역을 오가기 위해서는 낙타의 이용이 필수적이었다. 사막을 횡단하는 운송 수단인 낙타가 없으면 아무리 길이 개척되고 물품이 풍부해도 오갈 수가 없는 것이다. 그런데 낙타는 모두 조정의 선정원(宣政院)에서 관리하고 있었다. 상인들은 사사로이 낙타를 이용할 수 없었다. 이전에 조정의 중신인 합마가 낙타를 몰래 밀래하다 호되게 당한 적이 있을 만큼 낙타 거래는 엄중했다. 기 황후는 휘정원에서 낙타 거래를 도맡을 생각이었다.

그녀는 상인들에게 낙타를 빌려주는 대신 물품 구입은 휘정원을 통하도록 했다. 물건을 사고팔 때 휘정원을 중간 도매상으로 이용하게 한 것이다. 기 황후의 요구는 다소 무리한 측면이 있으나 낙타를 확보하기 위해선 그녀의 말을 들을 수밖에 없었다. 원 제국 각지에서 올라온 물품들은 휘정원에서 모두 매입하고, 상인들은 필요한 물품들을 다시 휘정원에서 구입하여 서역으로 가져갔다. 이런 모든 상황은 휘정원의 고용보를 통해 기 황후에게 보고 되었다.

"상인들이 서로 마주칠 정도로 빈번하게 비단길을 오간다 하옵니다. 규모도 커서 수백 명의 거상들이 서역을 오가며 수많은 물품들을 운송하고 있습니다."

기 황후는 실크로드를 통해 금과 보석, 면직물과 산호, 호박 등을 서역에 내다 팔게 했다. 특히 비단은 서역인들이 가장 선호하는 품목이었다. 당시 서역에는 비단이 너무 귀해 비단 무게와 같은 무게의 금으로 교환할 정도였다.

실크로드를 통한 무역을 활성화시킨 덕분에 서역인들도 계속 대도성으로 몰려들었다. 형형색색의 보석류와 향료, 약품, 각종 진기한 동물들이 대도성에 넘쳐흘렀다. 물품뿐만 아니라 다양한 학문과 지식, 이국적인 예술과 생활양식, 심지어 동식물까지 활발하게 교류되었다. 유사 이래 서역과 중국의 가장 다양한 문명과 물자가 광범위하게 뒤섞이기 시작한 것이다.

기 황후는 황궁을 나와 휘정원의 창고로 향했다. 서역에서 온 물품들을 살펴보기 위해서였다. 창고는 그 규모가 웬만한 궁궐의 건물보다 크고 웅장했다. 창고 안에는 천하 각지에서 가져온 온갖 물건들이 가득했다. 창고 곳곳에 숯을 놓아 습기를 막게 했고, 물품들은 품목별, 지역별로 일목요연하게 정돈되어 있었다. 창고 입구에는 각지에서 온 상인들이 휘정원 관리들에게서 물품을 건네받고 있었다. 거대한 수레가 길게 줄을 지어 서 있고, 수백 명의 상인들이 저마다 물건을 지고 오가는 모습이 일대 장관을 이루었다. 천하의 중심 대도성,

그 대도성의 물품 대부분이 이곳 휘정원을 통해 거래된다고 해도 과언이 아니었다.

창고 옆에 조성된 수원(獸園)에는 물품이 아닌 여러 종류의 진기한 새와 짐승들이 화려하게 늘어서 있었다. 그중 기 황후의 시선을 단번에 사로잡은 것은 단연 천축(天竺 ; 인도)에서 가져온 신상이라 일컫는 흰 코끼리 무리였다. 거대한 머리에는 황금 장식을 했고, 송곳니 끝에는 두자 정도의 붓두껍 같은 황금 장식이 끼어 있었다. 코끼리의 몸은 금실로 무늬를 짠 촉홍(蜀紅)의 비단보로 장식했다. 찬연한 금빛과 타오르는 홍색이 이루는 화려한 대조를 코끼리들도 알고 있는지 온화한 눈은 어딘지 자신의 치장을 자랑하는 듯 보였다.

기 황후는 고용보의 안내를 받으며 창고 뒤쪽으로 돌아갔다. 그런데 갑자기 어디선가 거친 포효가 들려왔다.

"이게 무슨 소린가?"

"아라비아에서 들여온 사자라는 동물입니다."

"사자라?"

"그러하옵니다. 호랑이처럼 크고 사나운 동물인데 목둘레에 갈기가 있는 게 특색이옵지요."

기 황후는 호기심이 일어 그 동물을 구경하기로 했다. 창고 한쪽으로 돌아가자 머리를 큰 백포(白布)로 가린 살갗이 검고 코가 우뚝한 호인(胡人 ; 북방 민족)이 그들을 맞이했다. 호인의 안내로 주변 동물을 둘러보는 기 황후는 난생 처음 대하는 기기묘묘한 동물들에게서 눈을 떼지 못했다.

주색 칠을 한 울에 넣어져 운반된 아라비아산 사자와 안남에서 가져온 신수(神獸)라 일컫는 백호(白狐), 일곱 빛깔의 깃을 활짝 편 공작, 다섯 빛깔로 치장한 앵무새, 관리인의 손목에 앉아 있는 매서운 눈빛의 매 등이 장소가 좁다는 듯 모여 있는 광경은 마치 극락에서나 볼 수 있을 법한 백조천수(百鳥千獸)를 보는 듯했다.

휘정원을 통해 대도성의 상거래를 장악하고 많은 재물을 쌓았지만 기 황후의 욕심은 거기서 그치지 않았다. 그녀는 두 눈을 반짝이며 앞으로 천하를 경영할 포석을 찾는 데 골몰했다.

"휘정원만 가지고는 나의 세력을 넓히는 데 한계가 있다. 황상이 나를 흥덕전으로 내몰 때 나의 편을 들어준 대신들은 거의 없었지 않느냐? 그들은 실세들의 눈치만 보며 이쪽저쪽을 옮겨다니는 철새들이야. 이제부터 확실한 나의 사람들을 많이 심어놓아야겠다."

천하를 경영하자면 먼저 조정부터 장악할 필요가 있었다. 그러나 아직 기 황후의 입지는 미미하기 짝이 없었다. 중신이라고 해봐야 원외랑 박불화와 휘정원사 고용보 정도였으니 좀더 확실한 혈연을 통해 조정에 기반을 마련하고 싶었다. 그래서 그녀는 박불화에게 물었다.

"대신들 중에 백성들의 신망을 받으며 가문이 출중한 자가 있느냐?"

박불화가 대뜸 대답했다.

"위왕(魏王)이란 자가 있습니다. 그는 꾕길자 족으로 황상 폐하와 인척관계이기도 합니다. 성정이 곧고 청렴결백하여 신하들뿐만 아니라 일반 백성들에게도 신망을 받고 있습지요."

"혹 그에게 여식이 있는가?"

"아직 혼인을 하지 않은 과년한 딸이 하나 있다고 들었습니다."

"잘 되었다. 그자의 딸을 우리 애유식리달렵의 아내로 삼을 것이다.

사돈지간이 되면 확실한 나의 사람이 될 게 아닌가? 그쪽에서도 앞으로 황제가 될지도 모를 황자를 사위로 얻을 수 있으니 마다하지 않겠지?"

그러자 박불화가 조심스럽게 말을 꺼내었다.

"허나 마마, 그의 딸이……."

기 황후가 바라보자 마저 말을 이었다.

"그의 딸이 바로 보탑실리 공주이옵니다."

"보탑실리라면 죽은 연첩고사와 정혼한 사이가 아니더냐?"

"그러하옵니다. 그녀는 마마께서 연첩고사를 죽게 한 걸로 알고 있습니다. 이 청혼을 받아들일까요?"

"오히려 잘된 일인지 모르지. 그 아이가 나에게 원한을 갖고 있다하나 시어미가 되면 가슴에 품은 비수로 날 찌르지는 못하겠지."

기 황후는 박불화에게 지시했다.

"속히 보탑실리를 흥성궁으로 부르라."

"뭐라, 우리 황자와 결혼하기 싫다고 했느냐?"

"제가 황후 마마의 명을 들어야 할 이유가 없지 않습니까?"

보탑실리의 눈빛은 예사롭지 않았다. 눈에서 흐르는 차가운 냉기를 뿌리며 기 황후를 올려다보고 있었다. 열여덟 살의 나이가 되면서 그녀의 아름다움은 더욱 빛을 발하고 있었다. 청옥색 치마저고리와 붉은 두루마기에 소박한 문양의 붉은 아마포를 이마에 쓰고 있는 모습이 지상에 하강한 선녀를 연상케 했다. 하지만 몸은 많이 야위어 핏기가 없고 창백한 빛이 돌았다. 기 황후는 한동안 그녀를 내려다보다가 은근한 목소리로 다시 물었다.

"황자는 훗날 원 제국의 황제가 되실 분이다. 그러면 너도 황후가 될 것인데도 싫다는 말이냐?"

"아직 황태자로 책봉되지 않았으니 섣불리 말할 순 없지 않습니까?"

"그럼 우리 애유식리달렵이 황태자로 책봉이 되면 결혼을 할 수 있겠느냐?"

"그래도 할 수 없습니다."

"왜 못하겠다는 말이냐? 너는 연첩고사와 정혼을 했던 아이다. 연첩고사가 황제가 될 줄 알고 정혼을 했던 게 아니냐? 이제 우리 황자가 황제가 될 것이니 정혼을 해도 나쁠 것 없지 않느냐?"

"그렇게 황후의 아들을 황제로 만들기 위해 연첩고사 대군을 죽였던 겁니까?"

문득 기 황후의 목소리 끝이 올라갔다.

"내가 어찌 그를 죽였단 말이냐?"

"물론 직접 지시하진 않았겠죠. 황후 마마 밑에는 충실한 심복들이 많이 있으니 그들이 알아서 했겠지요."

공주는 옆에 서 있는 박불화를 노려보았다. 박불화는 일부러 시선을 피하면 고개를 돌려버렸다.

"저는 죽어도 황자와 결혼을 하지 않을 것입니다."

말을 마친 보탑실리는 인사도 올리지 않고 밖으로 나가버렸다.

"이런, 고얀지고……."

기 황후는 혼사 문제를 정식으로 황제와 상의했다. 하지만 황제도 마뜩치 않은 반응이었다. 우선 두 사람의 나이 차가 너무 많이 났다. 보탑실리는 이미 과년한 열여덟 살의 나이. 하지만 애유식리달렵의 나이는 이제 고작 여섯 살에 불과했다. 더구나 결혼 당사자가 강하게 거절하니 더욱 힘들 수밖에. 할 수 없이 기 황후는 보탑실리와의 혼인을 포기할 수밖에 없었다.

"그 아이를 놓치기는 너무 아깝구나. 위왕의 권세를 등에 업을 수 있는 절호의 기회였는데……."

기 황후는 안타까운지 한숨을 내쉬며 구겨진 양미간을 꿈틀거렸다. 그러자 박불화가 다가와 은밀히 아뢰었다.

"제게 좋은 방법이 하나 있사옵니다. 최선이 아니면 차선을 선택하라고 했습니다. 정녕 황자 마마와 혼인시킬 수 없다면 다른 자와 정혼을 시키면 될 게 아닙니까? 마마의 세를 넓힐 수 있는 마땅한 자가 한 명 있사옵니다."

기 황후는 눈을 크게 뜨며 턱을 앞으로 내밀었다.

"다른 자라, 누굴 말하는 것인가?"

박불화는 눈자위를 희번덕이며 은밀한 미소를 지었다.

3장
계략과 반전

1351년 원나라에 대홍수 발생,
황하의 범람으로 큰 수해를 입자 민심이 흉흉해지다

1

 개경의 궁궐인 의봉루(儀鳳樓) 앞마당에는 큰 황룡기 두 개가 양쪽에 꽂혀 있고, 찬방(饌房)과 다방(茶房)의 휘장이 동편과 서편에 각각 설치되어 있었다. 그 앞에는 의장대가 정렬하였고 각종 일산·부채·위장들이 대관전(大觀殿) 뜰에서부터 의봉루 좌우에 늘어서 있었다. 삼천 명이 넘는 의위사(儀衛士)들이 가지각색의 화려한 깃발과 무기를 들고 왕이 행차하는 길을 따라 좌우에 도열해 있는 궁성 안은 화려하고 엄숙하기 그지없었다. 바야흐로 팔관회(八關會) 행사가 성대히 시작되고 있었다.
 팔관회는 태조 왕건(王建)이 내린 〈훈요십조(訓要十條)〉에 따라 매년 열리는 행사로 천령(天靈)과 용신(龍神)에게 제사를 올리는 종교의식이었다. 천신(天神)을 위무하며 나라와 왕실의 태평을 기원하는 것이다. 매년 음력 10월에 열리는 이 행사에는 등불을 밝히고 술과 다과 등을 베풀며 군신이 같이 음악과 가무 등을 즐겼다. 여기에는 왕실과 문무대신만 참석하는 것이 아니라 원나라 상인과 여진(女眞), 탐라(耽羅), 왜(倭)에서 파견된 사신들이 축하 표문과 특산물들을 바치고, 국왕은 이에 대한 답례로 음악과 가무백회를 베풀어 함께 즐길 수 있도록 했다. 때문에 국왕은 반드시 팔관회에 참석하여 그 위엄을 만방에 과시하는 게 상례였다.

그런데 행사가 시작된 지 한참이 지나도 왕이 나타나지 않고 있었다. 화려한 복장을 갖춘 무희들이 춤을 추며 시간을 끌고 있었지만 신하들 사이에서 웅성대는 소리가 간간이 들려왔다. 근래 충목왕의 건강이 악화되어 어전회의에 불참하는 횟수가 늘어나면서 덕녕공주가 거의 모든 정사를 관장하고 있었다. 하지만 팔관회는 국왕이 천령과 용신에게 제사를 올려야 하는 중요 행사인 만큼 국왕은 반드시 참석해야만 했다. 그런데도 아직 나타나지 않고 있는 것이다.

충목왕이 나타난 것은 한참이 지나서였다. 그는 덕녕공주의 손을 잡고 허청대는 발걸음을 겨우 옮기고 있었다. 옥좌에 앉은 충목왕의 얼굴은 납빛처럼 하얗고 입술은 말라붙어 병색이 완연했다. 왕은 등받이에 몸을 기댄 채 간신히 눈을 뜨고 있었다.

잠시 후 문무백관들과 각국의 사신들이 차례로 표문을 올리기 시작했다. 왕이 조하를 받기 위해 옥좌에서 일어났다. 순간 그의 몸이 휘청거리며 옆으로 흔들리더니 그만 바닥에 쓰러지고 말았다.

"폐하! 폐하!"

덕녕공주는 쓰러진 충목왕을 일으켜 가슴에 품고는 크게 소리쳤다.

"무엇들 하는 게야? 어서 어의를 불러 오거라."

미리 대기하고 있던 어의가 달려왔다. 어의는 충목왕의 맥을 짚어

보더니 고개를 내저었다.

"폐하께서 왜 이러시는 거냐?"

"병색이 워낙 깊으셔서······."

"더 이상 앉아 계실 수 없단 말이냐?"

"지금 당장 안정을 취하시고 누우셔야 합니다."

어의의 간언에 따라 덕녕공주는 신하들의 표문을 받지 못한 채 의봉루를 나왔다. 팔관회 행사에 모인 수천 명의 신하와 각국 사절, 그리고 일반 백성들이 웅성이며 혼란에 빠졌다. 이를 지켜보던 희빈 윤씨는 그의 아들 저의 손을 꼭 잡았다. 그리고는 팔관회장을 천천히 빠져나갔다. 뒤를 따르던 기철이 얼른 희빈 윤씨 앞으로 다가갔다.

"어떻게 손을 쓰신 겁니까?"

"말씀을 낮추시지요. 혹 사람들이 들을까 두렵습니다."

"도대체 무슨 약을 썼던 겁니까?"

"마전이라는 나무의 껍질과 씨에서 얻어낸 가루를 몰래 음식에 넣었습니다."

"그걸 먹으면 저렇게 시름시름 앓다가 죽는 것입니까?"

"물론이지요. 국왕은 며칠이 못 되어 그 명을 다할 것입니다."

"그래요? 하하하!"

기철은 크게 웃다가 문득 몸을 낮추어 희빈 윤씨 앞으로 바투 다가왔다.

"그럼 새 국왕을 세우는 일만 남았군요."

왕의 병색이 깊다는 소식은 팔관회에 참석한 백성들을 통해 고려

전체로 퍼져나갔다. 이를 반긴 사람은 희빈 윤씨만이 아니었다. 찬성사(贊成事) 유탁(柳濯)을 통해 이 소식을 전해들은 공원왕후 홍씨도 은근한 미소를 짓고 있었다. 그녀는 충숙왕의 첫 번째 부인으로, 그 언니는 충선왕의 부인이기도 했다. 하여 그의 집안은 2대에 걸쳐 왕비를 내게 되었다. 아들 충혜왕이 패륜행위로 국왕에서 쫓겨나 죽게 되자, 둘째 아들인 강릉대군에 대한 그녀의 기대는 남달랐다.

그녀는 유탁에게 바투 다가와 앉았다.

"백성들의 반응은 어떠하던가?"

"더 이상 어린 임금이 보위에 올라서는 안 된다는 생각입니다."

"지금 국왕의 동생 또한 왕위에 오를 순 없네. 그 또한 이제 열두 살이 아닌가? 그렇다면 국왕에 될 자는 바로 우리 아들 강릉대군밖에 없지 않은가?"

유탁은 고개를 끄덕이면서도 말꼬리를 흐렸다.

"그렇긴 하지만……."

그는 자세를 바꿔 분명한 어조로 다시 말을 이었다.

"고려의 국왕을 결정하는 일은 전적으로 원나라에 달려 있습니다. 원을 움직이고 있는 분이 바로 기 황후가 아닙니까?"

"공녀로 끌려갔다는 그 천한 계집 말인가?"

"그분은 지금 원나라 황실을 좌지우지하는 실세라고 합니다. 얼마 전에 황태후를 쫓아냈고 정후인 백안흘도도 그녀에게 꼼짝 못한다 하옵니다."

"그러니까 우리 아들을 국왕으로 낙점받기 위해선 그녀에게 잘 보여야 된단 말이지?"

"그러하옵니다."

"내 이런 날을 위해 준비해둔 게 있네."

홍씨 부인은 병풍 뒤에서 커다란 상자를 하나 가져왔다. 그걸 열자 온갖 진귀한 폐물이 빛을 드러냈다.

"자넨 속히 대도성으로 가서 이걸 기 황후에게 전해주게. 내 정성을 전해달라는 게야."

2

"마마, 돌아갔사옵니다."

기 황후가 장막 뒤에서 나오자 박불화가 얼른 고개를 숙였다. 황후는 고려에서 온 관리를 일부러 만나지 않고 장막 뒤에서 지켜보고 있었다.

"찬성사 유탁이라고 했느냐?"

"그러하옵니다. 꽤 높은 관직에 있는 자로 홍씨 부인과 밀접한 관계라 하옵니다."

박불화가 바닥에 놓인 상자를 열어 보였다.

"유탁이 가져온 것입니다. 강릉대군의 어미인 홍씨 부인이 전하라 했답니다."

"자기 아들을 국왕으로 낙점해 달라? 하하하."

기 황후는 잠시 동안 큰 소리로 웃다가 냉정한 어조로 말했다.

"자넨 그걸 돌려주도록 하게."

"그렇다면 강릉대군 대신 지금 국왕의 동생을 왕으로 옹립할 것인지요?"

기 황후는 고개를 내저었다.

"나는 강릉대군의 명민함과 그의 곧은 성품을 높이 보고 있네."

"그렇다면 어떻게 하실 건지요?"

"그를 국왕으로 만들기 전에 먼저 내 사람으로 만들 필요가 있어. 자네가 제안한 대로 말이야."

"보탑실리와 결혼시키는 것 말입니까?"

"아무리 생각해도 원외랑 생각이 옳은 것 같아."

"그러하옵니다. 보탑실리와 강릉대군이 혼인을 한다면 먼저 강릉대군을 확실한 우리 사람으로 만들 수 있을 것입니다. 몽고의 황족과 혼인하도록 마마께서 주선하신다면 전적으로 마마를 의지할 수밖에 없겠지요. 그렇게 되면 자신은 원나라의 부마가 되니 원에 함부로 대하지도 못할 것입니다. 또한 위왕은 여식을 고려에 시집보내니 고려인인 마마 쪽으로 기우는 건 당연한 이치일 겁니다."

"그래. 그 두 사람을 혼인시키면 조정의 세력과 고려를 동시에 얻을 수 있을 것이야."

기 황후는 고개를 끄덕이며 일렀다.

"자넨 속히 강릉대군을 부르게."

강릉대군은 자신의 집에서 찬성사 유탁을 만나고 있었다. 유탁은 강릉대군에게 어머니 홍씨의 뜻을 전하면서 반드시 국왕에 오를 것을 다짐시키고 있었다. 그러던 차에 강릉대군을 호출하는 기 황후의 전갈이 오니 두 사람은 기뻐 어쩔 줄 몰랐다. 강릉대군은 지체 없이 홍성궁으로 달려갔다.

기 황후는 보료 위에 반쯤 비스듬히 누운 채 강릉대군을 맞이했다. 그녀는 시선을 강릉대군을 향하지 않고 천장을 바라보며 물었다. 박불화가 옆에 놓인 상자를 열어 보였다.

"그건 네 어미가 보낸 것이다. 무슨 연유로 보낸 것인지 알겠느냐?"

강릉대군은 대답 대신 시선을 옆으로 돌렸다.

"늙은 어미의 욕심으로 보아서는 안 된다. 부왕인 충숙왕은 조카 왕고 때문에 왕권의 위협에 시달렸고, 첫째 아들인 충혜왕의 횡포를 지켜보며 인고의 세월을 견뎌내신 분이다. 둘째 아들마저 이렇게 어린 나이에 원나라에 볼모로 보냈으니 어미의 상심이 얼마나 크겠느냐? 이제 못 다한 효를 해야 하지 않겠느냐?"

강릉대군은 말없이 묵묵히 듣고만 있었다. 기 황후가 시선을 들어 강릉대군을 바라보았다.

"내가 너에게 고려를 주면 넌 날 위해 무엇을 해 줄 수 있느냐?"

강릉대군은 깊이 고개를 숙이며 대답했다.

"마마께서 원하신다면 뭐든 할 수 있습니다."

"좋다. 그럼 내 너에게 신부감을 소개시켜 주겠다. 이에 응하겠느냐?"

"여부가 있겠습니까?"

"원나라의 황족 중에 위왕이라는 자가 있다. 그의 여식인 보탑실리 공주와 혼인을 하거라. 그렇게 하면 내 너에게 고려의 왕 자리를 줄 것이야."

"몽고 여자와 결혼을 하라는 것입니까?"

"왜 내키지 않느냐?"

강릉대군은 대답 대신 고개를 숙인 채 얼굴을 붉히며 안절부절못했다. 난처한 빛이 역력했다. 그러나 그런 모습도 잠깐, 무슨 생각이 들었는지 고개를 똑바로 들고 굳은 얼굴로 입을 열었다.

"소인의 어미는 남양(南陽) 출신으로 부원군(府院君) 홍규(洪奎)의 둘째 따님이십니다. 비록 원에 볼모로 와 있지만 저의 내자만은 고려인으로 삼아 고려의 순수한 피를 잇고 싶습니다."

기 황후의 안색이 순간 일그러지더니 두 눈을 치켜떴다.

"그렇다면 너에게 국왕 자리는 줄 수가 없다. 국왕이 되면 날 위해 뭐든지 할 수 있다고 하지 않았느냐? 그깟 혼사문제 하나 내 뜻을 받아들이지 않는데 내가 어찌 너의 말을 믿을 수 있겠느냐?"

"하지만 마마……."

강릉대군은 마지막으로 매달렸지만 돌아오는 건 기 황후의 차가운 목소리였다.

"그만 돌아가거라."

그녀의 시퍼런 서슬에 강릉대군은 발길을 돌릴 수밖에 없었다.

3

1348년 12월 충목왕이 유명을 달리했다. 오래 전부터 그의 병색은 꽤 깊어 있었다. 덕녕공주는 충목왕의 거처를 건성사(乾聖寺)로 옮겨 요양토록 하고, 자신은 밀직부사(密直副使) 안목(安牧)의 집에 거처를 마련하여 그곳에서 정사를 처결했다.

그녀는 왕의 음식에 독을 탄 것을 의심하여 궁궐에 있지 못했다. 한 곳에 머물지 않고 여러 거처를 옮겨다니며 충목왕을 지극히 간호했지만 결국 죽고 만 것이다. 그 소식을 들은 기철은 즉각 궁궐로 달려가 신봉문(神鳳門)을 비롯한 모든 문을 봉쇄했다. 궁 출입을 모두 막은 것이다. 대신들마저도 기철의 서슬에 밀려 돌아가고 말았다.

기철은 충목왕의 동생인 희빈 윤씨의 어린 아들을 왕으로 내세우려 했다. 그러나 조정에서는 왕자 저의 국왕 책봉을 반대하는 무리들이 많았다. 노정, 손수관, 이군해, 윤시우 등이 왕자를 데리고 대도성으로 가려하자 전법관(典法官)들이 회의를 소집하고 제지에 나섰다. 하지만 기철과 원나라 사신의 힘에 밀려 뜻을 이루지 못했다. 대도성에 도착한 왕자 저는 다음해 5월 순제로부터 국왕으로 책봉되어 7월에 왕위에 올랐다. 이때 그의 나이 열두 살이었다.

충목왕처럼 어린 나이에 보위에 오른 국왕 역시 전권을 어머니 윤씨에게 의지할 수밖에 없었다. 선경전(宣慶殿)에서 어전회의가 열리면 국왕의 옥좌 옆에 윤씨가 나란히 앉고, 연단 아래에 신하들은 문무관으로 나뉘어 줄을 섰다. 하지만 기철은 신하들보다 높은 곳에 따로 자리를 만들어 앉았다. 국왕은 허수아비이고 실질적인 권력은 윤씨와 기철이 나누어 맡은 것이다. 두 사람은 조정의 일을 좌지우지하며 모든 국정을 그들의 손안에서 처리했다.

하루는 두 사람이 영수전(永壽殿) 내전에서 새 관직에 임명할 인재에 대해 밤늦게까지 논의하고 있었다. 그러다가 기철이 헛기침을 하자 밖에서 시녀들이 큰 상을 내왔다. 푸짐한 안주와 함께 술이 곁들인 술상이었다. 윤씨가 놀라서 물었다.

"아니, 이게 웬 술상입니까?"

"제가 마마의 노고를 조금이나마 위로해 드리기 위해 준비한 것이지요."

기철은 술잔을 채우며 자신이 먼저 한 잔을 비우고는 그 잔을 윤씨에게 건넸다. 그러면서 슬며시 그녀의 허리를 끌어당겼다. 화들짝 놀란 윤씨가 소리쳤다.

"이 무슨 짓이오?"

"그동안 혼자서 얼마나 적적하셨소? 이제 나와 함께 정사는 물론 몸도 함께 나누시지요."

희빈 윤씨는 호색한인 충혜왕도 한눈에 반해버릴 정도로 뛰어난 미모를 지니고 있었다. 그 아들이 국왕에 올라 태후가 되었지만 그 아름다움은 여전했다. 기철은 평소 그녀의 미모에 혹해 흑심을 품고 있다가 오늘에야 그 뜻을 이루기 위해 작정한 것이다. 하지만 윤씨의 반항은 만만치 않았다. 얼른 옆으로 물러나며 소리를 높였다.

"난 이 나라의 태후요. 어딜 함부로 손을 대는 게요?"

"태후라……. 그렇다면 난 천하의 어머니인 황후의 오라비가 아니오? 우리 두 사람이 춘정을 나눈다고 하여 나쁠 건 없지 않겠소?"

"무엄한지고."

윤씨는 부리나케 일어나 밖으로 뛰쳐나갔다.

"여봐라! 밖에 아무도 없느냐?"

그러자 밖에서 대기하고 있던 환관과 시녀들이 달려왔다. 그들은 상대가 덕성부원군 기철이라 처음엔 주춤했다. 하지만 대강의 상황을 짐작한 데다 윤씨의 반항이 워낙 거셌으므로 지체 없이 그의 양팔을 잡아 밖으로 끌어냈다. 기철은 말할 수 없는 수모를 당한 채 궁 밖으로 쫓겨나야만 했다.

다음 날 어전회의에 참석한 기철은 자신이 늘 앉던 의자가 없어진 걸 발견했다. 희빈 윤씨는 그에게 눈길도 주지 않은 채 어전회의를 진행했다. 회의에서는 새로이 관직을 임명했다. 기철을 따르던 친원파들이 대거 좌천당하고 윤시우(尹時遇)를 비롯한 희비의 외척들이 주요 요직에 앉았다.

분개한 기철은 정동행성을 기반으로 자신의 세력을 더욱 넓혀 조정을 압박했고, 희빈 윤씨는 왕과 그 측근들을 중심으로 세력을 펴 그녀를 위해 경순부(慶順府)를 설치하기에 이르렀다. 고려는 두 사람의 세력다툼으로 어수선한 가운데 전국적으로 왜구가 기승을 부리기 시작했다. 왜구는 해안가에 자주 출몰하여 노략질을 일삼았고, 운송선을 약탈하는 등 민심을 흉흉케 했다. 심지어 관가에 침입하여 군사를 죽이고 관아를 불태우기도 했다. 하지만 고려 조정은 속수무책이었다. 관리들은 왜구 소탕 명령을 내려도 듣지 않고, 오히려 왜구를 피해 피난을 떠나는 마당이었다.

이렇게 안팎으로 나라 전체가 어수선한 가운데 기철은 또다시 일을 꾸미기 시작했다. 그는 은밀히 사람을 대도성에 보냈다.

4

"무엇이라, 그게 진심으로 하는 말이냐?"

"그러하옵니다."

보탑실리는 결연한 표정으로 고개를 끄덕였다. 기 황후는 믿기지 않는 듯 애매한 표정을 지어 보였다.

"진정 고려의 강릉대군과 혼인을 하겠다는 말이지?"

보탑실리는 대답 대신 문 쪽을 향해 소리쳤다.

"안으로 들어오시지요."

그러자 문밖에 있던 강릉대군이 들어왔다. 그는 기 황후를 향해 정중히 절을 하고는 몸을 일으켰다.

"황후 마마, 보탑실리 공주와의 혼인을 허락해 주시기 바랍니다."

기 황후는 고개를 내저으며 얼굴을 가늘게 실룩거렸다.

"참으로 이상한 일이로구나. 지난번엔 두 사람 모두 일언지하에 거절하더니 이제 혼인을 하기 위해 나를 찾아왔다?"

두 사람은 말없이 듣기만 했다. 기 황후는 두 사람의 속내를 탐색하느라 턱을 매만지며 그들을 번갈아 쳐다보더니 마침내 고개를 끄덕였다.

"좋다. 두 사람의 뜻이 서로 다르지 않은 듯하니 혼인할 수 있도록 내가 황상 폐하께 주청을 올릴 것이다."

그러자 보탑실리가 못을 치듯 또박또박 힘을 주며 물었다.

"그렇다면 고려의 국왕 자리는 강릉대군에게 약조하시는 거지요?"

"약조하다마다. 황족 신분이니 황후는 못 되어도 일국의 왕비는 되어야지."

두 사람은 한번 더 기 황후의 다짐을 받아놓고는 물러났.

내전을 나서는 강릉대군을 향해 보탑실리가 다가갔다. 그녀는 얼굴에 짙은 음영을 드리운 채 차가운 어조로 말했다.

"우린 단지 계약을 했을 뿐이오. 내 마음까지 대군에게 준 것이라 착각하진 마시오."

"나 또한 마찬가지요. 우린 서로 같은 목적을 달성하기 위해 한 배를 탔을 뿐이지요."

강릉대군의 눈은 무표정한 채 빙점 이하의 싸늘한 기운을 내뿜고 있었다.

이틀 전. 강릉대군은 며칠 동안 자신의 집에서 나가지 않은 채 그림 그리기에 몰두하고 있었다. 그가 그린 그림은 수렵도(狩獵圖)로 호복(胡服)을 입고 말을 모는 무사의 모습을 화폭에 담았다. 필치나 화법으로 볼 때 북종화(北宗畵)의 화풍을 따르고 있었다. 말을 탄 인물을 비롯해 마른 나무와 풀 등을 극도의 사실적인 필치로 그려내 마치 사물이 앞에 있는 듯 느껴졌다. 그가 한참 동안 그림에 몰두하고 있는데 이강달(李剛達)이 찾아왔다. 이강달은 강릉대군이 원에 볼모로 잡혀오면서부터 시중을 드는 자였다.

"대군 마마의 그림을 사겠다는 사람이 있사옵니다."

"나의 미천한 그림을 돈을 주고 사겠다는 자가 있단 말이냐?"

"그러하옵니다. 지금 밖에서 대군님을 기다리고 있습니다."

강릉대군은 관심 없는 표정으로 그림에만 몰두했다.

"일없다고 해라. 내가 그린 그림은 절대 팔지 않을 것이야."

말을 마치기도 전에 밖에 있던 한 여자가 불쑥 안으로 들어왔다.

"그 너무 딱딱하게 구는군요. 그림쟁이는 원래 높은 가격에 그림을 팔기 위해 그리는 게 아니오?"

강릉대군은 신경질적인 얼굴로 상대편을 건너다보았다.

"그림쟁이라? 뉘신데 일면식도 없는 사람의 그림을 사겠다는 것이오?"

여자는 눈자위를 굴리며 조용히 고개를 끄덕였다.

"나는 보탑실리라고 하오."

"그렇다면 당신은?"

"기 황후가 당신과 혼인시키려는 사람이지요."

"그런데 어찌 나를 찾아왔단 말이오?"

"나와 혼인하자고 청하러 왔소이다. 우리가 혼인하면 기 황후가 당신에게 고려의 왕을 줄 것이라 들었소. 나 또한 당신과 혼인하면 얻게 되는 바가 있어 혼인을 하려고 하오."

"나는 공녀 출신의 여자에게 국왕 자리를 구걸할 수는 없소이다. 또한 순수한 고려의 피를 더럽히고 싶지도 않소."

"그런 명분 따위를 따지기엔 지금 고려의 상황은 너무나 위급하다고 들었소이다."

어느새 그녀의 두 눈에선 파란 인광이 번뜩이고 있었다.

"고려는 여기서 멀리 떨어진 변방의 국가요. 거리가 너무 멀기 때문에 원이 영향력을 끼치려면 몇 달이 걸리지요. 난 대군을 도와 고려를 강성한 나라로 만들 것이오. 그리하여 기 황후에게 대적할 만한 힘을 기를 것이란 말이오."

"고려를 강성하게 만들 것이라 했소이까?"

"여기 대도성에서 그녀를 대적하기엔 너무 한계가 많아요. 하지만 고려에서 힘을 길러 황후와 대적한다면 한 번 해볼 만하지요. 난 멀리 떨어진 고려에서 끝까지 그녀를 괴롭힐 것이오. 그리고 대군 또한 고려에서 큰 꿈을 이룰 수 있지 않겠소이까?"

듣고 있던 강릉대군의 표정이 진지하게 변하며 얼굴에 기묘한 빛깔의 웃음이 스치고 지나갔다. 한참 만에 강릉대군은 무겁게 고개를 끄덕였다.

휘정원에서 달려온 고용보와 함께 박불화는 기 황후를 만나고 있었다. 고용보는 미심쩍은 얼굴로 고개를 내저었다.

"정말로 강릉대군에게 고려의 왕 자리를 주실 겁니까?"

"약속을 했으니 지켜야 하지 않겠나?"

"허나 그자는 머리가 영특하고 배포가 커서 마마의 명을 거역할까 두렵습니다."

"그가 아들을 낳으면 곧바로 여기 대도성으로 볼모로 잡아올 것이다. 그의 처가 될 보탑실리의 부모 또한 여기 대도성에 있으니 내게 함부로 대할 순 없을 게야."

"강릉대군은 그리 만만히 볼 위인이 아니옵니다. 그는 여태 그림이나 그리는 척하며 비수를 숨겨 왔던 자이옵니다. 고려에 대한 자주의식이 강하고 원에 대해서는 불만이 많다고 들었습니다."

"어릴 적부터 원에 볼모로 끌려왔으니 불만이 없기야 하겠나? 하지만 자신이 왕이 된 것은 순전히 나의 은덕 때문이니 쉬이 나를 저버리지는 못할 게야."

"하지만 그에 대해 절대 마음을 놓아서는 아니 되옵니다."

"강릉대군에 관해서는 더 이상 이야기를 꺼내지 말게. 그것보다는 우리 황자에 관해 좀더 신경을 쏟아야 할 것이야. 애유식리달렵이 황태자로 책봉되어야만 아무도 우리를 업신여기지 않을 것이야."

그러자 옆에 있던 박불화가 옆으로 다가왔다.

"마마 어제 황자께서 어서방(御書房 ; 궁중도서관)에서 책을 읽고 계시던 중에 황상 폐하께서 직접 찾아 오셨사옵니다."

"황상께서 우리 애유식리달렵이 공부하는 모습을 보기 위해 행차하셨단 말이지?"

"그러하옵니다. 그런데 그 자리에 탈탈의 아들 합자장(合刺章)도 함께 있었는데 그가 울고 있었다 하옵니다."

"황자와 함께 있는 합자장이 왜 울고 있었단 말이냐?"

"황자와 합자장 두 분이 함께 노시다가 황자께서 합자장을 업겠다고 하신 모양입니다. 그런데 합자장은 신하의 아들이기 때문에 자기가 황자를 업을 수는 있어도 황자의 등에 업힐 수 없다고 했답니다. 그런데 황자께서 기어이 그를 업어야겠다고 하셨고, 합자장은 한사코 거절하니 황자께서 화가 나셔서 그를 때리셨던 겁니다."

"속이 매우 깊은 아이구나. 기특하기도 하구."

"황상 폐하께서도 같은 말씀을 하셨사옵니다. 나이가 어린데도 식견이 대단하여 장차 큰 인물이 될 것이라 하셨습니다."

박불화는 자신이 직접 들은 이야기를 마저 전했다.

"폐하께서는 마찰이태가 세상을 떠났으니 탈탈을 조만간 조정으로 불러들여야겠다고 하셨습니다. 탈탈 만큼 충직하고 어진 신하가 없다는 말씀도 덧붙였습니다."

"그래?"

기 황후는 의미심장한 표정으로 고개를 끄덕이더니 박불화를 다시 건너다보았다.

"자네는 곧장 감숙성에 사람을 보내 탈탈의 근황을 알아보게나."

"그를 만나서 어찌하라 할까요?"

"내가 서찰을 적어 줄 테니 그대로 전하게 하라."

"알겠사옵니다, 마마."

5

1351년 10월. 고려 개경의 왕궁에서는 문무백관들과 사신들이 모여 강릉대군의 즉위식을 거행했다. 후에 공민왕으로 추존된 그는 대도성을 출발한 지 석 달 만에 고려의 개경에 도착했다. 그는 여독을 채 풀지도 못한 채 강녕전(康寧殿)에 나아가 즉위식을 거행했다.

선두에 의장기 열 기와 문무백관들이 입장해 좌우에 도열하는 입취위(入就位)를 시작으로 공민왕이 무관의 호위를 받으며 어좌에 오르자 향이 피어올랐다. 공민왕은 상의는 검은 바탕을, 하의는 황색 바탕의 구장복(九章服)을 입고 있었다. 왕의 의복에 들어간 구장(九章)은 아홉 가지 문양으로 상의에 다섯 가지 문양이, 하의에 네 가지 문양이 들어가서 아홉이 된다. 상의는 양을 상징하기 때문에 양수인 홀수 문양을 쓰고 색도 하늘인 검은색 바탕을 쓴 것이다. 하의는 음을 상징하므로 짝수 문양을 쓰며 색도 땅인 황색 바탕이었다.

머리에는 면류관을 썼다. 면류관은 류(旒)를 앞뒤에 늘어뜨려 시야가 잘 보이지 않았다. 류를 드리워 시야를 가리는 것은 왕이 악을 보지 못하게 한다는 의미였다. 면류관의 좌우에는 귀를 막을 수 있는 작은 솜뭉치를 늘어뜨렸는데, 이 또한 왕이 나쁜 말을 듣게 될 경우 이것으로 귀를 가리고 듣지 않기 위해서였다.

집례관이 "국궁사배"를 외치자 문무백관이 공민왕에게 사배를 올렸다. 보위에 오를 것을 주청하자 공민왕은 이를 수락하는 형식을 취하면서 왕의 즉위가 정식으로 선포되었다.

공민왕이 국왕에 오를 당시 고려는 어린 두 임금의 잇단 실정으로 민심이 말이 아니었다. 가뭄과 기근으로 굶어 죽는 사람이 속출했고, 왜구의 잦은 침입으로 민생이 피폐해 있었다. 또한 왕이 자주 바뀌면서 권신들 또한 세력가의 눈치를 보며 백성들의 고혈을 짜는 데만 몰두했다.

공민왕이 보위에 올랐으나 그의 권력은 미약하기 그지없었다. 무신정권 이후 왕은 허수아비에 불과했고, 원나라 복속 체제 아래서는 겨우 서무결재권만 갖는 입장이었다. 이에 공민왕은 왕권을 강화하기 위해 혁신적인 조서를 반포했다.

"일심전력하여 나라를 다스리려면 반드시 국왕이 친히 국사를 살펴야 왕의 견문을 넓히고 하부의 실정도 알게 된다. 이제부터 첨의사(僉議使)와 감찰사(監察司), 전법사((典法司), 개성부(開城府) 등은 모든 판결 송사에 대하여 닷새에 한 번씩 짐에게 계를 올리도록 하라."

공민왕의 이 선포는 곧 왕의 친정체제를 구축한다는 의미였다. 공민왕은 지체 없이 각 부서의 중요 안건을 직접 챙기며 관계와 민생 전반에 대한 통치기반을 확립시켜 나갔다. 이러한 그의 친정체제 구축

작업은 무신정권 이후 거의 이뤄지지 않았던 정치토론장인 서연(書筵)을 재개함으로써 더욱 구체화되었다. 공민왕은 서연에서 원로와 사대부들이 교대로 경서와 사기, 예법 등을 강의하게 했다. 또한 첨의사와 감찰사를 자신의 눈과 귀로 만들어 백성들의 고충을 즉각적으로 보고하게 했다. 이를 듣고 전답 및 가옥, 노비와 억울한 죄수들의 문제를 해결해주자 백성들의 신망이 쌓였다. 이렇게 백성들의 전폭적인 지지를 받으며 왕권은 차츰 안정되어 갔다.

6

공민왕이 조정의 안정을 찾아갈 무렵인 1351년, 원나라는 이와 반대로 전국적으로 반란의 기운이 일어나며 극도의 혼란 속으로 빠져들고 있었다.

원나라는 한인들의 반란을 사전에 막기 위해 각지에 수많은 몽고병을 주둔시켜 왔었다. 이들은 각 고을에 수천 명씩 주둔하며 한인들을 감시하면서 백성들에게 횡포를 부리기도 했다. 무기 사용을 엄격히 금해 부엌에서 사용하는 식칼도 소유하지 못하게 했고, 수탈과 약탈을 밥 먹듯이 했다. 이에 견디다 못한 한인들은 은밀히 연락을 취하며 반란의 기운을 키워나갔다.

원나라 군인의 감시를 피해 연락을 취하는 방법으로 이들은 한가위 때 집집마다 돌리는 중추월병(中秋月餠)을 이용하였다. 월병 속에 모일 장소와 시각 등 그들의 비밀 연락 사항을 써넣어 저항운동을 확대해 나간 것이다. 저항운동은 일시적인 것이 아니라 매우 끈질기게 동시다발적으로 일어났다. 반란은 한인들이 모여 사는 양자강 유역에서 많이 일어났다. 그중 하남 영주의 유복통(劉福通)과 그의 추종자들은 은밀히 반란을 꾀하며 한산동(韓山童)이라는 인물을 수령으로 추대하고 호시탐탐 때를 노리고 있었다. 그러던 차에 황하(潢河) 일대에 대홍수가 발생했다.

홍수 피해는 엄청났다. 황하의 하류 지역인 박주, 서주, 숙주 일대의 제방이 무너져 전답은 물론이고 대운하의 수로마저 파괴되어 운하의 기능이 마비되고 말았다. 이에 따라 하북(河北) 지방의 식량 공급이 원활하지 못해 조정은 물론이고 백성들까지도 식량을 얻지 못할 정도였다. 다급함을 느낀 황제는 어전회의를 소집하여 그 대책을 물었다.

"속히 황하를 개수하여 대운하의 수로를 정상 운행토록 보수해야 할 것이오."

하지만 이를 반대하고 나서는 신하가 있었다. 우승상 별아겁불화였다.

"강남(江南) 일대에 실업자가 많아 인력을 동원하는 데는 큰 어려움이 없나이다. 허나 이들이 공사를 위해 한데 모이면 다른 뜻을 품을 수도 있나이다."

"다른 뜻이라니, 그게 무슨 말이오?"

"황하 일원의 백성들은 평소 조정에 불만이 많았사옵니다. 대부분 한인들인 데다 이번 홍수로 인해 큰 어려움을 당하고 있어서 언제 반란을 도모할지 모르옵니다."

중서참지정사(中書參知政事)로 있는 삭사감(朔思監)도 그를 거들었다.

"우승상의 말이 옳사옵니다. 차라리 수해지역의 농민을 모조리 몰아내고 그 농지에 우리 몽고에서 했던 것처럼 초지를 만들어 말이나 양을 기르는 게 더 나을 듯합니다."

그러자 참의(參議)로 있는 가노(賈魯)가 반대하고 나섰다.

"황하 이남 지역이 있기에 우리 원 제국이 건재할 수 있사옵니다. 그곳은 곡창지대인데 그대로 방치해두면 천하가 굶주릴 것입니다. 속히 방비를 하셔야 합니다."

"수로를 복구하기 위해 둑을 쌓고 모래와 자갈을 파내는 데도 수십만 명의 인부가 필요합니다. 그 많은 인원을 동원할 비용은 어떻게 감당하실 겁니까?"

"비용 때문에 복구하지 않고 방치했다가 나중에 식량난이 닥치면 그보다 훨씬 더 많은 비용이 들 것입니다. 지금 즉시 수리를 해야 합니다."

삭사감과 가노는 한동안 수로 복구를 놓고 언쟁을 벌였다. 한참 동안 듣고 있던 황제가 명을 내렸다.

"우선 운하를 속히 복구하도록 하시오."

"황은이 망극하나이다."

가노는 크게 고개를 숙이며 홍수 현장으로 달려갔다. 그는 한인 출신의 기술자로서 매우 유능한 관리였다. 황하에 도착한 그는 물줄기를 돌리기 위해 삼십 리가 넘는 수로를 굴착했다. 여기에 동원된 한인만 해도 십칠만 명이 넘었다. 하지만 이 숫자는 굴착에 동원된 인원만 계산한 것이다. 자갈과 진흙으로 뒤덮인 전답을 복구하는 데는 수백만 명의 인부가 동원되었다. 그는 공사비용을 조달하기 위해 각종 명목의 세금을 징수했다. 그러나 비용은 턱없이 모자랐다. 생각 끝에 가노는 조정을 설득해 통화를 남발하기 시작했다. 물론 지폐는 쿠빌라이 시대부터 발행되어 왔다. 뽕나무 속껍질을 빻아 만든 종이돈인데 그것으로 군사의 봉급을 지불하곤 했다. 조폐관의 서명 날인과 황제의 옥새가 찍혔지만 조잡하기 이를 데 없는 것이었다. 가노가 지폐를 남발하자 황하 지역의 물가는 폭등했고 백성들의 아우성이 빗발쳤다. 인부들에게 노역의 대가로 돈을 지불했지만 물가가 너무 올라 종이조각이나 다름없었다. 하루 품삯으로 받은 돈은 쌀 한 되 사기도 힘들 정도였다. 백성들, 특히 젊은 남자들의 불만이 최고조에 이르며 조정을 성토하는 목소리가 곳곳에서 터져 나왔다. 그들은 원의 관리와 군사들이 보이지 않는 곳에 삼삼오오 모여 불평을 늘어놓았다. 마침 황하 일대에는 이런 노래가 유행하기 시작했다.

"애꾸눈 석인(石人)이 나타나 황하를 도동(道動)하니 천하가 어지러워지리라."

황하 근처에서 외눈박이가 나타나 원 제국을 뒤집고 한족의 나라를 만든다는 내용이었다. 사실 이 노래는 호시탐탐 기회를 노리던 한산동이 지어 퍼뜨린 것이었다. 한산동과 유복통은 수백 명의 백련교도를 내보내 일꾼들을 수시로 자극했다.

"천하가 크게 어지러워질 것이다. 곧 미륵불이 강림하여 원나라를 뒤집고 한족의 나라를 세울 것이니라."

이런 말을 한족들의 입에서 입으로 전하게 하니 하남(河南)과 강회 일대의 농민들의 마음은 동요되었다. 그러던 차에 황하 주변 제방을 쌓기 위해 땅을 파던 한 인부가 쟁기질을 하다가 이상한 것을 발견했다. 쟁기 끝에 무엇이 걸려 손으로 직접 파보니 돌조각이 나왔다.

"이게 무엇이야?"

그는 흙을 떼어내고 돌조각을 자세히 살폈다. 유심히 보니 눈이 한 개 달린 사람 모습을 한 돌이었다.

"이건 노랫말 속에 전하던 바로 그 애꾸눈 석인이 아냐?"

이 소식은 곧장 주위에 퍼져나갔다. 삽시간에 수만 명의 인부들이 너도나도 돌조각을 구경하러 몰려왔다. 한산동이 파견한 교도가 선동을 하니 사람들은 저마다 염불을 외며 삼삼오오 모여 이제 머지않아 난리가 날 거라고 수군거렸다. 이때 교도 중 한명이 군중을 향해 크게 외쳤다.

"이것은 하늘이 우리에게 보낸 뜻이오. 오랑캐 몽고족을 뒤집어엎고 한족들의 세상을 만들어야 하오."

교도들의 선동에 마음이 흔들린 한인들이 순식간에 모여들었다. 한산동은 삽시간에 모여든 삼천 명의 사람들을 백록장(白鹿匠)에 모아놓고 백마(白馬)와 흑우(黑牛)를 목 베어 천지신명께 제사를 지내며 고했다.

"나는 송나라 휘종(徽宗)의 8대손으로서 마땅히 이 나라의 주인이니, 이제부터 조종(祖宗)의 뜻을 받들어 오랑캐가 짓밟은 이 땅 위에 새로운 나라를 건설할 것이다."

유복통을 비롯한 수많은 장수들은 그 자리에서 한산동을 명왕(明王)으로 받들고 거병하기로 했다. 이들은 붉은 두건을 머리에 쓰는 것으로 그 표지를 삼았다. 모두들 원과 싸울 것을 피로써 맹세하고 임무를 나눈 후 술잔을 돌리며 분위기가 무르익을 무렵 전령 하나가 급히 달려왔다.

"원나라 군사들이 몰려오고 있습니다."

평소 그들을 수상히 여긴 원나라 관리 영년현(永年縣)이 군사를 데리고 와서 주위를 겹겹이 포위하였다. 한산동은 탈출하지 못하고 사로잡혀 즉석에서 주살당하고 말았다. 한산동의 부인 양씨는 아들 한림아(韓林兒)와 함께 원군의 포위를 뚫고 겨우 탈출했다. 그들은 근처 무안산(武安山)으로 들어가 이름을 감추고 바깥소식을 기다렸다.

함께 탈출한 유복통은 흩어진 군사를 정비하고 수로 복구에 동원된 장정들을 포섭하여 군대를 조직했다. 이들은 수로 복구 현장에 은밀히 사람을 보내 함께 거병토록 했다. 신호를 받은 인부들은 함성을 지르며 궐기하여 공사 감독관을 죽이고 머리에 붉은 띠를 두르니 산과 들이 온통 붉은 색깔로 뒤덮였다.

반란군의 세력이 엄청나게 증강되자 원나라의 군사력으로는 이를 쉽게 제압할 수 없었다. 이에 자신감을 얻은 한인들은 각지에서 홍건군(紅巾軍)에 호응하여 반란에 가담하는 자들이 바람 앞의 불길처럼 번져갔다. 그러나 원의 조정에서는 반란을 제대로 진압할 장수를 찾지 못해 고심했다. 황제는 문무백관을 모아놓고 어전에서 긴 탄식을 늘어놓았다.

"반란의 무리를 속히 진압할 장수가 아무도 없단 말이오?"

신하들은 고개를 숙이고만 있을 뿐 아무도 선뜻 나서지 않았다. 반란군의 규모는 이미 이십만 명에 육박했다. 원나라의 군사를 모두 모아 진압에 나선다 해도 승산이 없어 보였다.

"진정 아무도 없단 말이오?"

황제는 주먹으로 탁자를 내리치며 주위를 돌아보았다. 한동안 차가운 침묵이 흘렀다. 손가락만 대어도 끊어질 것 같은 날선 침묵을 깨면서 중서참지정사로 있는 삭사감이 조심스럽게 말을 꺼냈다.

"황상 폐하, 탈탈이라면 반란군들을 제압하고도 남을 것입니다."

문득 황제의 눈빛이 반짝이더니 입에서 아, 하는 감탄사가 터져 나왔다.

"탈탈? 오, 그래! 탈탈이라면 능히 반란군을 제압하고도 남을 것이오."

황제는 지체 없이 어전 태감들을 불렀다.

"속히 그를 불러오도록 하라."

하지만 신하들도 태감들도 주춤거리기만 했다. 황제의 눈치를 살피며 삭사감이 조심스럽게 다시 아뢰었다.

"지금 탈탈의 행적을 아는 사람은 아무도 없사옵니다."

"아니, 탈탈의 행적을 아는 사람이 아무도 없다는 게 말이 되오? 감숙성에 사람을 보내 찾아오시오."

"그의 아비 마찰이태가 죽자 장례를 치른 후로 그 행적이 묘연합니다."

"이럴 수가……."

황제는 한숨을 내쉬며 안타까운 표정을 지어 보였다. 그때 듣고만 있던 원외랑 박불화가 앞으로 나섰다.

"제가 탈탈 대인이 있는 곳을 알고 있습니다."

황제는 의외라는 표정을 지었다. 박불화는 자신 있는 목소리로 대답했다.

"탈탈 대인은 지금 대도성의 한 집에 유숙하고 있사옵니다."

"그게 정말인가?"

"그러하옵니다. 소인이 속히 탈탈 대인을 모시고 오겠사옵니다."

박불화는 즉시 황궁을 나서 어디론가 달려갔다. 잠시 후 그는 탈탈을 데리고 어전에 들어섰다.

"폐하, 기체 평안하신지요?"

탈탈은 황제를 향해 무릎을 꿇고는 고개를 숙였다. 그의 늠름한 기상은 예전과 변함없었고 눈에서는 형형한 불길이 일고 있었다. 황제는 반가움보다 오히려 야속한 마음이 들었다. 그래서 마음에도 없는 추궁을 해 보았다.

"탈탈 그대는 그동안 어디 있었단 말인가?"

"감숙성에 계신 소인의 아비가 얼마 전에 돌아가셔서 그곳을 떠났사옵니다."

"그래 지금은 어디에 머물고 있는가?"

"얼마 전 황후 마마께서 불러주셔 대도성에 머물고 있었습니다."

황제가 고개를 갸웃거리며 물었다.

"황후라면 누굴 말하는 게냐?"

"기 황후 마마이시옵니다. 신의 아비는 이미 세상을 뜨셨고, 또 장례도 마친 뒤라 할 일을 정하지 못하고 있는데 황후 마마께서 불러 보살펴주셨습니다."

옆에 있던 원외랑 박불화가 나서며 탈탈의 말을 보태었다.

"얼마 전에 황후 마마께서 탈탈 대인의 처소를 알아보라고 지시하셨습니다. 하여 소인이 얼마 전에 상도성에 있는 탈탈 대인을 달려가 모시고 왔던 것입니다."

"역시 황후는 혜안이 깊구나. 앞으로 일어날 정사를 미리 예측하고 있었단 말이구나."

황제는 연신 감탄하면서 만족한 표정으로 고개를 끄덕였다. 탈탈은 한쪽 무릎을 꿇은 채 두 손을 황제를 향해 뻗었다.

"소인 이제 황상 폐하를 위해 모든 것을 바치겠나이다. 황상께서 불에 뛰어들라면 뛰어들 것이고, 물에 빠지라면 주저 없이 물에 빠질 것이옵니다. 분부만 내려주시옵소서."

탈탈의 충성어린 모습에 황제는 어느새 눈물을 흘리고 있었다. 전국 각지에서 대규모 봉기가 일어나고 있으나 그걸 진압하기 위해 어느 누구도 나서지 않는 터에 탈탈은 스스로 목숨을 내놓기를 주청하고 있지 않은가?

"짐이 믿을 사람은 역시 탈탈 그대뿐이오. 언제까지나 변함없이 내 곁에 있어야 하오."

황제는 그날로 탈탈을 군사를 총괄하는 종1품의 추밀지원(樞密知院)에 임명했다.

7

안휘성(安徽省) 종리현 고장촌의 서남쪽에 위치한 황각사(皇覺寺).

이 절의 규모는 제법 커서 불당 양쪽에는 사대 금강이 눈을 치켜 뜬 채 노려보고 있고, 중간에는 배가 불룩한 미륵불이 웃는 얼굴로 앉아 있으며, 뒤쪽에는 위타보살이 항마보저(降魔寶杵)를 짚고 서 있었다.

규모는 웅대했지만 오랫동안 보수를 하지 않아 부처와 보살 보좌는 칠이 벗겨졌고 불상의 금박 위에는 먼지가 가득 쌓였으며 절집 기와 위에는 잡초가 무성하게 자라나 있었다.

이 절의 가람전(伽藍殿)을 청소하던 한 젊은이가 청소를 하다 말고 빗자루를 바닥에 던져버렸다.

"너무 힘들어서 일을 못하겠구나. 배가 고파 정신이 하나도 없어."

그는 바닥에 털썩 주저앉으며 자신의 신세를 한탄했다. 며칠째 끼니를 제대로 잇지 못해 기운이 없는데 배에선 연신 꼬르륵 소리가 났다. 그런데도 청소만 시키는 주지승이 너무 얄미워 더 이상 일할 의욕이 생기지 않았다. 힘없는 발걸음으로 가람전을 나온 젊은이는 조사전(祖師殿) 한쪽에 가서 아예 누워 버렸다.

젊은이는 키가 크고 얼굴이 검고 광대뼈가 높이 솟아 있었다. 큰 코와 큰 귀에 눈썹이 짙으며 큰 눈망울에다가 턱이 이마보다 앞으로 툭 튀어나왔다. 전체 얼굴 모양이 뫼 산(山)자를 옆으로 세워 놓은 것 같았고, 정수리 뼈는 마치 작은 언덕처럼 솟아 괴이한 모습이었다. 형색이 특이하여 누구든지 그를 한번 보면 다시는 그 괴상한 모습을 잊을 수 없을 정도였다.

괴상한 모습의 젊은이는 바로 주원장(朱元璋)이었다. 주원장은 1327년 9월 18일, 안휘성 종리현 고장촌의 가난한 농가에서 출생했다. 이 때는 원 제국이 중원을 점령한 지 백 년이 지난 시점으로 정치적 혼란이 극에 달해 있었다. 주원장의 조부는 이곳으로 도망 와서 황무지를 개간하고 살았다. 아버지는 평생 동안 소작인으로 살았는데, 예순이 되어서야 고장촌에 정착했다.

주원장이 열일곱 살 되던 1344년, 회수 일대에 봄철부터 가뭄이 들고 메뚜기 떼가 출현하더니, 이어서 전염병이 창궐했다. 전염병은 이 집에서 저 집으로 돌다가, 마침내 한 마을 전체를 휩쓸었다. 전염병은 주원장의 고향에도 찾아왔다. 부모와 형, 형수가 죽고, 남은 이는 둘째형과 주원장 뿐이었다. 부모형제가 죽었을 때 관을 장만할 돈이 없어 이웃집 사람이 준 찢어진 옷과 자리로 시신을 싸서 장례를 지냈다.

천재지변은 가난한 사람들에게 더욱 힘든 법이다. 주원장은 부모를 잃고 생계가 곤란해지자 인근에 있는 황각사에 들어갔다. 절에서의 생활은 매우 어려웠다. 머리를 깎았으나 수계(受戒)를 받지 못했으므로, 소행동(小行童)으로 남았다. 행동(行童)은 절에서 심부름하는 아이를 말한다. 원나라 때의 승려는 대부분 아내를 거느렸는데, 주원장은 절에서 스님의 부인을 아침부터 밤까지 도와주는 허드렛일을 했다. 그런데도 제대로 밥을 주지 않아 늘 배가 고파 불만이 많았다.

언제까지 절에서 이렇게 썩어 지내야만 하는가?

그는 절에서의 생활에 염증을 느끼며 늘 바깥세상에 관심을 기울였다. 절에 있는 많은 사람들도 자신과 비슷했다. 지친 몸을 이끌고 숙소로 돌아오면 저마다 세상 돌아가는 이야기를 늘어놓았다.

"홍건적이 남강을 점령했는데 원나라 군사는 싸우지도 못하고 도망쳤다더군."

"곽자흥(郭子興)의 군대가 호주성(濠州省)을 점령했는데 배고픈 백성들에게 양식과 옷가지를 내어준다고 그래."

행동들이 모여앉아 수군거리고 있는데 밖에서 자신을 부르는 소리가 들렸다.

"원장아! 누가 널 찾아왔다."

밖에 나가보니 허름한 차림의 사내가 그를 기다리고 있었다. 그는 챙이 깊은 삿갓으로 얼굴을 가린 채 고개를 숙였다.

"소인 탕화 장군(湯和將軍)께서 보내서 왔습니다."

그는 소매에서 서찰을 꺼내 건네주고는 가버렸다. 탕화는 주원장의 어릴 적 친구로 매우 절친한 사이였다. 그가 관군을 피해 은밀히 사람을 보낸 것이다. 주원장은 아무도 없는 곳으로 가서 서찰을 펼쳤다.

얼마 전에 장정 십여 명을 데리고 홍군에 투신하였는데, 우린 곳곳에서 원나라 군사를 물리쳤다. 그 공로를 인정받아 천호(千戶)가 되었어. 내 부하들이 천 명이나 된다는 뜻이지. 너도 속히 이쪽으로 와라. 그러면 내가 우리 장군께 잘 말씀드려 너를 우리 홍군에 들어오도록 할게. 너는 나보다 지묘가 뛰어나고 용맹하니 능히 앞날을 도모해 볼 수 있을 것이다.

주원장은 마음이 동했지만 선뜻 결정을 못 내렸다. 탕화가 사실을 과장되게 부풀려 자신을 부르고 있는지도 몰랐다. 아직은 여기서 밥술이나 먹는 게 그나마 조금은 나을 듯했다. 결정을 못 내리고 우물쭈물하는 사이 며칠이 흘렀다.

어느 날 함께 기거하는 행동 하나가 급히 달려와 알렸다.

"얼마 전에 너를 찾아왔던 사람 있지? 삿갓을 썼던 사람 말야."

"그래."

"그 사람이 홍군이었대. 관군에 잡혔는데 그가 전한 서찰을 받은 사람을 찾기 위해 혈안이 되어 있다고 그래."

주원장은 덜컥 겁이 났다. 그자가 자신에게 서찰 전한 것을 실토한다면 곧장 이곳으로 원군이 몰려올 것이다. 속히 도망가야 하지만 주원장은 아직 마음을 정하지 못해 절 주위를 오락가락했다. 여기서 지낼 순 없지만 그렇다고 홍군에 들어가고 싶은 생각도 들지 않았다. 원나라 군사를 상대하는 위험한 일인 데다 그들이 선뜻 자신을 받아줄지도 의문이었다.

그런데 어디선가 불에 타는 연기 냄새가 나기 시작했다. 크게 놀라 뛰어가 보니 절집에 불이 붙고 있었다. 절은 삽시간에 불길과 연기에 휩싸였고 대웅전(大雄殿)은 겨우 반 토막만 남았으며 승방(僧房)과 재당(齋堂)은 완전히 불타버렸다. 뜰에는 헤진 옷가지와 타다 남은 가구가 어지러이 널려 있고, 같이 지내던 승려들은 흩어져 간 곳을 몰랐다. 절이 불탄 이유는 나중에야 밝혀졌다. 주원장에게 편지를 전해준 자가 실토를 하자 황각사가 홍군의 첩자 소굴이라고 판단한 원군이 절 전체를 불살라버린 것이다.

주원장은 한동안 멍하니 있다가 절에는 더 이상 머물 수 없다고 생각했다. 이건 바로 하늘이 날더러 홍군에 가입하라는 뜻이다.

주원장은 그 길로 황각사를 떠나 호주성으로 갔다. 호주성에는 바로 곽자흥의 홍군이 주둔하고 있었다.

당시 곽자흥의 군대는 군사를 크게 모아 위세를 떨치고 있었다. 곽자흥은 원래 가난한 농민 출신이 아니었다. 그의 아버지는 정원현의 이름난 토호로서 재산이 꽤 많았다. 형제들이 모두 이재(理財)에 밝아 전지를 사들이고 팔면서 많은 부를 쌓았다. 그들은 점포를 몇십 개나

가진 부호였다. 단지 고민이 있다면 신분이 너무 낮아 관청에 기댈 수 없다보니 사흘이 멀다 하고 지방관에게 착취당한다는 것이었다. 지방 관청에 기부금을 찬조한다든지 군대의 식량이나 마초를 공급해야만 했다. 심지어 군졸들이나 궁수(弓手)조차도 걸핏하면 찾아와서 돈을 요구할 정도였다.

참다못한 곽자흥은 미륵교(彌勒敎)에 가입하여 돈을 써가며 빈객들과 교유하며 강호(江湖)의 대장부들을 거두어 비밀모임을 갖고 반란을 준비했다. 그러던 중 곳곳에서 홍군이 일어나 원나라 군이 무력해지자 그 틈을 타 반란을 일으켰다. 가래와 쟁기를 들고 나온 농민들을 모아 호주성을 공격했다. 농민들은 포 소리를 신호로 성에 난입하여 관리들을 모조리 죽이고 농민군이 성을 완전히 차지했다. 이 소식을 듣고 각지에서 몰려온 농민과 젊은이만 해도 만 명이 넘었다.

조정에서 이를 가만히 놔둘 리 없었다. 황제는 철리불화(澈里不花)를 보내 곽자흥을 소탕하도록 했다. 하지만 그는 홍군의 기세에 위축되어 감히 공격에 나서보지도 못했다. 성에서 멀리 삼십 리나 떨어진 곳에 군을 주둔시키고는 각 촌락에 군사를 보내 선량한 농민들만 잡아들였다. 그들에게 강제로 붉은 두건을 씌운 뒤 홍건적을 잡았다고 조정에 보고한 것이다. 그러니 백성들의 반발이 더욱 심해지며 곽자흥의 군세는 더욱 커져만 갔다.

황각사를 나온 주원장은 곽자흥의 군대를 찾아 호주성에 도착했다. 하지만 성문이 굳게 닫혀 있어 어떻게 들어가야 할지 몰랐다. 곳곳에 홍군의 감시병이 보초를 서고 있어 주위의 경계가 엄중했다. 들어갈 곳을 몰라 서성이는데 홍군으로 보이는 군사 여러 명이 순식간에 주원장을 둘러쌌다.

"웬 놈이기에 주위를 어슬렁거리는 것이냐?"

주원장은 당당하게 말했다.

"기의(起義) 소식을 듣고 홍군에 가담하러 왔습니다. 곽 장군님을 뵙게 해주십시오."

병사들은 주원장의 모습을 유심히 살폈다. 그는 다 떨어져 너덜너덜한 가사를 입고 있었고, 삿갓을 쓰고 있어 얼굴 모습은 잘 보이지 않았다. 한 병사가 갓을 벗기다가 흠칫 뒤로 물러서고 말았다. 너무나 험상궂은 주원장의 얼굴 때문이었다. 두 눈이 부리부리하고 얼굴 양쪽의 광대뼈가 툭 튀어나온 데다 입술이 두꺼워 마치 두꺼비를 연상케 했다. 더구나 머리까지 빡빡 깎아 인상이 더욱 험했다.

"수상한 놈이다. 원군의 첩자일지도 모른다."

곧장 병사들이 달려와 주원장을 포박했다.

"속히 장군님께 끌고 가서 첩자를 잡았다고 보고하고 죽여 버리자."

병사 네 명이 한꺼번에 달려들어 주원장을 끌고 성안으로 들어갔다. 곧장 곽자흥에게 데려가니 꼼짝없이 죽게 생겼다. 곽자흥은 그의 모습을 유심히 살폈다. 옷은 남루했으나 노출된 근육은 단단해 보였으며, 눈빛은 불길처럼 타고 있었다. 포박되어 있는데도 전혀 위축되는 빛이 없이 오히려 태연자약했다. 곽자흥은 문득 호감이 일어 말에서 내렸다.

"넌 어디서 온 것이냐?"

"소인 황각사의 행동이었습니다. 여기 천호장으로 있는 탕화의 서찰을 받고 홍군이 되기 위해 찾아왔습니다."

"그게 정말이냐?"

곽자흥은 탕화를 데려와 그의 말이 사실인지 확인했다. 과연 주원장은 탕화의 친구로 두 사람은 만나자마자 얼싸안고 기뻐했다.

"소인의 친구가 맞사옵니다. 제가 편지를 보내 이곳으로 오라 했습니다."

이에 곽자흥은 그의 결박을 풀어주고 자신의 보졸로 삼았다. 주원장은 즉각 낡은 가사를 벗고 홍군의 복장으로 갈아입었다. 그는 부대장에게 신고를 마친 뒤 훈련에 참가하여 무예를 익혔다. 원래 체격이 좋은 데다 기억력도 뛰어나서 곧장 부대에서 두각을 나타내기 시작했다. 출동할 때마다 공을 세우고, 성 밖으로 수색을 돌 때는 원군을 생포하거나 새로운 홍군을 모집해오기도 했다.

하루는 곽자흥이 순시를 돌다가 그에게 경례하는 주원장을 발견했다. 그는 주원장의 독특한 외모 때문에 쉽게 그를 알아보았다.

"군막에서의 생활은 할 만한가?"

"열심히 무예를 연마하고 있습니다, 원군을 무찌르는 것도 상당히 재미있습니다."

그러자 옆에 있던 그의 부대장이 주원장을 칭찬하기 시작했다.

"대단한 놈이 우리 부대에 들어왔습니다. 군사를 몰고 가는 곳마다 승리를 이루고 적의 전리품도 수레 가득 빼앗아오곤 합니다. 능히 천호장이 될 그릇이옵죠."

곽자흥은 크게 기뻐하며 주원장을 자신의 휘하에 두었다. 날이 갈수록 주원장은 더욱 빛을 발했다. 전투할 때는 다른 병졸보다 앞장을 섰고, 전리품을 얻으면 금, 은, 의복, 가축, 양식을 가리지 않고 곽자

홍에게 바쳤다. 그는 또한 글자를 읽고 쓸 줄 알아 명령문이나 유복통에게 보내는 서찰들을 적어보내기도 했다. 곽자흥은 그를 심복으로 삼아 수시로 일을 의논하며 그의 말과 계책을 듣고 따르게 되었다.

자신감을 얻은 주원장은 곽자흥 앞에 나아가 큰소리를 쳤다.

"평소 저를 따르는 자들이 많았사옵니다. 그들을 모두 우리 홍군으로 만들겠사옵니다."

곽자흥이 허락을 하니 그는 홍군을 모집하기 위해 나갔다. 붉은 깃발을 들고 다니니 사람들이 구름같이 따랐다. 어린 시절의 동무들과 향리의 사람들이 속속 몰려왔고, 농부들도 농기구를 던지고 홍군에 몸을 던졌다. 그렇게 해서 몰고 온 사람이 칠백 명이 넘었다. 주원장은 그들을 훈련하고 단련시켜 주력군으로 만들었다. 이 군사를 몰아 생사를 넘나들며 원나라 진영으로 쳐들어가 가는 곳마다 승리했다. 원나라 군사를 홍군으로 만들기도 하여 그의 군세는 눈덩이처럼 커졌다. 주원장은 진급을 거듭하여 진무(鎭撫)가 되었고, 일년 뒤에는 총관(摠管)의 자리에까지 올랐다.

그 사이 유복통의 무리 또한 크게 군사를 모으며 세력을 넓혀갔다. 그들은 한산동을 잃고 기세가 수그러드는 듯했으나, 유복통이 한산동의 아들 임아를 우두머리로 삼고 안휘(安徽)에서 송(宋)이라는 국호를 내걸고 전국에 격문을 보내면서 다시 세를 모으기 시작했다. 유복통은 영주를 격파한 후, 주고(朱皐)에 거점을 두고 나산과 상채를 공격했다. 이어서 무양과 엽현을 공격하여 여녕부(汝寗府)와 광식(光息), 두 주(州)를 아예 점령해버렸다.

이들 홍건적이 남쪽에 세력을 넓히는 동안 황실에서는 이를 막겠다고 나서는 사람이 없었다. 이에 추밀지원 탈탈이 황제의 부름을 받고 나아갔다.

"소인이 역도들을 진압하여 대원 제국의 위상을 만방에 과시하겠나이다."

"짐은 그대의 용맹을 믿어 의심치 않는다."

황제는 그를 크게 격려하고는 추밀지원에서 도총수(都摠帥)로 임명했다. 탈탈은 군사를 정비해 곧장 서주로 달려갔다. 거기서 이이를 비롯한 홍건적의 우두머리를 죽이고, 나머지 잔당들도 무참하게 도륙해 버렸다. 그 일대 일반 백성들도 홍건군을 도왔다 하여 남김없이 주살하였다. 몽고군이 무자비하게 성을 도륙했다는 사실이 각지에 알려지면서 한족 청년들이 모이기 시작했다. 그들은 홍건군에 가담하여 원군과 죽기 살기로 격돌했다. 몽고족의 칼에 비참하게 죽느니 차라리 싸우다가 죽는 쪽이 낫다고 판단한 것이다. 하지만 탈탈은 그마저도 잔인하게 진압하고는 보무도 당당하게 황성에 입궁했다. 황제는 크게 기뻐하며 탈탈에게 태사(太師)직을 겸하게 했다. 뿐만 아니라 주의(珠衣)와 백금으로 만든 안장을 하사했다. 또한 그를 위해 성대한 잔치를 베풀었다. 바야흐로 탈탈의 시대가 다시 열린 것이다.

탈탈이 전장에서 올린 승전 소식과 황제의 은총은 곧장 기 황후에게도 전해졌다. 탈탈을 불러와 천거한 자도 기 황후였으니, 그녀의 위세 또한 높아지지 않을 수 없었다. 하지만 그녀는 만족하기는커녕 오히려 잔뜩 경계를 하고 있었다.

"탈탈이 비록 사심이 없는 충신이라 하나 권력이 한쪽으로만 집중

되는 건 바람직하지 못하다."

"그를 견제해야 된다는 말씀이옵니까?"

"모름지기 사람이 큰 권력을 가지게 되면 딴 마음을 품게 되는 법. 언젠가는 우리와 대적할 수도 있단 말이다. 더구나 고려인인 우리로서는 그 점을 항상 염두에 두고 사전에 조치를 취해야 한다."

"허나 지금 그가 없으면 전국에서 일어나는 반란을 진압할 수 없습니다."

"지금 원나라에는 그의 힘이 절대적으로 필요하다. 그러나 만일을 대비해 견제는 해두어야 하지 않겠나? 굳이 우리 쪽에서 직접 나설 필요는 없다."

기 황후는 박불화를 은밀히 건너다보았다.

"전에 나를 큰 곤경에 빠뜨린 자가 있지 않았더냐?"

"마마를 큰 곤경에 빠뜨린 자라면?"

박불화가 짐작한 듯 고개를 끄덕였다. 기 황후는 내처 말을 앞질렀다.

"그래, 그 자를 이용하면 될 것이야."

4장

계급무계궁
階級無階宮

1354년 7월 공민왕이 유탁(柳濯), 염제신(廉悌臣) 등
장수와 군사 이천 명을 원나라에 보내다

1

"이크크, 큰일났다."

합마는 발걸음을 빨리하며 서두르고 있었다. 거의 뛰다시피 걸으며 머리에 쓴 난모를 바르게 고쳐 쓰고, 대충 걸친 질손복을 바로 입었다. 융복궁으로 들어서면서는 아예 뛰기 시작했다. 숨이 턱에 차오르며 호흡이 가빠왔다. 잘못하면 아침 조아에 늦을지도 모른다. 황제가 조아에 나오는 시각은 오경 삼점(오전 다섯 시경)으로 정해져 있었다. 신하들은 그보다 훨씬 일찍 도착하여 황제를 기다려야만 한다. 그런데도 합마는 너무 늦게 궁에 도착하여 문무백관이 도열하는 시각에 늦을 참이었다.

그의 두 다리가 후들거리고, 속이 심하게 쓰려왔다. 밤새 술을 마시고 집에 들어간 때가 오늘 새벽. 아침 조아를 위해 서둘러 옷만 갈아입고 달려 나온 것이다. 서두른 덕분에 많이 늦은 것 같지는 않았다. 긴 안도의 한숨을 내쉬며 어전 앞 넓은 뜰로 천천히 걸어가는데 어디서 불쑥 나타난 태감 한 명이 앞을 막아섰다.

"뭐하는 놈이냐, 감히 나를 막아서다니?"

합마는 신경질적으로 그를 밀치고 앞으로 나아갔다. 그러자 이번에는 다른 태감이 그의 손을 잡아끌었다.

"대인께서는 어전에 들 수 없습니다."

"그게 무슨 소리냐? 나 예부상서를 몰라보겠느냐? 속히 어전에 나가 황상의 명을 받들어야 한단 말이다."

"대인께서는 어제부로 예부상서에서 파직되시어 선정원사로 임명되셨습니다."

합마가 믿기지 않는다는 표정으로 눈주름을 파르르 떨었다.

"선정원사라면 토번을 관리하는 한직 중의 한직이 아니냐? 그럴 리가 없다. 세상에 예부상서에서 선정원사로 인사를 하는 게 어디 있단 말이냐?"

"어제 황상 폐하께서 직접 교지를 내리신 겁니다. 대인의 댁에 전갈을 보내었는데 계시지 않아 연락을 못 받으신 것 같습니다."

"진정 황상 폐하의 명이란 말이지?"

합마는 어전으로 들어가는 걸 포기하고 발걸음을 돌릴 수밖에 없었다. 그는 얼굴이 벌겋게 상기된 채 어금니를 깨물고 있었다. 다른 신하를 붙잡고 그 연유를 묻고 싶었으나 추락된 위신이 부끄러워 그럴 수도 없었다. 그는 서둘러 퇴궁했다. 황궁을 나온 합마는 다시 어제 술을 마셨던 기방을 찾아갔다. 그는 자고 있는 기녀들을 깨워 술을 내어오라고 소리쳤다.

"망할 놈의 세상! 술이나 마시면서 잊어보자꾸나."

그는 아침부터 술을 마시기 시작하여 오후 늦게까지 기방에 머물렀다. 해가 저물 무렵, 그가 있는 것을 알고 노적사(老的沙)가 찾아왔다. 그는 황제의 외숙부 되는 사람으로 명종 휘유황후(徽裕皇后)의 동생이었다. 자신을 추천하여 입궁하게 만든 자가 바로 합마였기에 그와 무척 가까웠다.

"도대체 내가 왜 선정원사라는 한직으로 좌천된 것이오?"

"황상께서 직접 교지를 내리신 겁니다."

"황상의 총애를 받던 내가 왜 갑자기 좌천이 되었단 말이오? 이해할 수가 없구려."

"그야, 지금 황상의 마음을 움직이는 사람은 딱 한 명밖에 없지 않습니까?"

"한 명이라면 혹시?"

"필시 탈탈이 황상의 마음을 움직여 대인을 좌천시킨 게 분명합니다."

"혹 예전에 내가 가짜 점쟁이를 시켜 그를 몰아낸 걸 눈치 챈 건 아닐까요?"

"아니면 경이 낙타를 밀거래하다 적발된 것을 또 꼬투리 삼은지도 모르지요."

문득 합마의 눈꼬리가 위로 치켜 올라갔다.

"이런 고얀지고……."

노적사는 합마의 신경을 더욱 자극시키고 있었다.

"그렇게 당하고 가만히 계실 겁니까?"

하지만 합마는 냉철하고 사리분별을 할 줄 아는 위인이었다. 잠시 생각을 정리하더니, 일단 현실을 받아들이기로 결심했다.

"지금으로선 그와 대적하기엔 무리요. 그는 반란군을 진압하여 혁혁한 공을 세우고 황상의 총애를 한몸에 받고 있지 않소이까?"

"우리가 황제의 마음을 사로잡은 후에 탈탈을 내칠 명분을 만들면 됩니다."

"무슨 수로 황제의 마음을 사로잡는단 말이오?"

"그야 좀더 궁리를 해봐야지요."

"그런 골치 아픈 이야기는 나중에 하고 오늘은 술이나 실컷 마십시다. 여봐라! 어서 여기에 술을 가져오너라."

합마는 기녀 둘을 방으로 들어오게 하고 술은 백화로(百花露)를 가져오게 했다. 백화로는 백 가지 꽃의 이슬을 받아 만들었다는, 명주 중의 명주로 손꼽히는 귀한 것이었다. 두 사람은 기녀들이 채우는 잔을 밤늦도록 취하게 마셨다. 그리고는 기녀 하나씩을 데리고 각자 방으로 흩어졌다. 방에 들어서자마자 합마는 급히 옷을 벗어던지고 허겁지겁 기녀에게 달려들었다. 합마는 턱밑의 하얀 수염이 흔들리도록 혼신을 다해 방사에 임했지만, 이내 몸을 파르르 떨며 기가 빠져나갔다. 그의 몸은 급격히 위축되어 맥없이 파정하고 말았다. 교합의 희열은 온데간데없고 허무함과 나른함만이 몸에 휘감겼다.

"에구구, 나 죽네."

기녀는 한심한 듯 팔짱을 끼고 있었다.

"에게, 그만 여기서 끝나는 건가요?"

"너도 내 나이가 되어보아라. 몸이 마음대로 움직이지 않는단다."

"나이가 무슨 상관일까? 지금 옆방 손님은 대인보다 훨씬 나이가 많아 보이는데도 하룻밤에 다섯 명이나 상대하고도 끄떡없다고 하던데요. 옷을 입은 행색이 번승(番僧)같아 보였어요."

합마는 콧방귀를 뀌며 소리쳤다.

"예끼, 이것아! 어찌 남자 혼자서 다섯 명의 여자를 상대할 수 있단 말이냐? 더구나 번승이라 하면 여자를 가까이 할 수 없지 않느냐?"

"그와 방사를 치르고 나온 제 친구가 직접 겪은 일인걸요."

"정말 혼자서 다섯 명을 넘게 상대한단 말이지?"

"그렇다니깐요."

문득 호기심이 동한 합마는 옆방에 들었다는 번승이 나오기를 기다렸다. 하지만 그는 밤늦도록 방에서 나오지 않았다. 참다못해 방을 나오는데 고양이 울음 같은 여자들의 교성이 밖으로 어지럽게 새어나오고 있었다. 걸음을 떼지 못하고 엉거주춤 그 자리에 서 있자니 한참 후에 다섯 명의 기녀들이 녹초가 다 되어 거의 기다시피 나왔다. 그런데 정작 번승은 아무렇지도 않은 듯 홀로 방에 앉아 있는 게 아닌가? 합마는 방으로 들어가 그 앞에 앉았다.

"스님이 정말 저 다섯 여자를 한꺼번에 상대하셨단 말이오?"

그는 대답 대신 합마를 올려다보았다.

"댁은 뉘신데 그런 걸 다 묻소?"

"같은 남자인데 너무 부러워 묻는 것이오. 누구에게 그런 비법을 익혔던 게요?"

"소인의 사부에게 배웠지요. 사부께선 토번의 산에 사는 기인인데 사시사철 눈과 얼음으로 뒤덮인 곳에 사셨다고 합니다. 그곳에 살다 보니 추위를 막기 위해 수련을 하였고, 그래서 터득한 수련법이 바로 환정법(還精法)이지요. 환정법을 터득한 사부께선 훗날 환속을 하시어 기방에서 여자와 함께 보내었는데, 몸을 나눈 기녀마다 몸을 가누지 못하고 그만 실신을 하고 말더랍니다. 그래서 다른 여자들도 사보았는데 모두 녹초가 되어 나가떨어지더라는 거요. 그런데 정작 자신은 아무렇지도 않을 걸 확인하고는 환정법의 위력을 깨닫게 된 것이지요."

듣고 있던 합마는 더 생각할 것이 없다는 듯 번승 앞에 바짝 다가앉았다.

"환정법이 어떤 것인지 설명해 줄 수 있는지요?"

"무릇 하늘과 땅 사이에서 살아가는 인간은 자연 현상의 변화에 순응하지 않으면 안 되지요. 세상 만물은 봄, 여름, 가을, 겨울의 4계절에 따라 생(生), 장(長), 수(收), 장(藏)을 되풀이합니다. 계절의 변화에 맞추어 음양의 교류가 닫히지 않도록 하기 위해서는 '연기'와 '도인'을 행하여 신진대사를 원활하게 하고, 정기(精氣)를 몸 안에 축적시키는 환정의 방법을 실행해야 합니다. 그렇게 하면 늙지 않고 오래오래 건강하게 살 수 있을 뿐 아니라, 남녀 교합의 쾌락을 오랫동안 누릴 수가 있지요."

합마는 정중하게 고개를 숙였다.

"환정법을 어떻게 수련하는지 소인에게 가르쳐 주셨으면 합니다."

"보통사람으로서는 쉽게 실행할 수 없습니다. 일종의 도술(道術), 즉 오랜 수행을 거치지 않고는 터득할 수 없는 술법(術法)이지요. 쉬이 배울 수는 없을 겁니다."

"허나 흉내라도 낼 수 있는 방법이 있지 않을까요?"

"그렇긴 합니다만……."

번승은 말꼬리를 흐리며 슬쩍 합마를 쳐다보았다. 합마가 눈치 빠르게 말을 앞질렀다.
"혹 내게 부탁하고 싶은 거라도 있으신지요?"
"댁이 무엇이든지 다 들어 줄 수 있소이까?"
"말해보시오. 내 성심껏 해드리리다."
"분명 무엇이든 다 들어준다고 했습죠?"
번승은 눈을 희번득이며 음울한 미소를 지어 보였다.

2

합마는 선정원사로 좌천되었지만 정식으로 임명을 받은 건 아니어서 아직 황궁을 자유롭게 드나들 수 있었다. 그는 황제를 만날 기회를 엿보다가 어느 날 황제가 환관들과 함께 회랑을 걸어가는 걸 보았다.
황제는 회랑을 가다 말고 문득 한곳에 멈추어선 채 완자창으로 밖을 내다보고 있었다. 밖에는 탐스러운 눈이 내려 온 세상을 하얗게 뒤덮고 있었다. 황제는 그 모습을 한참이나 바라보다가 눈을 감았다. 합마는 이 때를 놓치지 않고 재빠르게 황제에게 다가갔다.
"신 합마 인사드리옵니다."
하지만 황제는 돌아보지도 않고 눈을 감은 채였다. 합마는 자리를 뜨지 않고 가만히 그 자리에 서 있었다. 한참 만에 눈을 뜬 황제가 혼잣말처럼 가늘게 중얼거렸다.
"또 한 해가 가는구나."

"묵은 한 해가 가면 새로운 한 해가 오는 것이 아니옵니까?"

"나이가 들수록 햇수가 더해 가는 게 허망하기만 하구려."

"황상께오선 아직 춘정의 연세이시옵니다."

황제는 아득한 표정으로 고개를 내저었다.

"짐의 나이 이미 서른을 넘었으니 오래 산다한들 벌써 반이나 되는 세월이 흐른 게 아니오?"

황제는 눈 내리는 창가로 다시 시선을 던졌다.

"흘러가는 세월을 잡을 수만 있다면, 늙지 않는 장생불로의 비법을 아는 자가 있다면 어떠한 벼슬이라도 내릴 것인데 말이야……."

합마는 속으로 옳거니, 하며 슬쩍 말머리를 돌렸다.

"폐하, 오랫동안 늙지 않고 항상 청춘을 유지하며 살 수 있는 비법이 하나 있긴 하옵니다."

"그게 무슨 소린가? 경은 허황된 말로 짐을 농락하려는 겐가?"

황제가 지엄한 목소리로 일렀지만, 합마는 전혀 위축되지 않고 말을 이어갔다.

"소신이 우연히 만난 번승이 있는데 그가 그 비법을 알고 있더이다. 소신이 그에게 직접 비법을 전수 받아 경험했사옵니다."

"경험했다면 무얼 말하는 게요?"

합마는 일부러 대답하지 않고 말꼬리를 흐렸다.

"그게 아뢰옵기 황공하온지라……."

"어허, 어서 말해보시오."

황제는 나이에 관계없이 청춘을 유지할 수 있다는 합마의 말이 귓가에 맴돌아 그를 다그쳤다. 합마는 속으로 쾌재를 부르며 얼른 말을 앞질렀다.

"소인이 그 비법을 익혀 하룻밤에 다섯 명의 여자를 품어도 끄떡이 없었습니다. 뿐만 아니라 화가류항(花街柳港 ; 창녀들이 모여 있는 곳)을 사흘이나 누비고 다녔는데도 제 몸이 이렇게 건재하더이다."

"그게 정말이오? 그가 지금 어디에 있단 말이오?"

"현재 대도성에 머물고 있사옵니다."

"속히 그자를 궁중으로 들게 하오. 내가 직접 그를 만나보겠소."

합마는 난감한 표정으로 고개를 내저었다.

"그자는 번승이온지라 함부로 궁에 들어올 수가 없습니다. 그자가 청하기를 궁에 자유롭게 드나들 수 있도록 해 달라 하더이다."

"혹 관직을 달라는 것이오?"

"그러하옵니다."

"그야 못할 게 없지. 속히 불러오면 짐이 적당한 관직을 내리겠소. 어서 번승이란 자를 데려오도록 하시오."

합마는 물러서면서 쾌재를 불렀다. 황제가 번승을 불러오라는 것은 환정법을 익히기 위해서리라. 그렇게 되면 황제의 총애를 한몸에 받게 될 것이고, 예부상서로의 복귀는 물론 자신의 출세 가도는 탄탄대로가 될 것이다. 게다가 번승은 관직을 원하고 있으니, 궁중에 들어와 관직 생활을 하면 합마 자신이 그를 잘 이용할 수도 있으리라.

합마는 먼저 노적사를 찾아갔다. 기방에서 두 사람은 번승에게 환정법을 함께 익혔었다. 그는 황제와 만난 이야기를 노적사에게 들려주었다. 노적사 또한 눈빛을 반짝이며 들뜨기 시작했다.

"우리가 황제의 마음만 온전히 사로잡게 되면 조정 또한 우리 것이 될 겁니다."

"황제를 쾌락에 빠지게 하고, 우리는 조정을 장악하는 겁니다."

"그럼 탈탈에게 복수도 할 수 있겠지요?"

"복수뿐이겠습니까? 그를 온전히 내쳐 죽일 수도 있을 겁니다."

두 사람은 번승을 찾아가 황제의 부름을 전하고 더불어 관직을 하사하겠다는 말도 덧붙였다. 번승은 흔쾌히 응하고는 함께 황궁으로 들어갔다. 황제는 반신반의하는 마음으로 번승을 기다리고 있었다.

"어서 오너라. 그대가 바로 환정법을 터득한 번승이더냐?"

번승은 고개를 숙인 채 대답했다.

"그러하옵니다."

"진정 경은 늙지 않고 오랫동안 살 수 있는 비법을 알고 있더란 말이냐? 한번 설명을 해 보거라."

"사람이 생명의 원기인 정(精)을 아끼고 정신을 수양하며 여러 가지 보약을 먹으면 오래 살 수 있을 것이옵니다. 그러나 교접의 방법을 제대로 알지 못하고서는 비록 보약을 먹는다 할지라도 효과가 없지요. 남자와 여자가 서로 대칭이 되어 존재하는 것은 마치 하늘(天)과 땅(地)이 서로 대칭이 되어 존재하는 것과 같사옵니다. 그런데 천지(天地)는 영원히 존재하는데, 사람은 어찌 일찍 그 존재가 사라져 버리고 마는가? 그것은 천지는 서로 교합(交合)하는 방법을 알고 있는데, 사람은 서로 교접하는 방법을 모르고 있기 때문이옵니다. 따라서 사람도 음양 교접의 올바른 방법을 체득하기만 하면 천지와 더불어 죽지 않고 무한히 존재할 수가 있사옵니다."

"사람의 음양 교접을 체득하면 오래 살 수 있단 말이지?"

"그러하옵니다. 음양의 이치를 체득하는 법이 바로 환정법이옵니다."

"환정법이 무엇인지 짐에게 가르쳐 줄 수 있느냐?"

"제가 어느 안전이라고 거절할 수 있으리오까? 환정법을 익히기 위해서는 우선 태식(胎息)을 할 줄 알아야 합니다. 태식이란 코나 입으로 숨을 쉬지 않고, 마치 어머니 뱃속의 태아와 같은 상태가 되는 것이옵니다. 그러나 이와 같은 경우에 이르려면 연습이 필요합지요. 초심자는 우선 코로 숨을 들이마시고 마음속으로 백 스물까지 수를 센 다음 천천히 숨을 내쉬어야 합니다. 이 때 주의해야 할 것은 내쉬는 숨을 들이마시는 숨보다 적게 해야 정기가 축적된다는 것이옵니다. 이렇게 수련을 계속하여 천까지 셀 수 있을 정도가 되면 노인이라고 해도 점점 젊음을 되찾을 수 있사옵니다."

"호흡법이 중요하다는 것이냐?"

"요컨대 깊은 호흡, 즉 심호흡을 하라는 것이옵니다. 《장자》에도 '진인(眞人)의 호흡은 발바닥으로 하는 것처럼 깊고, 범인(凡人)의 호흡은 단지 목구멍 끝으로 하는 것처럼 얕다.'는 구절이 있습니다. 또한 평소에는 거의 쓰이는 일이 없는 근육을 주로 운동시킴으로써 우리 몸의 조화를 꾀하는 방법이 있사옵니다. 이러한 단련법을 방중술에 응용하면 신체가 건강해지고 지구력이 생겨서 하룻밤에도 수많은 여자를 품을 수가 있사옵니다. 또한 양생술에 맞는 성행위는 그 자체가 바로 건강을 증진시키는 일종의 운동이 되는 것이옵니다. 환정법은 건강 양생과 표리 관계를 이루는 것이어서 무병장수를 누릴 수 있사옵니다."

"환정법을 익혀 어떻게 사용하면 되느냐?"

"반드시 다음 네 가지 규칙을 따라야만 합니다. 첫째는 많은 여자들을 바꾸어 가며 교접할 것이며, 둘째는 젊은 여자들과 교접할 것, 셋째는 많이 교접할 것이며, 넷째는 자주 사정하지 말 것이옵니다."

"황제 된 몸으로 궁중 안에서 많은 여자와 한꺼번에 교접하긴 힘들지 않느냐?"

옆에서 듣고 있던 합마가 앞으로 나섰다.

"황궁 근처에 새로이 궁을 만들면 되지 않습니까? 그곳의 출입을 엄격히 금하고 사람들의 소문을 막으면 될 것이옵니다."

황제는 선뜻 대답하지 못하고, 슬쩍 고개만 끄덕였다. 번승이 남아 황제에게 환정법을 가르치는 동안 황궁을 나온 합마는 그의 동생 설설을 불렀다.

"너는 속히 황궁 주변의 한적한 전각을 골라 화려하게 꾸며놓아라. 황상께서 직접 거하실 곳이니 소홀함이 없어야 할 것이야."

"황상께서 거하신다구요?"

"그렇다. 앞으로 우리와 함께 계실 것이다. 황상께서 출입하신다는 소문이 나지 않도록 호위도 철저히 해야 할 것이야."

설설은 합마의 말대로 황궁의 외진 곳에 있는 전각을 대대적으로 수리했다. 그 크기와 화려함이 황제가 거하는 연춘각 못지않았다. 그리고는 이름 짓기를 '계급무계궁(階級無階宮)'이라 칭했다. 계급무계궁이란 계급에 상관없이 누구나 똑같이 방중의 쾌락을 누리자는 의미였다.

며칠 동안 번승으로부터 환정법을 익힌 황제는 어느 날 계급무계궁을 찾았다. 그는 번승의 안내를 받아 시중드는 환관 두 명만 데리고 은밀히 왔다. 그 전에 합마는 황제의 명을 받아 궁에서 가장 외모가 빼어난 궁녀 열 명을 데려왔다. 그의 동생 설설은 계급무계궁 전체의 호위를 담당하여 군사를 배치시키고 감시케 했다.

"어서 오시옵소서. 폐하!"

합마는 우선 황제를 술상 앞으로 인도했다. 그들이 한잔 두잔 마시며 나누는 대화는 정겨움이나 정무가 아니었다. 금방이라도 육질 좋은 살점들이 맞부딪치길 원하는 긴장이 공기 중에 가득했다. 아지랑이 같은 취기 속에 여흥이 도도하게 일어나자 누가 먼저랄 것도 없이 옷가지를 하나씩 벗기 시작했다. 처음 황제는 체면 때문에 신하들 앞에서 옷 벗기를 주저했다. 하지만 모든 이가 실오라기 하나 없이 옷을 벗고 나니 황제라 하여 체면을 차릴 처지가 아니었다. 무르춤하게 앉아 있던 황제도 옷을 모두 벗고는 신하들과 함께 알몸이 되었다.

계급무계궁에 모인 사람들은 옷을 벗자 이내 대담해지기 시작했다. 황제는 궁녀들 중에 가장 마음에 드는 궁녀 앞에 다가섰다. 신하들이 보는 앞에서 궁녀를 침상에 오르게 한 후 두 다리를 벌리고는 거침없이 교접하기 시작했다. 황제가 파도를 타듯 몸을 움직이면 아래에 깔린 궁녀는 무의식적으로 율동에 흔들리며 몸을 더욱 밀착했다. 율동을 하는 동안 황제는 번승에게 배운 대로 하나에서 열까지 세며 숨을 참았다가 궁녀의 입에 접문(接吻)하여 기를 보내주었다. 그런 다음 숨을 크게 내쉬면서 침을 삼켜 몸 안에 기를 가득 채웠다. 그 기를 썰물을 내보내듯 아래로 거세게 밀어 보내며 공략했다. 이내 궁녀가 미친 듯이 교성을 내지르기 시작했다.

눈앞에서 방사를 치르는 황제를 보며 몸이 달아오른 합마와 노적사, 그리고 번승도 각각 궁녀를 품에 안고 교접을 시작했다. 그들은 모두 한 장소에서 동시에 쾌락의 늪에 빠져들어 갔다.

　황제와 방사를 벌인 궁녀는 세찬 기운에 이미 녹초가 되어 나가떨어졌다. 하지만 황제는 여전히 끓어오르는 몸의 기운을 감당할 수 없었다. 옆에서 구경하는 다른 궁녀를 끌어와 자신은 다리를 펴고 누운 후 몸 위에 궁녀를 걸터앉게 했다. 그리고는 두 마리 물고기가 서로 비늘을 비벼대는 듯한 어접린(漁接隣)으로 쾌감의 진폭을 높였다. 그녀 또한 황제를 감당하지 못하고 옆으로 쓰러졌다. 황제의 기운은 여전히 식을 줄 몰랐다. 다른 침전으로 들어가니 그 곳에서는 합마가 열심히 방사를 치르고 있었다. 황제는 한참 동안 그 모습을 지켜보다가 이내 그곳 궁녀를 자신의 침전으로 이끌었다. 이번에 황제는 무릎을 벌려 앉고 궁녀가 그 위에 마주보고 걸터앉아 팔로 상대의 목을 감싸 안았다. 황제는 궁녀의 엉덩이를 끌어안고 그녀가 요동 치는 것을 거들어주었다. 황제는 곧장 용이 승천하여 비바람을 만난 듯, 물고기가 단비를 얻은 듯 황홀감에 빠져들었다. 합마와 노적사는 서로 상대를 바꾸며 방사를 치렀다.

　저녁 무렵에 계급무계궁을 찾은 황제는 다음 날 새벽이 되어서야 나왔다. 황제는 편전에 들어 잠깐 눈을 붙이고 이른 아침 조아에 참석했는데도 전혀 피곤한 기색이 없었다. 문무백관들은 황제의 밤놀이를 까마득히 눈치 채지 못했다. 그만큼 황제가 익힌 환정법은 위력을 톡톡히 발휘하고 있었다.

3

흥성궁 기 황후의 내전.

그녀는 밤늦도록 잠을 이루지 못하고 자수를 놓고 있었다. 도안에 수를 놓고 있는데 여러 마리 새가 봉황을 향하여 지저귀고 꽃향기가 가득한 도안이었다. 기 황후는 근래에 통경단위(通經斷緯)의 자수기법을 익히며 그 즐거움이 빠져들었다. 통경단위 기법은 경사는 이어지고 위사는 이어지지 않게 하는 방식이었다. 이 가로줄에 무늬를 넣고 도안을 짜면 앞뒷면에 똑같은 무늬가 수 놓이므로 입체감이 풍부해 보였다. 그녀는 섬세한 손길을 움직여 가로줄에 봉황무늬 도안을 집어넣었다.

이러한 자수 공예는 남송 시기에 모양을 갖추기 시작해 원 제국에 들어서면서 더욱 다양한 기법들로 발전했다. 여기에 서역의 직금(織金) 기술이 융합되면서 독특한 멋이 더해졌다. 직금 기술이란 금실이나 금박을 잘라 만든 금편으로 가로줄에 문양을 넣는 방식을 말한다. 기 황후는 직금 기술을 이용하여 옷에 봉황을 수놓고 있었다. 자신이 직접 수놓은 옷을 황제에게 입히고 싶어 이렇게 며칠 밤을 새우며 자수공예에 몰두하고 있는 것이다.

기 황후는 잠시 도안을 놓고 옆에 서 있는 최천수를 바라보았다. 그는 조금도 움직이지 않고 고개만 옆으로 돌리며 주위를 돌아보고 있었다. 늘 그림자처럼 자신을 따르는 그였기에 이제는 옆에 있는지조차 모를 만큼 몸과 마음이 익숙해 있었다. 기 황후는 잠시 측은한 생각이 들어 슬며시 운을 뗐다.

"최 태감은 헌헌대장부로 나이가 한창인데 황실 생활이 외롭지는 않더냐?"

갑작스런 질문에 당황한 최천수가 어쩔 줄을 모르더니 한참만에야 겨우 대답했다.

"항상 황후 마마와 함께 있는데 무슨 외로움을 느끼겠나이까?"

기 황후가 웃으며 다시 물었다.

"그런 외로움이 아니라 남정네로서 느끼는 외로움 말이다."

"무슨 말씀이오신지?"

"비록 거세를 하여 몸을 잃었다 하나 사내가 아니더냐? 더러 여자 생각이 들 법도 하지 않겠느냐?"

"마마, 소인은 오직……."

최천수는 말끝을 흐리며 기 황후를 건너다보았다. 그녀는 진지한 목소리로 말을 이었다.

"박불화는 꽤 많은 재산을 모으고 가끔 여자도 찾는다고 하더구나. 너에게도 잠시 시간을 줄 터이니 외로움을 풀고 오거라."

최천수는 대답하지 않고 다만 고개를 숙일 뿐이었다. 얼굴은 붉게 상기된 채 콧잔등을 잔뜩 찌푸렸다. 기 황후는 가볍게 웃어 보이며 다시 자수에 몰두했다. 하지만 최천수는 다리가 후들거려 제대로 서 있을 수 없었다. 그는 옅은 한숨을 계속 내쉬며 슬쩍슬쩍 기 황후의 모습을 살폈다. 얼굴이 뜨겁게 달아올라 창문으로 불어오는 바람에도 좀체 식혀지지 않았다. 자수에 열중하고 있다 하지만 기 황후도 최천수의 그런 표정을 놓치지 않고 바라보고 있었다. 그녀는 최천수의 미세한 표정 변화를 살피며 잠시 생각에 빠졌다. 그와 함께 했던 어린 시절과, 이곳 대도성에서 보냈던 파란만장한 세월들이 꿈결처럼 떠올랐다. 늘 함께 했던 최천수였다. 생각해 보면 그는 자신의 부모형제보다도 황제보다도 더 오랫동안 곁에 머물고 있지 않은가? 여기에 생각이 미치자 새삼스럽게 그의 존재가 가깝게 여겨지면서도 마음 깊은 곳에서 연민의 소용돌이가 일었다.

"아앗-."

그녀는 생각에 빠져들다 그만 바늘에 손가락을 찔리고 말았다. 선홍빛 핏방울이 흘러내렸다. 놀란 최천수가 얼른 달려왔다. 그는 주위를 둘러보았으나 손가락을 감쌀 만한 천조각이 보이지 않았다. 잠시 망설이다가 흐르는 피를 자신의 소매 끝으로 닦아내고는 그녀의 손가락을 입에 넣었다. 두 손으로 그녀의 손목을 잡아 상처 입은 손가락을 입에 넣은 채 피를 빨아내고 있었다. 피비린내가 입안으로 번졌지만 최천수는 아랑곳하지 않았다. 오히려 아주 잠시, 그는 황홀한 표정을 지어 보였다. 짧은 시간이 지난 뒤에야 그는 자신이 지금 무슨 일을 하고 있는지 깨달았다. 황급히 손가락을 입에서 떼어내며,

"송구하옵니다. 마마."

하고는 얼굴이 홍당무가 된 채 바닥에 납작 엎드렸다.

기 황후는 아무 말 없이 자리에서 일어섰다. 나중에야 달려온 궁녀 하나가 비단수건으로 상처 입은 손가락을 감쌌다. 그 사이 최천수는 밖으로 나가버렸다.

다시 자수를 손에 들었지만 집중이 되지 않았다. 한참을 몰두하자 눈이 침침해지기 시작했다. 그녀는 고개를 들어 창밖을 바라보았다. 녹음이 짙게 우거진 숲에서 흐르는 물소리와 울창한 나무 사이로 스

쳐 부는 신선한 바람을 폐부 가득히 마시자 금세 기분이 상쾌해졌다.

바야흐로 봄을 지나 녹음이 무르익는 초여름으로 건너가고 있지만, 그녀의 춘정은 그러지 못했다. 육체의 물은 차오르는데 최근에는 발산할 기회를 갖지 못했다. 황제가 자신을 찾지 않은 지 보름이 넘고 있었다. 불쑥 최천수에게 그런 말을 한 것도 그가 자신의 처지와 비슷할 것이라는 생각 때문이었다. 그녀는 여전히 아름다운 자태를 자랑하고 있었지만 젊은 날에 비할 바는 못 되었다. 복숭아꽃처럼 희고 불그스름하던 피부에는 푸른 실핏줄이 드러나기 시작했고, 빗질을 할 때마다 머리카락이 조금씩 손에 잡혀 나오곤 했다.

황제는 한동안 선자성혜에게 몰두하더니 그녀가 죽고 나자 자신을 찾는 횟수가 한층 뜸해졌다. 황제의 마음을 이해 못할 바 아니었다. 어린 나이에 황제의 자리에 올라, 다나실리 황후와 당기세 형제의 눈치를 보며 왕위를 이어왔던 황제. 그 후 당기세 형제와 백안의 잇따른 모반을 진압하면서 황제는 정사에 염증을 느낄 만했다. 그러다가 황태후의 계략으로 선자성혜와 함께 하면서 모처럼 삶에 활기를 띠는 듯했다. 하지만 그녀마저 자신의 손에 죽었으니 삶에 낙이 없을 만도 했다. 때문에 기 황후는 황제가 한동안 자신을 찾지 않아도 원망을 하거나 시기를 하지 않았다. 황제가 정사에 바빠 자신을 찾지 않는 것으로 여겼다. 그동안 기 황후는 부지런히 경전을 탐독하고 시간이 남으면 이렇게 자수를 놓으며 밤을 보내고 있었다. 그 때 밖에서 수런거리는 소리가 들렸다.

"마마, 황상 폐하께서 드시옵니다."

기 황후는 자수를 놓던 융복을 얼른 탁자 밑에 감추고는 자리에서 일어났다.

"어서 오시옵소서, 폐하!"

기 황후는 갑작스런 황제의 내방이 놀라우면서도 반가웠다. 근 보름 만에야 찾아온 것이다. 황제는 희색이 만면한 얼굴로 기 황후를 건너다보고 있었다.

"짐이 그동안 정무에 바빠 그대를 자주 찾지 못한 것 같소이다."

"폐하! 술상을 올릴까요?"

황제는 고개를 내저으며 가만히 웃기만 했다. 그의 얼굴에는 춘정이 가득했다.

"짐은 지금 술을 들고 싶지 않소. 대신……."

황제는 얼른 기 황후를 일으켜 세우며 옆으로 몰아갔다. 기 황후는 황제의 거친 기세에 밀려 벽에 등을 기댔다. 황제가 기 황후의 다리를 올려 어깨에 걸었다. 희미한 불빛 속에 매끄러운 허벅지가 희게 번쩍거렸다. 이어 황제의 힘찬 양경이 망설임 없이 그녀의 몸속으로 밀고 들어왔다. 기 황후는 고개를 젖히고 입을 벌려 뜨거운 숨을 토해냈다. 짓쳐오는 황제의 기세가 너무 거세어 그녀의 숨결은 점차 거칠어지면서 교성으로 터져 나왔다.

그녀의 깊은 곳은 끈끈하고도 질퍽했지만 황제의 옥경은 그곳을 거침없이 누비고 있었다. 그 속도와 기운에 밀려 더운 기운을 내뿜던 기 황후는 무언가 깨무는 듯 우두둑 소리를 내며 손발을 떨었다. 황제가 더 이상 오를 데 없는 정상에 이르러 힘차게 파정을 하자, 주위로 운무가 흩어지는 것처럼 아득한 기분이 느껴졌다. 그녀의 문은 급격히 수축되며 힘을 놓아버렸다. 그런데도 황제의 양경이 다시 움직이기 시작했다. 그는 전혀 지치거나 피로한 기색이 없었다. 맥이 빠져 늘어져 있는 그녀를 다시 잡아 일으켰다.

"폐하!"

그녀는 힘이 빠져 소리를 질렀지만 황제는 여전히 거칠게 움직였다. 기 황후를 엎드리게 하여 엉덩이를 높이 쳐들고 고개를 낮추게 했다. 그런 다음 자신은 뒤쪽에서 무릎을 꿇은 다음 기 황후의 배를 끌어안고 몸의 중극(中極)을 향해 나아갔다. 황제의 강한 힘에 기 황후는 연신 몸을 비틀며 희열에 찬 신음소리를 토해냈다. 황제의 몸은 불덩이처럼 달아올랐지만 기 황후는 이제 지쳐 몸이 식어가고 있었다.

"황상 폐하. 소첩 이제는 도무지……."

그런데도 황제는 파정을 하지 않고 몇 십 번을 더 움직이다가 지쳐 맥을 못 가누는 기 황후를 위해 양경을 겨우 뺐다.

두 사람은 이내 잠자리에 누웠다. 황제는 옆에서 금세 코를 골며 잠이 들었지만, 기 황후는 꽃잎이 아파 양쪽 허벅지를 포갠 채 신음하고 있었다. 그녀는 갑작스럽게 강해진 황제의 세찬 기운에 놀라 좀체 잠이 오지 않았다. 그러나 오랫동안 양기를 내놓지 않아 그 힘이 넘쳐난 것이라고 생각하며 이내 잠에 떨어졌다.

얼마나 지났을까? 기 황후는 잠결에 어떤 소리를 듣고 잠을 깼다. 옆을 더듬어보았다. 황제는 침상에 없었다. 천천히 일어나니 칸막이로 가린 옆방에서 약한 불빛이 새어나왔다. 그쪽으로 가서 살짝 문을 열었다. 순간, 그녀는 너무 놀란 나머지 터지려는 비명을 급히 손으로 막아야만 했다. 황제는 자신을 시중드는 두 명의 궁녀와 벌거벗고 정사를 벌이고 있었다. 황제는 궁녀의 몸을 바로 눕힌 다음 양다리를 들게 한 후 자신은 무릎을 꿇은 채 궁녀의 삳을 공략하고 있었다. 다른 궁녀는 이미 방사를 치른 듯 그들 옆에 나른한 자세로 누워 있었다. 그런데도 황제는 지치지 않는지 다른 궁녀를 거칠게 다루고 있었다.

"황상 폐하, 이제 소인은, 더 이상은……."

궁녀가 그렇게 애원을 했지만 황제는 거침이 없었다. 익숙하게 깊고 얕음을 병행해 나가며 몸을 비틀자 궁녀는 거의 빈사 상태가 되어 허우적거렸다. 기 황후는 비명이 터져 나오려는 것을 겨우 참으며 문을 닫았다. 가슴이 너무 크게 뛰어 잠이 싹 달아났.

황제는 잠시 전까지 자신과 세 번이나 방사를 치르지 않았던가? 격렬하고 거칠게 달려들어 자신이 지쳐 곯아떨어질 정도인데 황제는 아직도 힘이 남아 궁녀 둘을 상대하고 있었다. 황제와 오랫동안 잠자리를 해왔기 때문에 그의 양기와 정력을 잘 아는 그녀였다. 뭔가 심상치 않음을 감지한 기 황후는 다음 날 아침 일찍 박불화를 불렀다.

"황상께서 편전을 나서면 어디에 가시는지 알아낼 수 있겠느냐?"

"곧장 알아오겠습니다."

박불화는 기 황후의 은밀한 명을 받고 황상의 거처를 염탐했다. 그는 황궁 환관과 궁녀에게 황제께서 출입하는 곳을 자세히 물었다. 궁중 곳곳에 거미줄처럼 깔려 있는 그의 정보망을 통해 황제의 일거수일투족은 한나절도 안 되어 박불화에게 전해졌다. 박불화가 달려오자 기 황후는 떨리는 목소리로 다급히 물었다.

"황상의 신상에 무슨 변화가 있었던 게냐?"

"황상께선 밤늦게 환관 두어 명만 데리고 은밀히 황궁 밖으로 행차하신다 하옵니다."

"어디로 행차하신다는 거지?"

"황궁 밖에 계급무계궁이라는 곳이 있는데 그곳을 찾으신다 하옵니다."

"계급무계궁이라? 그게 무얼 하는 곳이더냐?"

"아주 은밀한 곳으로 아무나 출입할 수 없는 곳이라 하옵니다. 소인이 그곳을 지키는 호위군을 통해 알아본 바에 따르면……."

박불화는 말끝을 흐리며 잠시 망설이다가 고개를 내저었다.

"계속 말씀드리기가 좀……."

"어서 말해 보려두."

기 황후가 재촉하자, 박불화가 다시 입을 열었다.

"그곳에 들어가는 남녀들은 실오라기 하나 남김없이 옷을 벗고 교접을 한다 하옵니다. 계급무계궁이라는 이름처럼 황제도 신하도 구별하지 않고 함께 어울려 교접을 즐긴다 하옵니다."

듣고 있던 기 황후의 얼굴에 날선 표정이 서렸다. 그녀는 아랫입술을 깨물며 겨우 질문을 던졌다.

"황상께서 수많은 여자들을 한꺼번에 상대한다는 말이 아니냐? 그런 힘이 어디서 솟아나는 것인지 모르겠구나. 무슨 방중술이라도 배우신 게냐?"

"훈화상이라고 하는 토번의 번승으로부터 환정법이라는 걸 배우셔서 하루에도 수많은 여자를 품을 수 있는 비법을 터득하셨답니다."

"황상께서 직접 그 번승을 찾은 건 아닐 테지. 그를 황상께 소개한 자가 있을 게 아니냐?"

"합마와 노적사라 하옵니다."

"합마는 탈탈을 견제하기 위해 선정원사로 좌천시켰던 자가 아니더냐?"

"아마도 황상 폐하의 신임을 얻기 위해 그 요괴 같은 번승을 데려와 폐하와 가까이 지내는 것 같습니다."

"교활한 놈이구나. 탈탈의 기세를 누그러뜨리기 위해 잠시 계책을 썼더니 그런 방법으로 황제에게 접근을 하다니……."

"마마, 어떻게 하올지요?"

"어떻게 하다니? 속히 두 놈을 잡아와 내 앞에 대령시켜라. 내가 따끔하게 일러줄 것이야."

박불화는 슬며시 기 황후의 눈치를 보며 자신의 생각을 털어놓았다.

"어쩌면 차라리 잘된 일인지도 모르지 않습니까?"

"잘된 일이라니, 그게 무슨 소린가?"

"황상께서 계급무계궁에 계속 빠져 계시도록 하고, 그동안 마마께선 조정을 손아귀에 넣으시면 됩니다. 더불어 황자님께 조금씩 힘을 실어드리는 게 어떠할지요?"

기 황후는 턱을 매만지며 잠시 생각에 빠져 있다가 이내 고개를 내저었다.

"내 비록 조정을 손에 넣으려 한다만 그런 방법으로는 안 된다. 황상께서 계급무계궁에 빠져 있으면 백성들이 어떻게 생각하겠는가? 각지에서 난이 일어 가뜩이나 민심이 어지러운데 황상께서 문란한 생활에 빠져 계시면 황실의 지엄한 법도는 사라지고 백성들의 원성을 사게 될 것이다. 이는 우리 원 제국의 멸망을 자초하는 길밖에 되지 않을 게야."

기 황후는 박불화에게 합마를 불러오라 명했다. 갑작스런 기 황후의 호출에 합마는 당황하지 않을 수 없었다. 기 황후에게 걸리는 바가 많았던 것이다. 황태후를 복위시켜 기 황후를 괴롭히려 한 것도, 흥성궁에서 쫓아내도록 한 것도 모두 자신의 계책들이었다.

"혹, 나의 모든 행적을 황후가 알고 있는 것일까?"

그러나 합마는 고개를 내저었다. 모든 일은 은밀히 진행된 것으로 주모자인 황태후는 이미 죽었고, 정후 또한 황후전에 침거하고 있지 않은가? 말이 새어나갈 리 없었다. 그렇다면 역시 계급무계궁에 관해서리라. 그는 단단히 각오를 하고는 흥성궁을 찾았다.

기 황후는 합마를 보자 엄한 목소리로 물었다.

"듣자하니 대인께서 토번에서 온 번승 하나를 데리고 황상과 함께 음란한 일을 벌이고 있다면서요? 황실의 법도가 지엄하거늘 어이하여 그런 황음한 일을 저지르는 것이오?"

역시 예상했던 대로라 합마는 미리 준비한 말을 풀어놓았다.

"황음한 일이라뇨? 황상 폐하께선 천지 음양의 이치에 합치하시어 옥체를 강건하게 하시고 무병장수를 누리고 계시옵니다."

기 황후의 얼굴이 차갑게 굳어지며 날선 목소리가 튀어나왔다.

"어디서 그런 궤변을 늘어놓는 게요? 황상과 대신이 함께 어울려 음란한 일을 벌이고, 그것이 궁 밖으로 새어나간다면 어찌 되겠소? 그래서 문무백관들의 귀에 들어가고 백성들까지 알게 된다면 황실의 권위는 그야말로 땅에 떨어지게 된다는 걸 경도 잘 알게 아니오?"

"허나, 황상 폐하의 명이 계신지라……."

"황상 폐하는 내가 직접 만나 뵐 것이오. 그러니 경은 속히 계급무계궁을 폐하고 그 번승을 쫓아내도록 하시오."

합마는 대답은 하지 못하고 다만 고개만 낮게 끄덕일 뿐이었다.

하지만 그는 기 황후의 명을 따르지 않았다. 황후보다는 황제의 명이 더 지엄한 법. 그는 황제만 믿고 계급무계궁에 계속 머물며 황제와 쾌락을 함께 했다. 같이 벌거벗고 교접을 즐기니 그 순간만큼은 꺼릴 것 없는 사이가 되었다. 두 사람이 한 명의 궁녀와 어울리며 방사를 즐기다가 합마가 말했다.

"번승은 황상께서 관직을 주시기를 간절히 기다리고 있습니다."

"오! 그랬지. 짐이 약속을 어겨서야 쓰겠나."

다음 날 황제는 어전회의에서 번승에게 대원국사(大元國使)라는 관직을 내렸다. 대원국사는 나라에 큰 공을 세운 자에게 내리는 명예직이었다. 그러자 신하들의 반발이 잇따랐다.

"토번에서 온 번승은 근본도 없는 데다 국가에 공을 세운 것도 아닌데 대원국사를 내리시는 것은 합당하지 않습니다."

"그자가 대원국사가 된다면 혼신을 다해 밤낮으로 국가의 안위를 기원하는 수많은 승도들이 불만을 품고 들고일어날지도 모르옵니다."

"황상께오선 속히 그 명을 거두소서."

신하들이 격렬하게 상소를 올렸으나 황제는 눈 하나 깜짝하지 않았다. 번승을 대원국사로 임명하고는 사흘간 조회를 중지하겠다고까지 선언했다. 황제는 즉위 후 한 번도 빠지지 않았던 조아마저 참석하지 않고는 계급무계궁에서 거의 살다시피 했다. 황제가 정무를 멀리하면서 계급무계궁에 관한 소문 또한 문무백관들 사이로 퍼지기 시작했다.

황제의 황음은 계급무계궁에서 그치지 않았다. 안에만 있기 답답하다며 궁 밖으로도 자주 나갔다. 그는 궁 앞에 커다란 웅덩이를 파서 물을 채워 호수를 만들게 하고 용선(龍船)을 만들어 그곳에 띄웠다. 배의 이물에는 기와를 얹은 지붕 아래 발을 드리우고, 고물엔 높은 누각을 얹었다. 용선 중앙은 궁전과 똑같이 꾸몄다. 노는 모두 미인 궁녀들에게 젓게 하고 그녀들의 복장은 보라색 장삼에 금색 허리띠를 두르게 했다. 황제는 배를 타고 후궁(後宮)에서 전궁(殿宮)까지 오가며 유흥을 즐겼다. 배에 오르면 궁녀들이 춤과 노래, 그리고 각종 교태스런 몸짓으로 황제의 눈과 귀를 즐겁게 해주었다.

배에서 유흥의 한때를 즐긴 황제는 다시 계급무계궁으로 들어갔다. 그 안은 향을 피워놓아 야릇한 향기가 가득했고, 모두가 벌거벗은 남녀들이었다. 사람들은 알몸으로 거닐다가 마음에 맞는 사람과 그 자리에서 교접의 쾌락에 빠져들곤 했다. 이곳에 수치란 없었으니 누가 보든 말든 상관할 바 아니었다.

황제가 안으로 들어섰지만 아무도 맞이하는 자가 없었다. 모두들 몽롱한 눈빛으로 쾌락에 빠진 채 거들떠보지도 않았다. 설사 황제를 맞이한다 해도 벌거벗은 몸뿐이지 않는가? 모두 벗고 보면 체통도 없고 황제와 신하의 구분도 없어졌다.

황제가 회랑 중앙을 걸어갔지만 역시 아무도 나와 맞이하지 않았다. 모두 벌거벗은 몸으로 한데 뒤엉켜 방사에 여념이 없었다. 이를 보다 못한 황제는 미간을 심하게 찌푸리며 버럭 소리를 질렀다.

"이래서는 아니 된다. 모름지기 짐은 이 나라의 황제이거늘!"

황제가 화를 내며 주위를 돌아보자 그제야 정신을 차린 남녀들이 옷을 주워 입는다고 야단이었다. 합마와 노적사도 대충 옷을 꿰고 황제 앞에 달려와 엎드렸다.

"황공하옵니다. 소인들이 교접의 쾌락에 빠져 있느라 그만……. 죽여주시옵소서."

굳어진 황제의 표정은 여전히 풀리지 않았다.

"짐은 더 이상 이곳에 오지 않을 것이다."

그리고는 발걸음을 돌려 밖으로 나가 버렸다.

"황상 폐하!"

노적사는 연신 고개를 숙이며 황제 뒤를 따라갔다. 그러자 합마가 그의 손을 끌어당겼다. 그는 시종 여유 있는 표정이었다.

"놔두시오. 조만간 다시 이곳을 찾아 올 것이오."

"황상께서 단단히 화가 나신 것 같소이다."

"여기 계급무계궁의 맛을 본 자는 절대 이곳을 잊을 수가 없지요. 게다가 황상께오선 환정법까지 수련하지 않았소? 오래지 않아 흘러 넘치는 양기를 주체하지 못할 것이오."

4

계급무계궁을 나온 황제는 편전으로 향하다가 단본당(端本堂) 앞을 지나가게 되었다. 단본당은 황제가 황자의 학문 수양을 위해 지은 건물이었다. 천하의 유명한 학자들을 모아 황자에게 경전과 사서를 가르치게 했다.

깊은 밤인데도 단본당에는 불이 켜져 있었다. 황제는 말없이 단본당 앞으로 갔다. 열린 문 사이로 황자가 앉아서 책을 읽고 있는 모습이 보였다. 황제는 흐뭇한 표정으로 한동안 그 모습을 지켜보다가 안으로 들어섰다. 황자가 책을 읽다 말고 얼른 일어나 절을 올렸다.

"아니다. 읽던 책을 계속 읽거라."

"아바마마께서 납시셨는데 그리할 수는 없지요."

"이렇게 밤늦도록 책을 읽고 있었던 것이냐?"

"읽어야 할 책과 익혀야 할 학문이 너무나 많사옵나이다. 밤을 새워도 시간이 모자라 안타까울 뿐이옵니다."

"너에게 스승을 여러 명 보내주지 않았더냐?"

"그분들은 제게 더 가르칠 게 없다 하시어 소자 이렇게 책을 통해 또 다른 스승을 만나고 있습니다."

황제는 흡족한 표정으로 황자를 건너다보았다. 이제 그는 더 이상 어린아이가 아니었다. 둥글게 겹이진 눈동자는 맑게 빛나고 있었고, 황족의 자존심인 양 우뚝한 코와 야무진 입술이 영특하고 명민하게 보였다.

"허나 황자의 건강도 돌봐야 한다. 너무 무리하진 말도록 하라."

"소자 하루라도 책을 읽지 않으면 답답하여 견딜 수가 없습니다."

"책을 읽지 않을 때는 주로 무엇을 하느냐?"

"틈틈이 시간을 내어 검술과 궁술을 닦고 있사옵니다. 아바마마께서 하사하신 소청룡(小靑龍)으로 검술을 연마하고 있습니다."

애유식리달렵은 벽에 걸린 소청룡을 가리켜 보였다. 검은 무게만도 열두 근이 넘는 것이었다. 황자가 그 무거운 검을 자유자재로 휘두르며 검술을 연마하고 있다지 않은가? 황제는 마음이 흐뭇하여 연신 고개를 끄덕였다.

"기특한지고. 우리 황자의 모습이 마치 한 마리 용과 같구나."

황자의 모습에 자극을 받은 황제는 그날부터 다시 정사에 몰두했다. 조아에 참석하고 어전회의를 다시 주최했으며 전국에서 올라온 각종 상소와 서류를 결재하였다. 황제는 한동안 계급무계궁에 일절 출입하지 않았다.

박불화는 어전회의를 마치자 즉시 기 황후에게 들렀다.

"황상 폐하께서 요즘 들어 황자 전하를 대단히 친애하시는 듯하옵니다. 수시로 전하의 학습을 단본당 정자에게 묻기도 하시고, 지난번에는 단본당에 들러 전하를 크게 격려하셨다고 들었나이다. 폐하께서 마음이 전하께 기우셨으니 큰 기회가 아닐 수 없습니다."

"큰 기회라니?"

"황태자 책봉을 서두르셔야 합니다. 언제까지 황자로 머물러 계실 순 없지 않습니까?"

"조정 대신들이 문제 아닌가? 벌써 언제부터 논의되는 사안인데 아직도 매듭짓지 못하고 있으니……."

"이제는 다를 것이옵니다. 황상 폐하께선 계급무계궁에 빠져 계시느라 한동안 정사를 게을리 하신 때문에 대신들도 생각이 많이 달라진 줄 사료되옵니다. 제가 나서서 황자 전하를 지지할 대신들을 모아 보겠나이다."

황태자 책봉은 단순히 대통을 이을 자리에만 국한되는 게 아니었다. 황태자로 임명되면 조정의 최고기관인 중서성(中書省)의 중서령

(中書令)의 수장이 된다. 뿐만 아니라 추밀사(樞密使)로서 군사의 총 지휘권을 갖는다. 이는 조정과 군권을 일시에 장악하게 되는 것으로 서열상 황제 다음으로 실질적인 권력을 행사하게 된다.

"황태자로 책봉되시기만 하면 조정을 온전히 장악할 수 있게 됩니다. 황상 폐하께서 전하를 저렇게 애총하시는 마음이 크시니 절호의 기회로 삼아 일을 추진하겠나이다. 더구나 둘째 황자까지 계시니 대신들도 더는 반대하지 못할 것이옵니다."

박불화는 그날부터 황자 애유식리달렵의 황태자 책봉을 위해 다른 신하들을 만나 여론을 만들어갔다. 황자의 나이 이제 열다섯, 황태자로 책봉되기엔 오히려 늦은 나이였다. 그는 미리 손을 써 기 황후에 줄을 대고 있는 신하들부터 포섭했다. 명분은 충분했다. 황자는 장자로서 총명할 뿐 아니라, 다른 황후나 비빈의 후사가 없으니 애유식리달렵 황자가 황태자 책봉을 받는 것은 당연하다는 논리였다.

박불화는 어느 정도 신하들을 포섭하여 여론이 무르익었다고 판단되자 어전회의에서 다시 태자 책봉 문제를 주청했다.

"황상 폐하! 황태자 책봉을 더 이상 미루지 마소서. 다음 보위를 이을 황태자를 세우시면 황실이 더욱 안정되고 백성들도 역도의 무리에 가담하는 것을 두려워하여 나라가 반석 위에 바로 설 것입니다."

사전에 박불화에게 언질을 받은 삭사감이 즉시 그의 말을 받았다.

"그러하옵니다. 신하들과 백성들 또한 애유식리달렵 황자의 황태자 책봉을 간절히 원하고 있사옵나이다."

미리 짜 맞춘 듯 신하들이 저마다 황태자 책봉을 주청하는 소리가 이어졌다. 황제는 용상에 앉아 신하들의 말을 들었다. 듣고 보니 황태자 책봉이 너무 늦은 감이 있다는 생각도 들었다. 하지만 황제는 쉽게 마음을 정하지 못했다. 이를 반대하는 신하들 또한 꽤 있었기 때문이었다. 제일 먼저 반대하고 나선 이는 좌승상(左丞相) 태평(太平)이었다. 만약 애유식리달렵이 황태자에 책봉되면 자동적으로 중서령(中書令)을 겸직하게 되는데, 이렇게 되면 좌승상의 권한은 상당히 작아지게 된다. 그래서 태평은 황태자의 책봉 문제가 거론될 때마다 강력하게 반대하고 있었다.

"아직 황태자 책봉은 너무 이르옵니다. 좀더 기다리셨다가 신중히 생각하옵소서."

박불화가 놀란 얼굴로 태평을 노려보았다.

"좌승상께서는 그게 무슨 말씀이시오?"

"기 황후 마마께선 정후가 아니지 않습니까? 황태자는 정후 소생으로 삼으심이 마땅하온데 아직 생산이 없으시니 좀더 기다려보자는 말씀이오."

"황후 마마의 연세는 이제 마흔에 가깝습니다. 황자를 생산하기에는 너무 많은 연세입니다. 기 황후 마마께서는 이미 둘째 황자까지 생산하셨으니 마땅히 첫째 황자께서 황태자에 오르심이 옳을 줄로 아뢰옵니다."

"꼭 정후 마마가 아니라도 황태자는 순수한 몽고인의 피를 받으신 분이 되셔야 합니다. 기 황후 마마 말고도 황자를 생산할 황비는 얼마든지 있습니다."

삭사감도 이에 지지 않고 맞받아쳤다.

"황태자 전하는 모름지기 원 제국을 튼튼한 반석 위에 세워 조종이 지켜온 영화를 대대로 누리게 하실 분이 되셔야 합니다. 지금의 황자께오선 그런 능력을 충분히 갖추신 분이십니다."

"우리 원제국의 황실은 세조 쿠빌라이 황제 때부터 대대로 순수한 혈통을 유지해 왔습니다. 그런데 고려의 피가 섞인 황자를 어찌 황태자로 세울 수 있단 말입니까? 이는 큰 수치가 아닐 수 없사옵니다."

듣고 있던 박불화가 언성을 높였다.

"애유식립달렵 황자께오서는 엄연히 원 제국의 혈통을 이으셨는데 큰 수치라니 당키나 한 말씀이십니까? 이는 황제 폐하를 욕되게 하는 말씀임을 왜 모르십니까?"

"고려는 바로 우리 원나라의 속국이나 다름없소이다. 작은 변방국 백성에게 난 자가 황태자가 된다면 수치가 아니고 무엇이겠소이까?"

태평은 고려라는 말을 강조하며 박불화를 노려보았다. 그의 출신을 들먹이며 은근히 열등감을 조장하려는 의도였다. 하지만 박불화는 아랑곳하지 않고 자신의 주장을 다시 황제에게 아뢰었다.

"언제까지 황태자 책봉을 미룰 순 없습니다. 다음 대통을 이을 분을 정해 놓으셔야 황실이 더욱 굳건해질 것입니다. 더구나 지금 대군께선 명민하신 데다 문무를 고루 갖추어 장차 성군이 되실 분이옵니다. 속히 황태자를 책봉하시옵소서."

황제는 박불화의 말에 고개를 끄덕였으나 완전히 마음을 정하진 못했다. 일부 대신들의 말대로 고려인의 피가 섞인 황자에게 다음 보위를 잇게 한다는 게 마음에 걸렸다. 대대로 꿩길자족 황후를 맞이하여 피의 순수성을 유지해온 황실이 아닌가? 이제껏 다른 나라의 피가 섞인 황자가 황태자로 책봉된 적은 한번도 없었다.

황제는 결정을 내리지 못하고 더 논의를 해보자는 말로 어전회의를 마쳤다. 일단은 책봉을 미룬 것이니 태평의 손을 들어준 것이나 다름없었다. 하지만 마음 한구석에는 여전히 미련이 남아 있었다. 자신은 당장이라도 첫아들을 황태자로 책봉하고 싶었으나, 신하들의 반대와 아울러 그들이 내세우는 혈통의 순수성에 자꾸 마음이 걸렸던 것이다 황제는 그리 급할 것 없다 여겼다. 일단 황태자 책봉에 관한 논의를 좀더 미루기로 했다.

이 소식을 전해들은 기 황후는 마음이 언짢았다.

"내가 모진 곤욕을 치르며 황후의 자리에 오른 이유가 무엇이겠는가? 모두 내 아들을 황제의 자리에 앉히기 위해서가 아닌가? 고려인의 피가 섞여 있다는 이유만으로 황자의 앞길이 좌절되어선 안 된다. 오히려 고려인의 피를 이어받았기에 더더욱 황태자가 되고 황위에 올라야 한다. 난 반드시 고려인이 원 제국을 온전히 다스리게 하는 데 혼신을 바칠 것이야."

"황상 폐하께서도 마음은 대군께 기울어 계신 것 같사옵니다. 허나 이를 반대하는 신하들이 적지 않아서……. 제가 다른 신하들을 좀더 설득해보겠사옵니다."

기 황후는 심약하고 줏대가 없는 황제의 태도가 마땅치 않았다. 귀가 얇아 대신들 말에 잘 혹하여 큰 결정을 선뜻 내리지 못하는 그였다. 머뭇거리는 사이 반대파들의 공세가 더욱 격해지면 황제의 마음은 완전히 그쪽으로 기울지도 몰랐다. 기 황후는 자신이 나서야겠다고 결심했다. 곧 정공법으로 나가기로 한 것이다.

"그럴 것 없다. 아무래도 내가 직접 황상 폐하를 만나보는 게 나을 것 같다."

기 황후는 내친걸음으로 황제를 찾아갔다. 그녀는 다과상을 앞에 놓고 황제와 마주 앉았다. 한참 동안 말없이 찻잔을 기울이던 기 황후가 촉촉이 젖은 눈망울로 황제를 건너다보았다.

"예전에 저를 황후에 책봉하실 때가 생각나시옵니까?"

뜬금없는 기 황후의 말에 황제가 잠시 놀랐으나 이내 고개를 끄덕였다.

"암, 기억하다마다. 그때가 내 생애에서 가장 기쁜 날이었지."

"그게 정말이옵니까, 폐하?"

"물론이오. 내가 가장 귀애하는 그대에게 가장 큰 선물을 내렸는데 어찌 기쁘지 않을 수 있었겠소?"

어느새 기 황후의 눈에는 그렁그렁 눈물이 맺혔다.

"그때 황상께선 제가 굉길자 족이 아니라 고려인이라는 이유만으로 황후 책봉을 반대하던 신하들을 물리치시고 절 황후 자리에 앉히셨지요. 저는 황후에 책봉되어서가 아니라 그토록 절 생각해주시는 황상 폐하의 깊은 마음에 감복하여 눈물을 흘렸습니다. 제겐 황후 자리 못지않게 폐하께서 주시는 마음이 더 소중했던 것입니다."

황제도 그때를 회상하는 듯 그윽한 표정으로 눈을 감고 있었다. 기 황후는 그런 황제의 표정을 살피다가 조용히 다시 말을 이었다.

"우리 황자의 심정 또한 그때의 저와 다르지 않을 것이옵니다. 황태자 책봉이 나라의 막중대사이긴 하나 그로 인해 소박하게 나눠야 할 부자간의 정에 틈이 생길까봐 소첩은 늘상 마음이 조심스럽사옵니다."

기 황후는 말을 끊고 다시 한번 황제의 얼굴을 살폈다. 황제는 부자간의 정에 틈이 생긴다는 말에 눈을 뜨고 의아한 표정으로 그녀를 건너다 봤다.

"소첩이 듣자하니 대신들이 대군의 황태자 책봉을 반대하는 이유가 바로 고려인의 피가 섞였기 때문이라 하옵니다. 폐하께서는 지금 다른 자손도 없을 뿐더러 대군의 자질이 출중한데도 혈통을 빌미로 대신들의 뜻에 따라 황태자 책봉을 미루고 계시니 이는 바꾸어 말하면 부친이 아들을 인정하지 않는다는 뜻으로 받아들일 수도 있습니다."

황제는 다급히 기 황후의 말을 저지했다.

"어허, 그런 뜻이 아니오. 황실 전통상 아직 전례가 없기 때문에 신하들이 혈통을 논하는 것이고, 과인도 신중히 숙고 중이오."

"예로부터 성군은 신하의 장점을 잘 헤아리고 어진 아비는 아들의 장점을 잘 안다고 들었습니다. 혈통에 연연하다가 자칫 황실의 대계는 물론, 천륜까지 어긋나지나 않을까 소첩은 심히 우려되옵니다."

"그럴 리가 있겠소? 대군의 어진 성품과 사람됨은 과인이 잘 알고 있거늘……. 너무 심려치 마시오."

황제는 차를 들어 마른 목을 축이며 생각에 잠겼다.

며칠 동안 어전회의에서는 황태자 책봉을 둘러싸고 의견이 분분했다. 그러나 조정의 공론은 혼란스러운 나라의 기강을 안정시키고 황실의 위계를 확고히 하자는 우승상 삭사감의 주장으로 모아졌다. 대신들의 공론이 가까스로 모아지자 황제는 황태자 책봉을 결심했다.

"짐은 천지의 큰 복을 받고 선조로부터 전하여 내려온 정통(正統)을 이었다. 짐의 아들 애유식리달렵은 온후한 용모로나 덕으로나 온 천하 만민의 신망을 받고 있으니, 마땅히 세조 황제로부터 내려오는 큰 법을 준수하여 자손만대의 대계(大計)를 세우려 하노라. 이에 공론에 의거하여 황실의 큰 복을 융성키 위해 황자 애유식리달렵에게 금보(金寶)를 내리고 황태자로 세우려 하는 바, 중서령과 추밀원에서는 예법을 갖춰 속히 책봉식을 거행토록 하라. 이는 경사스런 예식이니 마땅히 온 천하가 다 같이 혜택을 받도록 살인한 자를 제외하고 대사(大赦)를 실시할 것이니라."

물론 태평을 비롯한 몇몇 강경파 신하들이 반대하고 나섰으나 이미 마음을 정한 황제는 반대를 우려해 다짐을 덧붙였다.

"추후로 황태자 책봉을 반대하는 자들은 짐에 대한 반역으로 여겨 그 죄를 엄히 물을 것이니라."

황제의 의지가 굳은 것을 확인한 신하들은 더 이상 반대하지 못했다. 황태자 책봉 준비는 신속히 이루어졌다. 태사(太師)의 주관 하에 중서성과 추밀원이 책봉식 절차를 준비하기 시작했다.

몇 달 뒤, 황제는 연춘각에 나와 장자 애유식리달렵을 황태자로 세운다는 뜻을 공식적으로 천하에 선포했다. 모든 죄수들은 사면되었고, 사흘간 사포를 베풀었다.

사포란 국가의 경사를 축하하기 위해 황제가 전국의 일반 백성에게 음식을 내리고, 백성들은 나라의 경사를 즐기며 밤낮으로 마음대로 먹고 마시면서 춤추고 즐기는 일을 말한다. 황제가 사포를 선포한 것은 황태자 책봉의 기쁨을 모든 백성과 함께 나누겠다는 의미였다.

이리하여 애유식리달렵은 순제 즉위 20년, 1353년 7월에 황태자로 정식 책봉되기에 이른다. 이는 중국 역사에서 한민족의 핏줄이 황태자에 오른 첫 사례였다.

5

황태자가 책봉되자 조정은 활기를 띠었다. 황태자가 된 애유시리달렵은 최고 관직인 중서령(中書令)과 추밀사(樞密使)로서 의욕적으로 일을 처리했다. 중서령 소속의 관리들에게 새로운 관직을 내리고, 군사를 재편하여 각지에서 일어난 반란을 효율적으로 진압할 편제로 바꾸어갔다.

정사에 의욕적으로 참여하면서도 학문 수양을 게을리 하지 않았다. 황태자는 어린 시절부터 선정원 단사관(斷事官) 설손(偰遜)에게 여러 경전을 배우며 학식을 높여왔다. 설손은 고창(高昌)에 살던 위구르인으로 그의 할아버지가 원나라에 귀화한 후 대대로 벼슬을 지내온 학식 있는 집안 출신이었다. 그는 황태자를 가르치는 데 전념하여 후에 단본당 정자(端本堂正字)에 임명되어 황태자의 모든 학문을 도맡았다. 설손은 얼마 전부터 황태자에게 《춘추좌씨전(春秋左氏傳)》을 읽게 했다. 어느 날 책을 읽던 황태자가 고개를 저으며 책을 내려놓았다.

"부왕(父王)을 시해하고 왕위에 오른 이야기는 읽기가 몹시 거북합니다. 어찌하여 이런 얘기가 책에 적혀 있는 겁니까?"

황태자의 말투는 신경질적이었지만 예리한 정의감이 담겨 있었다. 설손은 뜻하지 않은 황태자의 물음에 내심 놀랐으나 애써 냉정한 어조로 일러주었다.

"공자께서 《춘추》를 세상에 남기신 뜻은 선악을 바로잡고 권선징악을 일깨우기 위해서입니다. 이런 불충불효한 이야기를 통해 사람들에게 올바른 행실을 전하기 위해서지요."

황태자는 선뜻 받아들이지 않았다.

"이처럼 극악무도한 일은 입에 담기조차 두렵습니다. 부탁이니 경전을 바꾸어 주십시오."

황태자는 어릴 때부터 한 번 옳다고 결심한 것은 절대 생각을 바꾸는 일이 없었다. 설손은 황태자의 정의감과 효심을 칭찬하며 즉시 《춘추좌씨전》을 중지하고 《예기(禮記)》로 바꾸어 학습케 했다. 설손은 이 사실을 황제에게 보고하면서 황태자의 말에 내포된 깊은 효심을 극구 칭찬했다. 황제는 만면에 웃음을 띠며 기뻐했다.

"갸륵한지고, 아직 어린 나이인데도 생각이 무척 깊구나! 능히 짐을 대신할 만한 재목이구나."

황제 또한 황태자의 의욕적인 활동과 학문 수양에 자극을 받아 이전보다 더욱 정사에 전념했다. 각지에서 올라오는 상소와 보고서를 일일이 점검하고, 아침마다 열리는 조아에도 빠지지 않고 참석했다.

그러던 어느 날, 황제는 밤늦도록 추밀원에서 올라온 서류를 들여다보고 있었다. 미루어둔 일이 많아 오랫동안 글을 보니 눈이 다 침침했다. 고개를 들고 눈을 쉬려는데 시립해 있는 궁녀가 눈에 들어왔다. 그녀는 얇은 황색 옷에 붉은 허리끈을 졸라매어 몸맵시가 그대로 드러나 있었다. 문득 황제가 침을 삼키며 크게 심호흡을 했다. 계급무계궁에 발걸음을 끊은 지 몇 달이 다 되어갔다. 정사에 바쁘기 황후와 잠자리를 하지 않은 지도 며칠이 지난 것 같았다.

"짐이 잠시 쉬려고 한다. 모두 밖으로 나가 있도록 하라."

그러자 시중을 들고 있던 환관과 궁녀들이 문밖으로 나가기 시작했다. 황제는 얼른 옆에 서 있던 궁녀를 불렀다.

"너는 잠시 남아서 짐의 어깨를 주무르도록 하라."

편전엔 황제와 궁녀만 남았다. 궁녀는 떨리는 손으로 황제 옆에 서서 어깨를 주무르기 시작했다. 그러자 황제가 그녀의 손을 잡아끌더니 이내 허리를 부둥켜안았다.

"내 너를 보니 욕정을 참기 어렵구나."

황제는 그녀의 옷을 벗기기 시작했다. 궁녀는 몸을 비틀며 나직한 소리로 외쳤다.

"아니 되옵니다. 소녀 지금 월경 중에 있사옵니다."

"그래도 상관없다. 널 보니 도무지 참을 길이 없구나."

황제는 기어이 궁녀의 옷을 모두 벗기고 엎드리게 하여 그 위에 몸을 포갰다. 힘찬 기운이 옥문을 지나자 궁녀는 참았던 신음을 그만 내뱉고 말았다. 환관과 궁녀들이 밖으로 나가 있지만, 안에서 벌어지는 소리는 온전히 들릴 터. 그들은 말없이 미간을 찌푸렸다.

몇 번이나 교접을 했지만 한 번 달아오른 황제의 정욕은 그치지 않았다. 마침내 황제는 용포를 다시 입고 얼른 편전을 나섰다. 그가 찾은 곳은 바로 계급무계궁이었다. 그곳에는 합마와 노적사가 기다리고 있었다. 그들은 황제가 들어오는 것을 보고는 내심 반기며 은밀한 눈짓을 나누었다.

"내 뭐라고 했소이까, 황상이 다시 찾아 올 거라 하지 않았소?"

"이곳 비법을 맛보고 나면 그 누구도 멈추지 못하는 모양입니다."

하하하."

오랜만에 계급무계궁을 찾은 황제는 그동안 참아왔던 욕정을 분출하느라 여념이 없었다. 한꺼번에 세 명의 여자를 상대하며 교접의 쾌락을 느끼고 있었다. 번승이 방사에 여념하고 있는 황제에게 다가갔다.

"여자를 다룸에 있어서 일단 동(動)하면 곧 다른 여자로 바꾸도록 하셔야 합니다. 그렇게 하면 오래오래 건강한 삶을 누릴 수 있습지요. 한 여자만을 상대하면 여자의 음기(陰氣)가 점차 약해지므로 이익이 되는 바도 역시 적을 것이옵니다."

번승의 말대로 황제는 계급무계궁에 모인 여자들을 차례로 범접하며 교접의 쾌락을 오래도록 누렸다. 욕정에 사로잡혀 거칠게 토해내는 알싸하고 거친 숨결이, 뜨겁게 달아오른 피부에서 미친 듯 벌떡이는 혈맥이 그를 통제할 수 없는 이계(異界)로 몰아가는 듯했다.

"아! 극락이 바로 여기로구나."

교접을 할 때마다 몸을 돌아 빠져나오는 숨결과 몸속을 흐르는 피톨들이 함께 요동치며 황홀감을 느끼게 했다.

"이렇게 좋은 걸 짐이 너무 오랫동안 참아왔구나."

황제는 다시는 이곳에 오지 않겠다던 자신의 다짐이 얼마나 미약한 것이었는지를 깨닫고 있었다. 방사를 치르고 계급무계궁을 나오면서 황제는 깊은 갈등에 빠졌다. 오랫동안 계급무계궁에서 쾌락을 누리고는 싶지만 그렇다고 정사를 뒤로 미뤄둘 수도 없는 노릇이었다.

황제는 한동안 고심하다가 드디어 한 가지 결심을 하고는 어전에 들어 문무백관을 소집했다. 황제의 난데없는 명을 받고 어전에 모인 신하들은 모두 긴장한 낯빛이었다.

"이제 짐이 오랫동안 고심한 끝에 한 가지 중대한 발표를 하려 하오."
신하들은 하나같이 침을 크게 삼키며 고개를 숙이고 있었다.

6

조정을 나선 박불화는 발걸음을 빨리하여 기 황후에게 달려왔다. 그는 얼마나 빨리 달려왔는지 숨이 턱에까지 걸려 제대로 말도 하지 못했다.

"마마, 황상, 황상 폐하께옵서……."

"무슨 일이기에 이리 급한가?"

박불화는 겨우 호흡을 진정시키면서 말을 이어나갔다.

"황상 폐하께서 이제부터 모든 조정의 정사를 황태자 전하께 일임하신다 하옵니다. 아주 특별한 상황이 아니면 모두 황태자께 처리하라 하시고는 다시 계급무계궁으로 가셨습니다."

"으음."

박불화는 얼굴에 기쁜 표정이 완연했으나 기 황후는 저간의 사정이 파악되지 않아 뜨악한 표정을 지었다. 박불화는 그런 황후의 모습에 의아해하며 말을 이었다.

"황상께서 모든 일을 황태자 전하께 맡기셨으니 이제부터 조정은 마마의 것이나 다름없지 않습니까?"

"무엇 때문에 그런 명을 내리신 건가?"

"소신들도 갑자기 명하신 일이라 폐하의 의중은 아직 모르고 있사옵니다."

잠자코 있던 기 황후는 아무런 언급 없이 명을 내렸다.

"자네는 즉시 황태자를 모셔오게나."

황태자 애유식리달렵도 황제의 조칙을 들어 알고 있었다. 하지만 그 또한 담담한 표정을 짓고 있었다. 아들이 황태자로 책봉을 받은 후 기 황후는 그에게 말을 높이고 있었다.

"황상께서 모든 조정의 업무를 황태자께서 처리하도록 명하셨소. 황태자께선 어떻게 하겠소?"

기 황후가 묻자 황태자가 고개를 숙이며 대답했다.

"지금 즉시 황상 폐하께 달려가겠사옵니다. 그곳에 부복하여 명을 거두어 달라고 주청하겠사옵니다."

"그래도 말씀을 듣지 아니하시면?"

"흰옷으로 갈아입고 머리를 풀고 대전 앞에서 석고대죄를 올리겠나이다."

"옳거니! 황태자께선 폐하를 대신하라는 명을 받들 수 없다는 사실을 만방에 보여 주어야만 합니다."

기 황후의 명에 따라 황태자는 즉시 계급무계궁 앞으로 달려갔다. 황제가 황음에 빠져 있는 곳에서 무릎을 꿇고 엎드리자 많은 사람들이 황제와 새로 책봉된 황태자를 대비하며 평가하기 시작했다. 그래도 황제가 명을 거두지 않자, 이번에는 대전 앞 너른 마당에 머리를 풀고 황제의 명을 거두어 달라는 석고대죄를 올렸다. 황태자의 이러한 행동은 며칠 동안 계속되었다. 기 황후는 어미로써 황태자의 이런 고생이 마음에 걸려 박불화를 다시 불러들였다.

"언제까지 황태자가 저렇게 고생하게 할 순 없다. 다른 계책을 마련해야겠다."

"다른 계책이라 하오시면?"

"현재 조정에는 딸을 고려에 시집보낸 위왕과 몇몇 대신들만 나의 편이 되어주고 있다. 탈탈은 강직한 성품이라 중립적인 입장이지만 나머지 대부분의 대신들은 아직 나의 편이 아니야."

"당장 대신들을 우리 쪽으로 끌어들이기엔 무리입니다."

"황상께서 저렇게 갑자기 물러나시면 황태자 대신 다른 신하들이 흑심을 품을 수 있다. 그런 틈을 주어서는 안 돼. 이렇게 된 바엔 우리가 서둘러서 조정을 장악해야 한다. 하지만 그 전에 해야 할 일이 있다."

갑작스런 황제의 조칙에 대응하느라 기 황후의 머리는 빠르게 돌아가고 있었다. 그녀는 예전부터 어려운 상황을 예감하고 대비하고 있던 바. 이제 그 계획을 하나씩 실행할 단계에 돌입한 것이다.

"자네는 속히 휘정원으로 달려가거라."

"휘정원이라면 고용보를 만나라는 말씀이옵니까?"

"그를 불러오되 남들 눈에 띄지 않는 시각에 건너오라 전하라."

그날 밤. 고용보는 모두가 잠든 야심한 시각에 은밀히 흥성궁으로 건너왔다. 기 황후는 그에게 여러 가지를 물었다.

"현재 휘정원의 재정 상황은 어떠하냐?"

"우리가 맡고 있는 소금과 차, 술 등의 전매익금(專賣益金)이 점점 늘고 있사옵니다. 황태후가 맡고 있을 때보다 배 이상의 수익을 올리고 있습니다."

"백안흘도가 맡고 있는 자정원과 비교하면 어떠하냐?"

"자정원에는 턱없이 미치지 못하옵니다. 그곳에서는 은을 전매하고 있지 않사옵니까? 그들은 독점하고 있는 은을 통해 모든 해외교역을 장악하고 있습니다."

당시 원나라에는 교초(交鈔)라는 황실 신용의 지폐를 발행하고 있었다. 이는 세계 최초로 정부 주도하에 발행한 지폐라고 볼 수 있었다. 교초에는 중통초(中統鈔)와 지원초(至元鈔)의 두 종류가 있었는데, 여러 단위의 액면가를 표시한 지폐가 다량으로 발행되어 원나라 전역에서 유통되었다. 하지만 서역과 교역하는 해외무역에서는 아직 은전(銀錢)을 사용했다. 다른 나라에서는 지폐가 무용지물이기 때문이었다. 하여 은을 독점적으로 전매하는 자정원은 거래하는 모든 해외 무역에서 이익을 챙길 수 있었다.

"우리의 권력을 강화시키기 위해선 재정적인 뒷받침이 먼저 이루어져야 한다. 휘정원만 가지고는 힘들어. 그래서 난 자정원까지 손에 넣을 작정이다."

"하지만 자정원은 백안홀도 정후가 맡고 있지 않사옵니까?"

고용보의 말에 듣고 있던 박불화가 끼어들었다.

"지난번 황태후 사건을 정후에게도 책임을 묻게 하시지요? 반란과 연계되어 있으니 정후라 할지라도 무사치 못할 겁니다."

"그건 우리가 전면에 나선 사건이다. 황태후 사건을 빌미로 정후를 내치면 그 비난까지 온전히 나에게 쏟아질 것이야."

"그렇다면 다른 계책이라도 있으신지요?"

기 황후는 고용보와 박불화를 가까이 오게 하여 은밀한 목소리로 일렀다. 소리가 너무 작아 잘 들리지 않았지만 두 사람은 집중해 들으며 고개를 끄덕였다. 그녀는 먼저 박불화를 건너다보았다.

"찾아낼 수 있겠느냐?"

"꽤 힘들 것이옵니다. 하지만 반드시 찾아 내얍지요."

기 황후가 고개를 끄덕였다.

"그걸 찾아내지 못하면 이 일을 성사시킬 수가 없다."

이번에는 고용보를 돌아보며 물었다.

"자정원에 심어둔 사람이 있으렷다?"

"저의 심복 몇이 오래 전부터 자정원의 재정을 담당하고 있습니다."

"그들을 통해 자정원의 돈이 돌아가는 모든 상황을 파악하도록 하라."

두 사람은 기 황후에게 몇 가지 사항을 더 지시 받고 밖으로 나섰다.

7

박불화는 일찍부터 종고루를 비롯한 시장을 샅샅이 뒤지기 시작했다. 그뿐만 아니라 자신이 데리고 있는 심복과 휘정원 사람 수십 명을 풀어 대도성 전체의 시장을 모두 뒤졌다. 그들은 상인들로 가장하여 거래를 하며 해외교역을 하는 상인들과 색목인들의 동태를 자세히 살폈다.

며칠 후, 박불화가 기 황후에게 황급히 달려갔다.

"마마, 드디어 찾았습니다."

"그게 정말이냐? 그들이 어디에 있단 말이냐?"

"제 집의 창고에 가두어 두었습니다."

"그럼, 그것도 압수했겠다?"

박불화는 작은 주머니를 기 황후에게 내밀었다. 주머니를 받아 내용물을 확인한 기 황후는 한참 동안 그것을 살피다가 흡족한 표정으로 고개를 끄덕였다.

"이 정도면 되었다. 자네는 즉시 어사대부를 불러 오라."

"알겠사옵니다."

어사대부는 관료기구의 숙정과 쇄신을 맡은 감찰기관인 어사대의 수장이었다. 어사대부 아래에는 감찰어사를 두어 수시로 여러 행정기관을 순찰해서 부정을 적발하고 또한 민간의 풍기 유지, 교육의 진흥을 맡았다.

기 황후의 난데없는 호출을 받은 어사대부 복수(福壽)는 사뭇 긴장한 표정으로 흥성궁을 찾았다. 황태자 책봉을 받고 이어 조정의 전면에 나서면서 기 황후의 입지가 나날이 높아지고 있는 상황에서 갑작스레 자신을 부르자 내심 긴장이 되었다.

어사대부 복수는 기 황후에게 절을 올리고는 자리에 앉았다. 그는 슬쩍 고개를 들어 그녀의 표정을 살폈다. 기 황후는 무언가 불쾌한 듯 두 눈을 번뜩이며 얼굴 근육을 실룩이고 있었다. 그녀는 아무 말 없이 한참 동안 복수의 얼굴을 뚫어지게 쳐다보기만 했다. 표정에는 차가운 기운이 서려 있어 복수는 흠칫 몸을 떨었다. 긴 침묵 끝에 기 황후가 작은 주머니 하나를 던졌다.

"어사대부는 그것을 한번 열어보시오."

복수는 떨리는 손으로 주머니를 열어 내용물을 꺼내들고 자세히 살폈다.

"이건 마제은(馬蹄銀)이 아니옵니까?"

흔히 말굽은이라 부르는 마제은은 은으로 만든 통화였다. 마제은 중에서 쉰 냥짜리 중량통화는 큰 거래나 해외무역을 위해 주조된 것으로, 자정원에서 공급한 은으로 관청에서만 만들었다. 화폐인지라 규격이 까다로워 관허감정기관(官許鑑定機關)인 공고국(公估局)에서 중량을 재고, 정밀하게 순도를 판정하여 이를 증명하는 묵서(墨書)를 발행하곤 하였다.

기 황후는 마제은을 살펴보고 있는 복수를 향해 차가운 어조로 말했다.

"그걸 자세히 한번 살펴보시구려."

마제은을 이리저리 자세히 살피던 복수는 눈을 휘둥그레 뜨더니 할 말을 잃었다.

"아니, 이것은?"

기 황후가 그의 말을 앞질렀다.

"무엇이 잘못 되었는지 알겠소이까?"

복수가 떨리는 목소리로 대답했다.

"이건 민간에서 임의로 만든 사주전(私鑄錢)이 아니옵니까?"

"그렇소. 어찌하여 이런 사주전이 민간에 돌고 있단 말이오? 특히 해외거래를 여는 상인들 사이에 사주전이 은밀히 유통된다고 하는데, 도대체 관청을 감찰해야 할 어사대는 무얼 하고 있었단 말이오?"

복수가 얼른 몸을 엎드렸다.

"소인 죽을죄를 지었사옵니다."

기 황후는 여전히 냉정한 표정이었다.

"마제은을 만드는 관청에 은을 공급하는 곳이 어디요?"

"자정원이옵니다."

"필시 자정원에서 공고국과 짜고 순도가 불순한 은으로 사주전을 만들어 이를 민간에 유통시켰을 것이오. 이를 그냥 놔두시겠소?"

복수는 난처한 표정이었다.

"하지만 아직 증거가 없사오니 신이 좀더 자세히 알아보고 보고를 올리겠나이다."

복수가 말을 마치기도 전에 기 황후의 어조가 높아지면서 서릿발 같은 호통이 튀어나왔다.

"내가 들은 바에 의하면 시장에 사주전이 나돈 게 어제오늘 일이 아니라던데, 어사대에서 이를 묵인하지 않는 한 어찌 이런 일이 있을 수 있겠소?"

"마마, 어사대가 묵인한 것은 아니옵니다."

"경이 감찰을 꺼린다면 내 이를 당장 황상 폐하께 아뢸 것이오. 아니 그전에 황태자께서 내 명을 받들어 처리하실 게요."

"마마, 그것만은 거두어 주십시오."

"그럼 내 명을 따를 수 있겠소?"

"분부만 내려주십시오."

"우선 그대가 먼저 자정원과 공고국, 그리고 마제은 제조점인 노방(爐房)과 은로(銀爐)에 관한 대대적인 감찰을 벌이시오. 나의 명에 따른 게 아니라 어사대 스스로 정보를 입수하여 감찰을 벌이는 것으로 하면 경의 위신도 높아질 뿐더러 황상 폐하의 신임 또한 얻을 수 있지 않겠소?"

"소인을 위해 이렇듯 배려해주시니 몸 둘 바를 모르겠사옵니다."

"그곳들을 철저히 감찰하시오. 특히 방만한 자정원을 샅샅이 뒤져 이번에 발각된 사주전뿐만 아니라 다른 비리가 있는지도 확실히 밝혀 내야 할 것이오."

"여부가 있겠습니까? 소인 최선을 다해 마마의 분부를 받들겠나이다."

"대체 뭐하는 짓들인가? 여기가 어느 안전인지는 알고들 있는가?"

백안흘도 정후는 자정원에 갑자기 들이닥친 어사대의 감찰관을 향해 소리를 내지르고 있었다. 감찰관들은 자정원의 장부를 모조리 뒤지고, 한편으로 은을 보관하고 있는 창고를 살피기도 했다. 이 소식을 들은 백안흘도 황후가 황후전에서 급히 달려온 것이다. 어사대부 복수가 황후 앞에 나섰다.

"바로 황후 마마께서 이끄시는 자정원이 아니옵니까?"

"그걸 잘 아는 자들이 이렇듯 무례해도 되는 게냐? 황상 폐하의 윤허를 받은 것이더냐?"

"어사대는 황상 폐하의 명이 없어도 어디든지 감찰할 수 있사옵니다."

"그렇긴 하나 이건 너무 무례하지 않은가?"

"중요한 고변이 있어 감찰하는 것이니 잠시 양해를 해주셔야겠습니다."

"고변이라니?"

"조금만 기다리시면 알게 될 것입니다."

잠시 후 감찰관 한 명이 은괴 하나를 가지고 복수 앞으로 달려왔다.

그가 내민 은괴를 자세히 살피던 복수가 고개를 끄덕이며 그걸 황후 앞으로 내밀었다.

"잘 보시지요. 은괴에 불순물을 이렇게 많이 넣으니 시중에 사주전이 유통되는 것이 아니옵니까? 사주전이 많이 유통되면 외국과의 교역에 지장을 주어 나라 전체의 국기를 흔들 수도 있습니다."

은에 약간의 불순물을 넣는 것은 오랜 관행과도 같았다. 자정원에선 그동안 불순물의 농도를 조절하여 중간에서 많은 이득을 취해왔었다. 불순물의 양 만큼 은괴를 더 만들어 은밀히 자금을 축적해왔던 것이다. 이는 대부분의 상인들이 다 아는 사실이었다. 그들은 스스로 은에 등급을 매겨 거래를 해왔다. 불평이 많았지만 자정원에서 하는 일이라 할 수 없이 이 관행을 오랫동안 묵인해왔다. 이는 백안흘도 정후뿐만 아니라 다나실리 황후 훨씬 전부터 있어 왔던 일이다. 황후들은 대대로 이런 수법으로 재물을 축적해왔다. 그런데 새삼스럽게 감찰어사가 이를 감찰하고 나선 데다 그들의 감찰 내용이 모두 사실이니 백안흘도 정후로서는 당황할 수밖에 없었다.

복수는 자정원을 감찰한 결과를 곧장 황제에게 보고했다. 계급무계궁에서 환락에 빠져 있던 황제는 대수롭지 않다는 듯 고개를 끄덕이고는 후속조치를 황태자에게 위임하고 다시 정사에서 물러났다. 이 소식은 곧장 기 황후에게도 알려졌다. 박불화가 기쁜 표정으로 달려와 전했다.

"모든 게 마마 뜻대로 되었습니다. 이제 자정원을 우리 휘정원에 편입시켜 마마께서 이 모두를 휘하에 두시면 되옵니다."

하지만 기 황후는 대답하지 않은 채 고개를 내저었다.

"마마, 무얼 망설이십니까? 지금이 기회입니다."

"지금은 때가 아니다. 어사대부가 자정원을 감찰해 비리를 적발하자마자 내가 기다렸다는 듯 자정원을 취한다면 의심을 피할 수 없다."

"허나 자정원을 휘하에 편입시키기에 더없이 좋은 기회입니다."

"조만간 때가 올 것이야. 잠자코 기다려 보자꾸나. 일단은 정후의 손발을 확실히 묶어놓지 않았더냐?"

그녀는 잠자코 기다리면서 적당한 기회를 엿보고 있었다. 그런데 그 기회는 전혀 엉뚱한 계기를 통해 찾아왔다.

8

그 해 초여름. 원나라 전체에 큰비가 내려 홍수가 났다. 며칠을 쉬지 않고 비가 내리더니 마침내 남북을 가로지른 대운하가 범람하고, 교통량이 많은 여러 다리가 파괴되기에 이르렀다. 대도성을 종횡으로 흐르는 해하(海河)와 북서에서 남동으로 흐르는 영정하(永定河), 남류하는 조백하(潮白河) 등의 제방이 크게 파괴되어 침수된 민가만 해도 수천 가구에 이르렀다.

대도성을 온통 물바다로 만든 운하의 물이 겨우 빠지자 파괴된 교량과 도로가 정비되기 시작했다. 그러나 뱃길이 오래 끊겨 식량을 비롯한 제반 물가가 폭등했으므로 대도성 전체는 도탄에 빠졌다. 수해 뒤에 으레 따르는 유행병도 만연하기 시작했다.

조정에서는 재난 구제를 위해 구원 물자의 수송과 복구를 위한 인원이 파견되었다. 하지만 그 수가 워낙 적은 데다 조정의 재정도 여의치 않아 온전한 도움을 펼치기 어려웠다.

6월로 접어들면서는 다시 장마가 시작되었다. 대도성 일대의 하북과 산동 일대의 보리가 모두 자라다 말고 썩어 버렸다. 장마가 겨우 그치자, 이번에는 또다시 가뭄이 밀어닥치더니 엎친 데 겹친 격으로 황해(蝗害 : 농작물을 해치는 대규모 메뚜기 떼)까지 발생했다. 거대한 검은 구름 같은 메뚜기 떼는 전국을 이동하며 농작물을 모조리 먹어 치울 뿐만 아니라, 소와 말의 털까지도 남김없이 먹어치웠다. 메뚜기 떼가 바람을 타고 통과한 지역에는 쭉정이만 남은 황량한 벌판이 펼쳐질 따름이었다.

그 다음에는 역병신(疫病神)과 사신(死神)이 손을 맞잡고 날뛰었다. 전염병이 휩쓴 대도성 주위에는 온통 행려병자와 굶어 죽은 자의 시체가 즐비하여 그 참상은 이루 말할 수 없었다. 조정에서는 군사를 보내 시체들을 매장하기에 바쁠 뿐, 예방이나 치료에 전혀 손을 쓰지 못하고 있었다. 날이 갈수록 조정에 대한 백성들의 원성은 하늘을 찔렀다. 백성들의 원성을 등에 업고 백련교도와 홍건적이 다시 반란을 일으키기 시작했다. 그들은 이런 난세를 다스릴 생각은 하지 않고 계급무계궁에 빠져 있는 황제의 방탕함을 백성들에게 알렸다. 격앙된 백성들이 죽창과 낫을 들고 일어났는데 그 수가 십만을 넘을 정도였다.

조정에서 이를 막을 사람은 탈탈밖에 없었다. 그는 만호부(萬護府)의 병력을 이끌고 반란이 일어나는 지역을 돌며 반란군과 죽기로 싸웠다. 탈탈의 탁월한 전략과 지휘 덕분에 반란은 간신히 진압할 수 있었다. 하지만 잔인하게 반란을 진압한 탓에 조정에 대한 한족들의 원한은 더욱 커져갔다.

　관군이 반란을 진압하기 위해 외곽으로 가 있는 동안 대도성에는 도적 떼들이 날뛰고 있었다. 그들이 대낮에 물건을 훔치거나 빼앗아도 관에서는 미처 손을 쓸 수가 없었다. 군사의 대부분은 반란군을 진압하기 위해 나간 터라 대도성의 치안을 담당할 병사가 제대로 없었던 것이다. 게다가 도적 떼들은 허기에 지친 일반 백성들이 대부분이었다. 죽음을 각오한 그들이 관리의 집을 습격하고 가게를 약탈하자 대도성은 그야말로 무법천지나 다름없었다. 식량이 바닥난 지 오래지만 보급될 가능성마저 전혀 없는 대도성의 참상은 말로 이루 표현할 수 없었다. 아귀로 변한 사람들은 개나 고양이, 쥐, 작은 새는 말할 것도 없고, 심지어는 벌레와 풀 등을 닥치는 대로 먹어치우고 마침내 맹수가 되어 어린아이와 굶어죽은 사람의 시체까지 먹는 지경에 이르렀다.

　아수라의 참상에 빠진 대도성 한가운데로 수십 대의 수레가 지나가고 있었다. 백주에 도적이 날뛰는데도 이를 방비하는 군사가 거의 없는 길에 휘장을 둘러친 작은 가마가 앞장서고 있었다. 배가 고파 길가에 쓰러져 있던 백성들이 힘없는 눈을 들어 수레를 망연히 바라보고 있었다. 가마가 멈추자 뒤따르던 수레들도 차례로 멈춰 섰다. 가마 안에서 휘장을 걷고 한 여인이 내려왔다. 흰색 무명천으로 만든 저고리와 치마가 나누어진 소박한 복장을 한 여인이었다. 그녀는 천천히 걸어 배가 고파 쓰러져 있는 한 아이에게 다가갔다. 아이는 며칠 동안 굶었는지 얼굴이 누렇게 떠있었고, 손발이 말라 뼈만 앙상하게 드러나 있었다. 여인은 아이의 손을 꽉 잡고는 그의 눈을 한참 동안 바라보다 눈물을 흘리기 시작했다.

"미안하구나. 내가 너를 볼 면목이 없구나!"

여인은 한참 동안 아이를 붙잡은 채 할말을 잊고 있더니 옷소매로 눈물을 훔치고는 자리에서 일어났다. 그녀는 수레가 있는 곳으로 걸어가 쌀을 찧어 만든 떡을 한 덩이 가져와 아이의 손에 건네주었다. 하지만 아이는 떡을 붙잡을 기운조차 없는지 그대로 땅바닥에 손을 늘어뜨렸다. 여인은 떡을 자신의 입에 넣어 오물오물 씹은 후 뱉어내 아이의 입에 넣어주었다. 아이는 입안에 든 것을 겨우 삼키며 조금씩 허기를 면했다. 별난 광경에 신기한 듯 백성들이 몰려들기 시작했다.

여인은 천천히 자리에서 일어나더니 수레 쪽을 보고 외쳤다.

"어서 수레에 있는 것들을 내려놓아라."

뒤따라온 사람들이 일제히 수레에 덮인 휘장을 걷었다. 수레에는 쌀가마니가 가득 쌓여 있었다. 사람들이 눈을 크게 뜨며 수군거리기 시작했다.

"아니, 저것은 쌀가마니가 아니야?"

"비싸게 팔려고 그러는가봐."

몰려드는 사람들 사이에서 여인은 백성들을 둘러보며 크게 외쳤다.

"저것들을 여기에 모인 사람들에게 골고루 나눠주도록 하라!"

백성들은 믿을 수 없다는 표정이었다.

"이걸 그냥 가져가도 된다굽쇼?"

"우선 허기를 면할 만큼만 쌀을 가져가도록 하거라."

백성들은 앞다투어 수레에 몰려들어 쌀가마니를 받아가기 시작했다. 어느새 이 소문은 도성 전체에 퍼져 삽시간에 수많은 사람들이 구름처럼 몰려들었다. 그들은 저마다 앞 다투어 쌀을 가져갔다. 하지만 힘이 없어 움직이지 못하는 사람들도 많았다.

여인은 시종들을 보내 시장에서 가마솥을 가능한 많이 구해오게 한 뒤 사람들에게 즉석에서 밥을 짓도록 했다. 허겁지겁 허기진 배를 채운 백성들은 고마움에 눈물을 흘렸다.

"뉘신지 모르오나, 이 은혜를 어떻게 갚아야 되는지요?"

여인은 살포시 웃음을 머금은 채 백성들을 둘러보았다. 여인은 자신의 신분을 밝히지 않았지만, 그녀가 기 황후라는 사실은 곧 대도성으로 퍼졌다. 사람들은 그녀를 국모로 추앙하면서 모이는 자리마다 부처의 현신이라며 칭송했다.

그런 기 황후의 행차는 하루에만 그치치 않았다. 다음 날에는 직접 병자를 찾아 나섰다. 이에 박불화가 손을 내저으며 말렸다.

"잘못하면 마마께오서도 역병에 걸릴 수 있사옵니다."

"백성들이 위태한데 내 몸만 사리겠느냐? 그들이 겪는 참상을 둘러보아야겠다."

주위의 만류에도 불구하고 그녀는 역병에 걸린 병자들을 둘러보고는 시종들을 의원들에게 보내 병자의 신분 고하를 막론하고 고칠 수 있는 백성은 치료하도록 명하고, 군사들에게는 곳곳에 버려진 사체를 수거해 매장하도록 명했다. 이는 역대 원의 황실에서 한 번도 없던 일이었다.

당시 기근이 들어 굶어죽은 사람만 해도 이십만 명이 넘었다. 기 황후는 그들의 시체를 모두 거두게 하여 성문 밖에 묻어주고 대규모 수륙대회(水陸大會)를 열어 그들의 영혼을 위로해주기까지 했다. 수륙

대회란 물과 육지에서 헤매고 있는 외로운 혼령들에게 음식을 베풀어 억울하게 죽은 영혼을 위로하는 의식이었다. 이 대기근으로 굶주린 백성들을 위해 기 황후는 이만 칠천 냥을 썼고, 쌀 오백여 가마를 풀어 허기를 면하게 했다.

9

대도성에서 서남쪽으로 백여 리 떨어진 곳에는 운거사(雲居寺)라는 절이 있었다. 운거사는 사찰 바로 뒤에 병풍처럼 펼쳐 있는 거대한 돌산인 석경산(石經山) 때문에 유명한 곳이었다. 이 산에는 수나라 때부터 지금에 이르기까지 승려들이 직접 산에 올라 새긴 석경(石經)들이 있었다. 석경이란 법난을 피해서 경전을 영원히 보관하기 위해 돌에 새긴 경전들로써, 이것들은 모두 굴속에 보관하고 있었다. 기 황후는 마차를 타고 운거사를 찾아갔다.

"이번 가뭄으로 가련하게 죽어간 백성들의 영혼을 손수 달랠 것이다."

그녀는 주위의 반대를 무릅쓰고 직접 운거사로 향했다. 두 대의 마차가 출행했는데 앞에는 기 황후가 타고, 뒤에는 시주로 바칠 황금을 실은 마차가 따랐다. 그들은 주위의 시선을 피하기 위해 최천수를 비롯하여 무예가 뛰어난 몇 명의 환관과 시종만 데리고 길을 나섰다. 박불화는 처음에 그녀의 행차를 강력히 말렸다.

"그냥 시주만 바쳐도 백성들이 마마의 큰 은혜를 알 것입니다."

"아니다. 내가 직접 가서 불공을 드려야만 백성들의 억울함을 달랠 수 있을 것이다. 이는 황제께서 하셔야 되는 일을 내가 하는 것이니, 백성들은 더욱 기뻐할 것이야."

대도성을 벗어나서는 한동안 평탄한 길을 지나왔으나 산에 가까워질수록 길이 험해 수레가 심하게 흔들렸다. 기 황후는 머리가 너무 어지러워 수레를 멈추게 했다.

"잠시 쉬었다 가자꾸나."

그녀는 밖으로 나와 맑은 바람을 쏘이고 싶었다. 어느새 산 중턱에 올라와 있었다.

앞장서 가던 박불화가 뒤로 달려왔다.

"조금만 더 가면 운거사에 당도하게 됩니다. 송구하오나 그곳에 가셔서 쉬시지요. 이곳은 깊은 산 속이라 혹 무슨 일이라도 생길까 염려되옵니다."

"잠깐만 시원한 바람을 쐬고 곧장 떠나자꾸나."

기 황후는 두 팔을 뒤로 제치며 길게 심호흡을 했다. 맑은 공기를 폐부 깊숙이 들이마시자 두통이 조금 가시는 듯했다. 그동안 최천수는 눈을 부릅뜨고 주위를 경계했다. 그때 숲 쪽에서 민첩한 움직임이 느껴졌다. 곧이어 나뭇잎이 바스락거리는 소리가 들려왔다. 최천수는 칼을 꽉 움켜쥐며 바짝 긴장했다.

"마마, 속히 마차에 오르소서."

"무슨 일이냐?"

"아무래도 분위기가 심상치 않사옵니다. 주위에 어떤……."

말을 채 마치기도 전에 화살 하나가 공기를 가르며 날아와 마차의 벽에 그대로 꽂혔다. 최천수가 몸을 날려 기 황후를 감싸자, 환관들도 즉시 칼을 빼들고 마차를 빙 둘러쌌다. 이번에는 수십 발의 화살이 동시에 날아왔다. 최천수는 칼을 들어 날아오는 화살을 쳐냈지만 시종들은 대부분 화살에 맞아 쓰러지고 말았다. 궁녀들은 벌벌 떨며 바닥에 바짝 엎드렸고, 박불화도 소나기처럼 쏟아지는 화살 때문에 감히 나설 엄두를 내지 못했다.

잠시 후, 화살이 그치는가 싶더니 한 무리의 무장한 사람들이 숲에서 나왔다. 그들은 모두 칼과 창을 겨누며 순식간에 수레 주위를 포위했다. 엎드려 있던 박불화가 일어나 소리쳤다.

"어떤 놈들이기에 감히 귀인의 행차를 막는 것이냐?"

무리 중에 우두머리로 보이는 거구의 사내가 앞으로 나섰다. 그는 붉은 두건을 쓰고 있었다. 홍건적이었다.

"보아하니 몽고 놈들 같은데, 잠시 우리에게 적선을 하고 가야겠다."

"이분이 뉘신 줄 알고 감히 앞길을 가로막느냐?"

그러자 기 황후가 박불화를 돌아보며 고개를 내저었다. 자신의 신분을 밝히지 말라는 뜻이었다.

"얼마나 지체 높은지는 우리가 상관할 바 아니고, 수레 안에 있는 것을 우리에게 넘겨야겠다."

그들은 포위를 좁히며 수레 앞에 바짝 다가왔다. 우두머리가 수레 안을 열어보더니 두 눈이 휘둥그레졌다.

"아니, 이건?"

황금을 본 홍군 우두머리는 희색이 만면했다.

"이것만 있으면 우리 팔자는 능히 고칠 수 있겠구나!"

그들은 수레를 통째로 끌고 갈 기세였다. 그때 박불화가 그들에게 달려들었다.

"안 된다. 이놈들아!"

졸개 중 한 명이 칼등으로 박불화를 내리쳤다. 박불화는 정통으로 급소를 맞았는지 신음도 하지 못하고 그 자리에 쓰러지며 바닥에 나뒹굴었다. 기 황후가 그에게 달려가려하자 최천수가 말렸다. 그는 엄지손가락으로 슬쩍 칼집을 밀어내고는 눈 깜짝할 사이에 공중으로 솟아오르며 칼을 빼들더니 곧장 무리들을 향해 휘둘렀다. 순식간에 서너 명이 피를 흘리며 쓰러졌다. 당황한 무리들이 칼끝을 최천수에게 겨누고는 동시에 몰려왔다. 그는 다시 한번 공중으로 솟구치며 검무를 추듯 칼을 휘둘렀다.

"휙휙!"

칼바람이 어지럽게 일면서 주위의 나무들이 하나둘 쓰러졌다. 두꺼운 나뭇가지들이 풀잎 베어지듯 조각조각 토막 나며 아래로 떨어졌다. 그 가지에 맞아 무리 몇몇이 바닥에 쓰러졌다. 남은 자들은 신기에 가까운 최천수의 검술 솜씨에 완전히 기가 질리고 말았다. 하지만 그들은 아직 수적 우세를 믿고 있었다. 남은 자들이 한데 모여 동시에 공격할 기세였다. 그 중 두 놈은 옆으로 빠져 기 황후 쪽으로 달려가고 나머지 무리들이 최천수에게 달려들었다. 재차 공격을 가하기 전에 최천수는 벌떡 몸을 솟구쳐 나무 뒤로 피했다. 그리고는 기 황후에게 달려드는 두 놈을 단번에 제압했다.

"소신이 지켜 드리겠나이다."

최천수는 한 팔로 기 황후를 안고 나머지 한 손에 칼을 집어 들었다. 이제 남은 무리는 얼마 되지 않았다. 혼자서 충분히 상대할 수 있었지만, 기 황후를 보호하느라 이중으로 신경을 써야 했다.

놈들은 감히 나서지 못하고 칼과 창으로 위협할 뿐이었다. 그때 어디선가 바람 가르는 소리가 들렸다. 위쪽이었다. 커다란 삼나무 위에서 두 명의 졸개가 칼을 겨냥한 채 아래로 뛰어내렸다. 너무 갑작스런 공격에 최천수는 미처 피할 겨를이 없었다. 기 황후를 옆으로 밀치고 자신이 그 칼을 대신 맞았다. 다행히 몸을 옆으로 돌려 칼을 피하기는 했으나 칼끝이 어깨를 스쳤다. 상처가 깊었던지 피가 분수처럼 솟구쳐 나왔다. 최천수는 상처를 감쌀 새도 없이 다시 검을 집어 들었다. 그 모습을 본 기 황후가 달려오려 하자 최천수가 말렸다.

"그 자리에 계시옵소서."

최천수는 몸을 허공으로 높이 솟구쳐 한 바퀴 공중제비를 돌더니 나무에서 내려온 두 사람을 단칼에 베어버렸다. 그들은 비명도 지르지 못하고 그 자리에 쓰러졌다.

"아니, 이럴 수가!"

우두머리가 뒤로 움찔 물러났다. 장검을 들고 맞섰지만 최천수와는 상대가 되지 않았다. 두어 번 칼끝이 맞부딪치더니 이내 칼을 떨어뜨리고 말았다. 최천수는 칼끝을 그의 목에 바짝 갖다대었다. 두터운 목에서 피가 번져 나왔다. 우두머리가 벌벌 떨면서 손을 비볐다.

"한 번만 살려주십시오!"

최천수는 아랫입술을 꽉 깨물었다. 칼을 뒤로 살짝 빼며 힘을 가하려는데 어디선가 거친 소리가 들려왔다.

"이 여자를 살리고 싶거든 얼른 칼을 내려놓아라."

돌아보니 졸개 하나가 기 황후의 목을 끌어안고 칼로 위협하고 있었다.

"흐음."

최천수가 당황하는 사이, 우두머리가 얼른 땅에 떨군 칼을 집어 들었다. 하지만 감히 가까이 올 생각은 못했다. 익히 그의 무예를 확인한 우두머리는 기 황후를 위협하고 있는 졸개를 재촉했다.

"이놈이 조금이라도 움직이면 그년의 목을 따버려라."

돌아보니 기 황후의 얼굴이 새파랗게 질려 있었다. 최천수는 어찌해야 좋을지 망설였다. 칼을 내려놓는다고 해서 그들이 황후를 가만 놔둘 리 없었다. 그렇다고 이대로 버틸 수도 없었다. 최천수는 짧은 한숨을 토하며 칼을 바닥에 던졌다. 그러자 우두머리가 들고 있던 칼로 최천수를 내리쳤다. 최천수는 몸을 왼편으로 빙그르르 돌리며 허리를 굽히더니 바닥에 놓인 칼을 집어 들어 그대로 던졌다. 공기를 가르며 날아간 칼은 졸개의 이마에 정확히 꽂혔다.

"헉-."

기 황후는 놀라서 최천수를 향해 달려왔다. 칼에 맞은 졸개는 그 자리에 쓰러졌다. 최천수는 기 황후를 얼른 품에 안았다. 이제 남은 자는 우두머리 한 명밖에 없었다. 그는 바닥에 쓰러진 채 엉금엉금 뒤로 물러서고 있었다. 최천수가 칼을 들어 막 내리치려는 순간, 어디선가 화살이 날아와 최천수의 팔에 그대로 꽂혔다.

"으윽-."

신음하며 쓰러진 사이, 이번에는 우두머리가 재빨리 칼을 들어 최천수의 팔을 내쳤다. 순식간에 그의 손목이 날아가 버렸다. 공중을 가르며 날아간 손목이 바닥에 나뒹굴었다. 최천수는 고통을 느낄 겨를도 없었다. 손목에서 피가 끊임없이 흘러내렸지만 아랑곳하지 않고 기 황후 앞으로 다가갔다. 그는 다시 한쪽 손으로 칼을 들어 그대로 우두머리에게 꽂았다. 단칼에 그의 목이 달아났다. 적들을 한 명도 남기지 않고 완전히 제압한 것이다.

그제야 엎드려 있던 환관들과 궁녀들이 달려왔다.

"황후 마마, 괜찮으신지요?"

"난, 괜찮다. 어서, 어서 최 태감의 상처를 돌봐 주거라."

최천수는 그제야 고통을 느낀 듯 손목이 잘린 팔을 부여잡고 땅에 주저앉았다. 겨우 몸을 수습한 박불화가 얼른 달려가 천으로 손목이 잘린 부위를 감쌌다. 그 모습을 보며 기 황후가 소리쳤다.

"빨리 최 태감부터 운거사로 보내 상처를 보살펴라."

박불화는 황금을 실은 마차에서 말 한 필을 떼어내, 그 위에 최천수를 앉혔다. 그는 피를 너무 많이 흘려 얼굴이 하얗게 질려 있었다.

박불화는 최천수를 안고 말에 올라타 채찍을 가했다. 말은 거침없이 달려 운거사에 도착했다. 최천수는 승려들이 머무는 승방에 눕혀졌다. 놀라서 달려온 주지 스님이 지혈에 효과가 좋다는 약초를 뜯어와 잘려나간 손목에 붙였다.

겨우 출혈은 멈추었지만 상처는 깊었다. 최천수는 혼절한 채 쓰러져 식은땀을 흘리고 있었다. 손목이 잘린 어깨에는 칼에 맞은 상처까지 있어 몸을 움직일 수조차 없었다. 한나절 후에야 도착한 기 황후는 마차에서 내리기 무섭게 최천수가 누워 있는 승방으로 달려왔다.

그녀는 누워 있는 최천수 곁에서 흐느꼈다.

"이 사람아……."

무언가 하고 싶은 말이 많았지만 그녀는 하염없이 눈물만 흘렸다. 밤이 깊어 가는데도 최천수는 깨어날 줄 몰랐다. 그녀는 조금도 움직이지 않고 그 옆을 지켰다.

"마마, 잠시 눈을 좀 붙이시지요."

박불화가 말을 건넸지만 그녀는 미동도 하지 않은 채 혼잣말처럼 중얼거렸다.

"내가 어리석었다. 자네 말대로 내가 움직이는 게 아니었는데……."

그렇게 한탄했지만 때는 이미 늦은 뒤였다. 최천수는 자리에 누운 채 사경을 헤매고 있지 않은가? 기 황후는 밤이 이슥해서야 밖으로 나왔다.

"이대로는 안 되겠다."

그녀는 주지 스님에게 청해 함께 불당 안으로 들어갔다. 불상 앞에 선 그녀는 온몸을 숙여 절을 올리고는 불경을 외웠다. 그녀는 황금 백만 냥을 시주하며 이번 기근에 희생된 원혼을 달래는 동시에 최천수의 완쾌도 함께 빌었다. 그 간절한 기도 때문이었을까? 불당에서 밤을 꼬박 새고 밖으로 나오자 박불화가 달려와 최천수가 깨어났다고 전했다. 승방에 들어온 기 황후는 최천수의 손을 꼭 붙잡았다.

"정신이 좀 드느냐?"

최천수가 일어나려 했으나 기 황후는 다시 눕게 했다. 그는 무언가 말하려 했지만 입술이 말라붙어 입을 떼지 못했다. 기 황후가 가만히 최천수를 내려다보며 말했다.

"그까짓 황금이 무엇이라고 이런 무모한 짓을 했느냐? 그냥 내어 주면 되지 않았느냐?"

기 황후는 고개를 돌리며 흘러내리는 눈물을 감추었다. 옷소매로 눈가를 닦았지만 뜨거운 눈물은 그칠 줄을 몰랐다. 아예 등을 돌려 벽을 바라보자 자신을 대신해 최천수가 독이 든 차를 마시고 쓰러졌던 때의 기억이 불현듯 떠올랐다. 당시에도 자기 대신 이렇게 쓰러져 사경을 헤매지 않았던가? 두 번이나 목숨을 신세졌던 그였기에 그녀의 안타까움은 더욱 컸다.

기 황후는 운거사에서 이틀을 더 머물렀다. 그동안 백성들의 원혼을 위무하는 대대적인 진혼제를 열었다. 진혼제가 끝났어도 기 황후는 떠날 줄을 몰랐다. 박불화가 조심스럽게 기 황후에게 아뢰었다.

"마마, 이제 대도성으로 돌아가시지요. 황상 폐하께서 호위군사를 보내셨습니다."

기 황후에 대한 습격을 보고 받은 황제는 군사 이백 명을 급히 운거사에 보내, 대도성까지 황후를 호위해 오도록 했다.

"난 여기서 더 머물 것이다. 최 태감을 저대로 놔두고 떠날 수 없다."

"황궁에서 의원들도 보내왔습니다. 저들이 여기 머물며 최 태감을 치료할 것입니다. 마마께선 속히 도성으로 돌아가시지요."

"이번에도 최 태감이 나 대신 희생을 당했다. 어찌 내 발길이 떨어지겠느냐?"

"최 태감도 마마가 여기에 계시는 걸 원하지 않을 것입니다. 오히려 불편하게 여길 것입니다. 그를 위해서라도 어서 도성으로 가시지요."

기 황후는 할 수 없이 군사들의 호위를 받으며 황궁으로 돌아왔다. 하지만 그녀의 마음은 여전히 최천수에게 가 있었다.

최천수는 두 달이 지나서야 황궁으로 돌아왔다. 기 황후에게 문후

하기 위해 들어서는 최천수의 모습을 보며 기 황후는 놀라움을 감추지 못했다. 최천수의 팔 하나가 온전히 사라지고 없었던 것이다.

"아니, 어떻게 된 것이냐?"

그녀는 도무지 믿기지 않아 팔이 없는 최천수의 어깨를 더듬었다.

"어떻게 되었냐고 묻지 않느냐?"

"황공하옵니다, 마마. 상처가 너무 깊어 팔이 썩어 들어가는 바람에 할 수 없이……."

제때 치료를 하지 못해 상처의 독이 퍼져 팔 하나를 온전히 잘라낸 것이다.

"내가, 내가, 너에게 자꾸 몹쓸 짓을 하는구나. 모두가 내 탓이구나, 내 탓이야."

그녀는 비감스러운 마음을 감출 수 없어 최천수의 어깨를 끌어안았다.

최천수가 황궁에 돌아왔다는 소식이 전해지자 그를 물고 늘어지는 신하들이 있었다. 바로 합마와 노적사였다. 그들은 최천수의 약점을 물고 늘어졌다.

"팔이 하나 없는 자가 어찌 감히 황후 마마의 귀하신 몸을 지키겠나이까? 속히 쫓아내시지요."

황제는 고개를 내저었다.

"하지만 그는 목숨을 걸고 황후를 지켜낸 자가 아니오?"

"황후 마마를 호위하는 환관이라면 마땅히 그러해야 하옵니다. 상을 줄 수는 있어도 황궁에 계속 머물게 할 수는 없사옵니다."

그들의 집요한 설득 끝에 황제는 마침내 그 말을 듣기로 했다. 황제

역시 평소 최천수를 달갑지 않게 여기고 있었다. 비록 환관이라 하나 그림자처럼 황후를 따라다니는 것이 보기에 좋지 않았다. 더구나 고려에서 황후와 함께 어울리던 사이라는 것을 알고 난 뒤에는 은근한 질투의 감정까지 품었던 그였다. 황제는 이번 기회에 최천수를 아예 내치기로 했다. 황제는 우선 최천수에게 황후를 지킨 공을 들어 상을 내리고는 동시에 황궁에서 나가 살도록 했다. 이 소식은 즉각 기 황후에게 전해졌다. 놀란 그녀는 황제에게 한달음에 달려와 최천수가 계속 자신을 호위하게 해 달라고 설득했다.

"부디 그자가 저를 지키게 해 주소서. 두 번이나 저의 생명을 구해준 은인이 아니옵니까?"

"나 역시 황후가 위험에 처하는 걸 걱정해서 내린 결정이오. 그자는 이제 한쪽 팔이 없으니 황후를 제대로 지킬 수 없을 것이오."

"하지만 그는 소인의 생명의 은인이 아니옵니까?"

"그래서 그 공을 치하해 상을 내린 것 아니오?"

"하오나 폐하……."

황제의 목소리가 높아졌다.

"황후는 일개 환관에게 어찌 그리 집착을 하시는 게요? 그런 미천한 자를 놓고 소란을 피워서야 되겠습니까? 짐의 말대로 따르세요."

황제는 말을 마치기 무섭게 자리에서 일어나 버렸다. 황제의 명은 곧바로 시행되었다. 기 황후가 아무리 말리려 했지만 소용없었다. 황제의 명인 데다 명분이 합당하여 손을 쓰기도 힘들었다.

그날 오후, 흥성궁으로 최천수가 찾아왔다. 그는 이미 환관직을 박탈당하여 전각 안에는 들 수 없었다. 최천수는 고개를 아래로 숙인 채 아랫입술을 잘게 깨물며 마당 한가운데 섰다.

　기 황후가 밖으로 나서려 했지만 박불화가 이를 말렸다.

　"황후 마마, 보는 눈이 많사옵니다. 괜히 뒤탈을 만들지 마소서. 누군가 사람을 보내 염탐하고 있을지도 모르는 일이옵니다."

　그녀도 잘 알고 있었다. 자신이 최천수에게 각별한 정을 가진 것을 황제도 이미 눈치채고 있다는 것을. 황제는 이번 기회를 통해 기 황후의 마음을 시험하려 했다. 기 황후는 밖으로 나가지도 못하고 내전을 서성이며 안절부절못했다.

　최천수는 마당 한가운데 바로 서서 기 황후가 있는 쪽을 향해 큰절을 올렸다. 절을 올리고 일어서는데 소매 속에서 무언가를 뚝 떨어졌다. 그것은 오래 전 기 황후가 선물로 준 황금보검이었다. 햇빛을 받은 검에서 반사된 빛이 번쩍이며 날카롭게 눈을 찔러왔다. 그는 한참 동안 망설이다가 그대로 두고 일어났다.

　기 황후는 창문을 통해 그 모습을 똑똑히 보고 있었다. 어느새 최천수는 작은 보따리 하나를 든 채 여정문 쪽으로 멀어져 갔다. 기 황후는 심장이 녹아내리는 아픔을 느끼며 허탈감과 무력감에 휩싸인 채 의자에 풀썩 주저앉았다. 황궁에 들어올 때는 둘 다 빈손이었다. 수많은 세월이 흐른 오늘, 그녀는 천하를 손아귀에 넣었지만 최천수는 옷 몇 가지가 든 보따리 하나만을 가지고 있을 뿐이었다. 한동안 멍하니 앉아 있던 그녀의 깊고 푸른 두 눈에 어느덧 눈물이 비치기 시작했다. 눈물을 참기 위해 어금니를 물었지만 눈가에는 금세 강물이 범람했다.

　다섯 살 때부터 지금까지 줄곧 함께 한 그였다. 고향에서, 그리고 먼 이국땅인 이곳까지. 태어나서 가장 오랫동안 그녀와 함께 있었고,

옳든 그르든 한결같이 그녀의 편이 되어주었으며 오직 그녀를 위해 태어난 사람처럼 마음을 쏟아주던 최천수였다. 그런 그가 떠나가고 있었다. 그녀는 몸의 일부가 그대로 잘려나가는 통증을 느끼며 흐느꼈다.

"오라버니, 어딜 가시든 무탈하세요. 오라버니께선 천하를 버리고 절 선택했지만, 전 제 손아귀에 들어온 천하를 이제 기필코 지켜낼 작정입니다. 그것만이 오늘 우리가 겪는 이 아픔을 보상받는 길이라고 믿어요. 그러니 어디서든 절 지켜봐 주세요."

기 황후는 격앙된 마음을 진정하기 위해 어릴 적 고려에서 부르던 노래 한 구절을 조용히 읊조렸다.

> 서쪽 창문을 여니 복숭아꽃이 피어나는구나.
> 복숭아꽃이 걱정 없이 봄바람에 웃는구나
>
> 넋이라도 임과 함께 하는 말을 남의 일로만 알았더니,
> 넋이라도 임과 함께 하는 말을 남의 일로만 알았더니
> 어기던 이가 누구였습니까?
> 누구였습니까?

생각해보니 언약을 어긴 사람은 다름 아닌 바로 자신이라 여겨져 그녀는 다시 눈물을 흘리고 말았다. 뜨거운 눈물이었다.

5장

영웅,
노을에 지다

1355년 곽자흥이 사망하자
주원장이 그 일족을 죽이고 군권을 차지하다

1

　기 황후는 마음을 수습하고 그동안 미뤄왔던 황태자의 혼례를 서두르기로 했다. 처음에는 황태자를 위왕의 딸인 보탑실리와 결혼시키려 했다. 두 사람의 나이 차이가 열 살이 넘는데도 무리하게 진행시키려 했던 것은 그만큼 약한 기 황후의 기반을 다지기 위해서였다. 하지만 보탑실리의 완강한 반대에 부딪쳐 그 결혼은 성사되지 못했다. 차선책으로 보탑실리를 고려의 강릉대군과 결혼시켜 그를 견제케 했다. 그로 인해 위왕을 자신의 편으로 끌어들이는 데 성공했다.
　이제는 그때와는 상황이 판이하게 달라졌다. 휘정원을 통해 막대한 자금을 확보했고, 지금은 황제마저 계급무계궁에 빠져 황태자가 조정의 모든 일을 처리하고 있었다. 이제 거칠 것 없이 자신의 뜻을 펼칠 만했다. 그녀는 오랜 고심 끝에 고려의 여자를 황태자비에 천거케 했다. 그러자 이를 반대하는 상소가 빗발치기 시작했다.
　"우리 몽고족은 대대로 굉길자 족에서 황후를 간택했던 바, 황태자비 또한 큉길자 족에서 택하옵소서."

"고려는 우리의 부마국인데 어찌 황태자비를 데려온단 말입니까?"

이보다 더 강한 어조로 비난하는 신하도 있었다.

"황후께서 고려인인데 황태자비까지 고려 여인을 세우시면 원의 황실은 고려의 것이 되는 것입니다. 통촉하시옵소서."

하지만 이 모든 상소는 황제에게 전달되지 못했다. 중간에서 이를 살펴본 황태자가 상소를 가지고 어머니 기 황후를 찾은 것이다.

"어떻게 생각하세요? 황태자께서도 큉길자 족과 혼인하고 싶으시오?"

"아니옵니다. 어마마마의 뜻대로 고려의 여자와 혼인할 것이옵니다."

"잘 생각하셨소. 황태자께선 누가 뭐라 해도 고려의 아들입니다. 태자의 몸속에는 대륙을 호령했던 고구려의 피가 흐르고 있으며, 찬란한 문화를 이루어낸 선조들의 기상이 숨어 있어요. 우리 고려가 지금은 비록 작은 변방에 머물러 있으나 한때는 중원을 벌벌 떨게 했던 기백이 있었다는 걸 잊지 마세요. 신라와 당나라의 협공으로 고구려가 무너졌으나, 다시 고려를 일으켜 그 기백을 이어오지 않았소이까? 지금은 힘이 미약하여 변방국으로 괄시받고 있으나 태자께서 이 나라의 황제가 되면 온전히 천하를 호령하게 될 것이니 우린 선조들이 한때나마 접었던 기상을 이곳 황실에서 이룰 수 있을 것입니다."

기 황후는 감정이 격해지며 목소리까지 떨리고 있었다.

"황태자비를 고려인으로 맞는다고 생각해보세요. 머지않아 황제가 되시면 황후도 고려인이니 원나라의 조정, 아니 천하는 온전히 우리 고려인의 것이 되는 것입니다. 아시겠습니까?"

"어마마마의 말씀 명심하겠나이다."

기 황후는 대신들의 강력한 반대를 무릅쓰고 기어이 고려인을 황태자비로 간택했다. 경양대군(慶陽大君) 노책(盧頙)의 딸을 황태자비로 삼은 것이다. 노책은 기철과 막역한 사이로 황태자비 천거 조칙을 받은 기철은 서슴없이 노책의 딸을 천거했었다. 두 사람은 고려에서 친원파의 중심이 되어 공민왕을 강력히 압박하고 있었다.

몇 달 뒤, 관상감(觀象監)에서 길일(吉日)을 점치게 하여 10월 1일 황태자비 책봉식을 거행했다.

혼례식은 성대하게 열렸다. 원나라의 모든 문무백관을 비롯해 그 권속들은 물론 지방관까지 모인 가운데 일반 백성들도 상당수 참여하여 황궁은 인산인해를 이루었다. 그 규모나 화려함이 황후 책봉식에 견줄 만했다. 황제는 오랜만에 계급무계궁에서 나와 곤룡포를 입고 면류관을 쓴 예장 차림으로 옥좌에 앉았다. 기 황후는 황제 옆에 정후 백안홀도와 나란히 앉아 흡족한 표정으로 궁을 가득 메운 인파를 바라보고 있었다. 그 앞으로 황태자 애유식리달렵과 황태자비가 나란히 섰다. 황태자는 대례복인 질손을 입었고, 황태자비는 공작무늬가 화려한 푸른색 심의(深衣)를 입고 열두 송이 꽃 장식이 달린 진주 홍옥을 목과 어깨에 늘어뜨리고 있었다.

초례청이 마련된 정전 앞에는 제탁(祭卓)이 준비되었고, 탁자 위의 순금 향로에서는 향연(香煙)이 완만한 곡선을 그리며 피어올랐다.

마침내 식이 거행되자 좌우에서 일제히 북소리가 울려 퍼졌다.

황태자비는 좌우 부축을 받으며 초례청에 먼저 들어와 있던 황태자와 마주 섰다.

"재배!"

전의(典儀)의 집전에 따라 두 사람은 황족들 앞에서 서로에게 두 번 절했다.

"유제(有制)!"

두 사람은 자리를 옮겨 황제 앞에 섰다.

"재배!"

황제와 황후에게 무릎을 꿇고 공손하게 두 번 절을 올리며 예를 표하자 조정의 원로격인 태보(太保)가 황제를 대신하여 엄숙하게 책(册)을 낭독했다.

"하늘 아래 사람의 도리로 부부만한 것이 없도다. 앞으로 천하의 어머니가 될 황태자비는 학식과 덕망과 미모를 고루 갖추었으니 후에 만 백성의 어머니가 되어 공경스럽고 근검 절약하는 행동으로 천하를 이끌고 황가를 빛낼 만하도다. 이에 옥책옥보(玉册玉寶)를 내려 황태자비로 삼노라. 더욱 힘써 황태자를 보좌하여 만민의 복이 되도록 할지어다."

황태자비는 책을 받아 왼편에 서 있는 여관에게 넘겨주고 황태자에게 다시 재배한 후 합환주를 나눠 마셨다.

황태자 부부는 황제 아래 단상에 나란히 앉았다.

"재배!"

전의가 외치자 예장 차림으로 의관을 갖추고 좌우에 시립해 있던 문무백관과 각국의 사신들이 일제히 부복하며 하례를 올렸다. 황제에 이어 충성을 다할 것을 다짐하는 의식이었다. 황실 혼례에 참석한 일반 백성들도 일제히 부복하며 황실에 충성을 맹세했다.

"종례!"

예(禮)를 모두 마치자 아악이 연주되기 시작하면서 성대한 연회가 베풀어졌다. 황제를 비롯한 황족들 아래 모든 문무백관이 질서정연하게 문(文)과 무(武)에 따라 두 줄로 나뉘어 앉고, 각국에서 온 사신과 백성들이 모두 한자리에 모여 연회를 즐겼다.

황제로부터 전권을 위임받은 황태자는 백성들에게 곡식을 나누어 주고, 또한 옥에 갇힌 죄수를 풀어주어 민심을 살폈다.

2

나라에 재앙이 들었을 때 기 황후가 보여준 선행은 널리 알려져 조정뿐만 아니라 백성들에게까지 퍼져나갔다. 그녀의 몸을 아끼지 않는 선행과 전 재산을 털어 백성들을 구제한 사실은 일반 백성들, 특히 원 조정에 적대감을 갖고 있는 한인들에게 잔잔한 감동을 안겨주었다. 마른 섶같이 불만 붙이면 일어날 기세였던 한족의 폭동과 반란도 어느새 주춤해졌다. 기 황후가 탈탈 같은 용맹한 장수 몇 명의 몫을 한 것이나 다름없었다. 기 황후에게 반감을 가지고 있던 조정의 여러 대신들도 마음을 바꾸고 앞다투어 황제에게 상소를 올리기 시작했다.

　　이번 대기근과 홍수 때 기 황후께서 휘정원의 모든 재산을 털
　　어 백성들을 구휼하셨습니다. 황후의 헌신적인 구휼이 없었다

면 민심은 극도로 황폐해졌을 것이며, 한인들의 반란 또한 걷잡을 수 없었을 것입니다. 이로 인해 휘정원의 모든 재산이 고갈된 바, 일전에 마제은으로 무리를 일으킨 자정원을 휘정원과 통합해 기 황후 마마께서 관장케 하심이 가할 듯하옵니다.

물론 상소를 주도한 이는 박불화를 비롯한 기 황후 일파들이었다. 그들은 다른 신하를 포섭해 상소를 만들어 황제에게 올리도록 했다. 계급무계궁에서 환락에 빠져 있던 황제 또한 기 황후의 덕행을 들어 알고 있었다. 황제는 망설임 없이 자정원을 기 황후가 관장하도록 했다. 기 황후는 자정원과 휘정원을 하나로 만들어 새로이 자정원을 개편시키고 책임자로 고용보를 임명했다. 고용보의 탁월한 수완으로 자정원에서는 술과 각종 차, 그리고 소금과 은을 전매하며 엄청난 이익을 올리기 시작했다. 가히 황실의 모든 재산보다 더 많은 재물을 축적한 것이다. 엄청난 재물을 쌓기 시작하자 조정의 각종 대신들과 관리들이 자정원에 줄을 대기에 바빴다. 이번 기회에 조정을 확실히 장악하기 위해 그녀는 원외랑 직에 있던 박불화에게 참의중서성사(參議中書省事)를 제수하게 했다. 참의중서상사는 최고 관청인 중서성(中書省) 소속의 정4품의 품계였다. 참의중서상사에 제수된 박불화는 자정원의 고용보와 함께 그들이 관리하고 있는 여러 미인을 통해 대신들을 포섭해나갔다.

기 황후가 황후에 책봉되자 수많은 고려 여인들이 원나라 대도성으로 건너왔다. 그녀가 고려의 공녀 징발을 금지시키자 자발적으로 건너온 처자들이었다. 그들은 모두 기 황후의 입지전적인 출세소식을 듣고 나름대로 큰 기대를 품고 자원하여 원나라에 들어온 것이다. 고용보는 이들을 모두 자정원의 한 부서에 소속시키고 관리했다.

기 황후는 여인들 중 외모가 뛰어난 자들을 따로 선발하여 고관들의 부인이나 첩으로 보냈다. 고려 여자들은 상냥하고 애교가 넘치며 학식 또한 풍부하여 대신들의 사랑을 쉽게 독차지 할 수 있었다. 첩으로 갔던 이들은 얼마 안 가 부인 대신 정부인이 되기도 했다. 어느덧 원나라의 고관들과 벼슬아치들은 고려 여자가 집안에 있어야만 명문가로 대접받기에 이르렀다. 바야흐로 원나라의 조정을 고려 여인들이 장악한 것이나 다름없었다. 기 황후를 정점으로 각 대신들에게 흩어져 있는 고려 여인들이 거미줄처럼 퍼져 또 하나의 세력을 만들었다. 이국땅에서 맺은 이들의 결속력은 매우 돈독하여 잠자리에서 얻어낸 귀한 정보들이 고스란히 자정원으로 전해졌다.

그러는 동안 황제는 계급무계궁에서 아예 나올 생각을 하지 않았다. 환정법을 익힌 그는 온갖 약을 섭취하며 몸을 단련시켰고 그럴수록 방사에 더욱 여념이 없었다.

이제 계급무계궁에는 궁녀들뿐만 아니라 여염집의 아녀자들도 드나들기 시작했다. 모르는 사이에 그 규모는 점점 커지더니 공공연히 거대한 환락의 공간으로 바뀌어 황실은 물론이고 대도성의 풍기를 문란시키는 소굴이 되고 있었다. 들리는 소문에 의하면 대신들의 부인들까지도 은밀히 이곳을 드나든다고 했다.

황제는 아침 조아는 물론이고 어전회의도 거의 참석하지 않았다. 모든 상소와 문서는 황태자의 결재를 거쳤고, 중요한 상소를 가지고 황제를 찾아가도 좀체 안으로 들 수 없어 거의 모든 대소사가 황태자의 전결로 이루어졌다. 이제 황태자의 권세가 황제를 대신하고 있었으므로 조정의 대신들은 대부분 그의 눈치를 보기에 급급했다.

기 황후는 문무백관들을 포섭하기 위해 자주 연회를 베풀었다. 자정원 예산을 풀어 신하들의 노고를 위로한 것이다. 기 황후는 연회 때마다 몽고 옷 대신 고려 옷을 입고 나왔다. 시중드는 궁녀 또한 모두 고려 옷을 입혔다. 그리고 고려 음악을 연주하여 연회의 흥을 돋우었다. 연회 음식 또한 고려 음식을 준비하게 했다. 시금털털한 양젖술이나 말젖술이 아닌, 찹쌀에다 누룩을 삭혀 빚은 감칠맛 나는 술맛을 본 대신들은 고려의 풍속을 침이 마르게 찬미했다.

"역시 미인과 술은 고려의 것이 최고입니다!"

날이 갈수록 대신들은 기 황후에게 아첨하느라 바빴다. 재주가 있는 자들은 시를 지어 기 황후에게 바치기도 했다. 그 중 한림학사 장욱(張旭)은 연회장에서 이런 시를 읊었다.

> 궁중 옷은 고려의 옷을 본떠
> 모진 옷깃 허리까지 내려 반만 마련한 듯
> 며칠 밤 눈에 익은 그 옷
> 그 언젠가 어전에서 보던 것일세.

기 황후가 기뻐하자 다른 신하들도 앞다투어 시를 지어 바쳤다. 그 중 기 황후는 행성원수부도사(行省元帥府都事)인 유기(劉基)가 지은 시를 가장 흡족해했다.

기 씨는 압록강 동쪽에 살다가
성년에 황후의 자리에 앉았네
이제 천하가 그녀의 손안에 있으니
만국의 어머니요, 천하의 주인이로다.

이 시는 노래가 되어 사방 백성들에게 퍼져나갔다. 고려풍이 유행하던 도성에는 기 황후가 권력을 잡자 아예 사람들의 옷차림과 음식까지도 바뀌고 있었다. 남자들은 고려의 두루마기에 몽고풍을 가미해 저고리 길이는 짧게, 소매폭은 좁게 입었으며 채색한 끈에 금방울이나 향낭을 차는 게 유행이었다. 여자들은 고려의 여인들처럼 저고리를 짧게 하여 허리 위에 오게 입고 띠를 두르는 대신 고름을 묶었다. 고려의 옷을 나름대로 몽고풍으로 개조해 입었던 것이다. 이제 대도성에서 고려풍의 옷을 입지 않으면 유행을 모르는 사람으로 비난받을 만큼 고려의 양식이 서민들에게까지 크게 성행했다. 음식 또한 고려의 영향을 많이 받았다. 쇠갈비를 구워먹는 풍습은 물론이고 밥을 야채에 싸먹는 풍습도 유행했다. 상추쌈을 맛본 시인 양윤부(楊允浮)는 이런 노래를 부르기도 했다.

해당화는 꽃이 붉어 아름답고
살구는 노랗게 익어 보기 좋구나,
더 좋은 것은 고려의 상추,
마고(麻姑) 향기보다 그윽하네.

기 황후는 조정뿐만 아니라 백성들 사이에서도 존경의 대상이 되었다. 더구나 얼마 전에 겪은 대기근 때 그녀가 재산을 모두 털어 난민을 도운 사실을 잘 알고 있는 백성들은 백안흘도 황후 대신 기 황후를 국모로 받드는 데 주저하지 않았다.

3

기 황후는 내내 미간을 찌푸린 채 박불화의 말을 듣고 있었다. 어지러운 고뇌의 파문이 얼굴에 흩어졌다. 그녀의 촘촘하게 젖은 눈에는 한순간 복잡한 감정들이 얽혔다.
"그래, 어디서 살고 있더냐?"
"소인이 대도성 밖에 작은 집을 하나 구해 주었사옵니다."
"무슨 일을 하며 보내고 있다더냐?"
"한 팔이 없으니 일은 못하는 듯하옵니다. 낚시 같은 소일을 하며 보내고 있사옵니다."
기 황후의 얼굴엔 불안과 아쉬움이 짙게 깔렸다. 눈가가 시큰해지며 마음 깊은 곳에서 무언가 치밀어 오르는 것을 아랫입술을 깨물며 겨우 참았다.
"수시로 찾아가서 잘 살펴주도록 하거라. 한번 기회를 보아서 내 손수 그가 있는 곳에 찾아가 보고 싶구나."
"당분간은 사람들의 이목이 있으니 피하시는 게 좋을 듯하옵니다."
기 황후는 구겨진 양미간을 꿈틀거리며 나직이 말했다.

"최천수는 목숨을 걸고 나를 지키려 했다. 그의 희생을 헛되게 해서는 아니 되겠지."

그렇게 말한 뒤 그녀는 참의중서성사인 박불화에게 황궁의 실정을 물었다. 황태자비까지 맞이하고 보니 기 황후의 욕심은 더욱 커졌다. 거의 자기 손에 들어온 이 천하를 온전히 품고 싶었다.

"황상께선 여전히 계급무계궁에서 나오지 않고 계시냐?"

"황태자비 책봉식 이후 한 번도 나오시지 않으십니다."

"황상께선 이미 정사에서 물러나신 지 오래이고 이제 황태자께서 실제적인 국사를 모두 처리하고 있지 않는가?"

"그러하옵니다."

"그렇다면 조금 더 고삐를 조일 필요가 있지 않겠느냐?"

"그게 무슨 말씀이신지?"

기 황후는 주위를 둘러보며 어조를 낮추었다.

"황상은 태상황(太上皇)으로 물러나게 하시고 아예 황태자 전하를 황위에 오르게 함이 어떻겠는가?"

전혀 예상치 못한 제안에 박불화는 놀라지 않을 수 없었다.

"마마, 그것은……."

"왜? 참의중서성사는 이에 반대하는가?"

"그게 아니오라, 워낙 갑작스러운 말씀이온지라……."

"황상께서는 퇴위하시어 계급무계궁에 계속 머무시게 하고, 원나라 황실은 우리 고려인들이 온전히 접수하는 것이다."

"하오나 많은 대신들이 반대하고 나설 것입니다."

"반대할 대신은 그리 많지는 않을 것이다. 그들도 이미 황상께서 국사에 관심이 없다는 것을 잘 알고 있다. 다만, 나와 황태자가 고려인이라는 게 걸리겠지."

"반대하는 대신들은 아마도 죽음을 각오하고 덤빌 것이옵니다."

"물론 그럴 것이다. 사전에 그들의 여론을 막아야지. 경은 조정에서 가장 영향력이 큰 자가 누구라고 생각하는가?"

"탈탈이 가장 신망 받고 있긴 하오나, 현재 반란을 진압하기 위해 변방에 가 있지 않습니까? 그와 비슷한 영향력이 있는 자로 좌승상 태평이 있습니다."

"태평은 우리 황태자의 등극을 처음부터 반대한 자가 아니더냐?"

"그러니까 더더욱 그를 이용하자는 겁니다. 이번 기회에 그의 충성심을 시험해볼 필요가 있습니다. 그가 황후 마마의 명을 들으면 온전히 우리 사람이 될 것이고, 만약 거절한다면 적당한 명분을 내세워 내치면 되는 게 아니겠습니까?"

듣고 보니 일리가 있어 기 황후가 고개를 끄덕였다.

"태평을 속히 들라고 하라. 내가 직접 명을 내릴 것이다."

태평은 한인 출신으로 본명은 하유일(賀惟一)이다. 그는 성품이 강직한 데다 학식이 풍부하여 호분친군의 낮은 관직에서 출발하여 지금은 좌승상까지 오른 입지전적인 인물이었다. 황제도 특별히 그를 총애하여 본명 대신 몽고식 이름인 '태평'을 하사했었다.

박불화를 통해 기 황후의 호출을 전해들은 태평은 적잖이 당황했다. 야심한 밤에 은밀히 부른 것이나, 황후의 권세가 나날이 높아지고 있는 상황에서 부르는 점이 어떤 심상치 않은 기운을 느끼게 했다. 마음을 졸이며 흥성궁으로 들어선 그는 또다시 놀라지 않을 수 없었다. 탁자에 가득 놓인 산해진미와 귀한 술이 그를 맞이하고 있었던 것이다.

"좌승상, 저와 음식을 들면서 이야기를 나누도록 하지요."

"황공하옵니다."

기 황후는 손수 잔에 술을 따라 태평에게 건넸다. 그는 두 손으로 잔을 받았지만 마시지는 못했다.

"좌상께서는 계급무계궁에 관해 들어보셨는지요?"

태평은 대답하지 못하고 다만 고개를 숙일 뿐이었다.

"조정을 책임지고 있는 좌승상께서 어찌하여 폐하를 그렇게 내버려둘 수 있단 말이오?"

"황공하옵니다. 황상께오서 옥체가 워낙 튼튼하셔서 그런 것 같사옵니다."

"말씀 잘하셨소. 황상께서 옥체가 불편하시지도 않으면서 조정 일을 돌보지 않는 것은 무얼 말해주는 것 같소?"

"그게 무슨 말씀이신지요?"

"짐작컨대 황제께선 은근히 태상황으로 물러나시고 싶으신 게요. 하지만 친히 말씀을 못 꺼내시니 대신들이 폐하의 심사를 헤아려 주청 드리는 게 옳지 않겠소?"

"그럴 리가 없사옵니다. 황상께서는 아직 젊으신데다가 아직 선위하실 이유가 없으시옵니다."

"황상께선 분명 태상황으로 물러나 편안히 지내시길 원하시오. 그러니 말이오, 경이 황태자 전하께서 주재하는 어전회의에서 이 문제를 정식으로 올려주시지요. 경의 의견이라면 다른 대신들도 어렵지 않게 따를 것입니다."

태평이 난처한 표정을 짓자 기 황후는 단호하게 말했다.

"황태자 전하께선 이미 조정의 모든 일을 맡아 처리하고 계십니다. 또한 언젠가는 황상의 자리에 오르실 분이 아닙니까? 그걸 조금 앞당기는 게 뭐 그리 대수겠습니까? 잘 기억해두세요. 다음 보위를 이을 사람이 누구인가를 말이오."

태평은 기 황후의 서릿발 같은 명에 아무 말도 못한 채 묵묵히 듣고만 있었다. 잠시 뒤 그는 음식에 손도 대지 못하고 흥성궁에서 나왔다.

집으로 돌아온 그는 안절부절못한 채 방안을 서성였다. 그를 지켜본 그의 아들 야선홀도(也先忽都)가 방으로 들어왔다. 그는 아버지를 닮아 성품이 굳센 데다 명민했다.

"황후를 만나 어떤 이야기를 나누셨는지요?"

태평은 고심 끝에 기 황후와 나눈 이야기를 아들에게 전해주었다. 듣고 난 야선홀도는 난감한 표정으로 생각에 잠겼다.

"속히 대답하지 않으면 황후께서 아버님께 보복할지도 모릅니다."

"그래서 고민이다. 그렇다고 지금 황상께서 저리 젊으신데 신하된 입장으로 보위를 양위하시라 할 수도 없지 않느냐? 더구나 황후 일족은 모두 고려인이 아니더냐? 우리 한인이 몽고족에게 당한 것도 서러운데 이제는 고려인에게 천하를 내주어야 하는 형편이구나."

야선홀도는 한참 동안 고민하다가 한 가지 의견을 내놓았다.

"탈탈 대인을 한번 만나 뵙고 의견을 나누어 보시지요."

"탈탈을?"

"그 어르신이라면 명쾌한 해답을 주실 것입니다. 조정의 신망 또한 두터우니 그분의 의견이라면 다른 대신들도 두말없이 따르지 않겠습니까?"

"하지만 탈탈은 지금 반란군을 진압하기 위해 남방에 내려가 있지 않느냐?"

"직접 가서 그분을 만나고 오십시오. 전황을 직접 살펴보겠다는 명목으로 가시면 시간도 벌 수 있을 뿐 아니라, 대인의 고견도 들을 수 있지 않겠습니까?"

"역시 너는 내 아들이다."

태평은 아들의 의견에 감탄하며 그날로 남쪽으로 말을 몰았다.

4

소금을 실은 열 대의 마차가 한 소금가게 앞에 멈춰 섰다. 소금을 운반해온 장사치들은 날씨가 너무 추워 몸을 웅크린 채 가게 밖에서 기다렸으나 한참을 기다려도 주인은 나오지 않았다. 기다리다 못한 장사성(張士誠)이 가게 문을 거세게 두드렸다.

"이봐, 장사 안 할 거야?"

한참 후에야 가게 주인이 문을 빠끔이 열며 내다보았다. 당시 소금 거래는 조정에서 허가한 곳에서만 가능했다. 소금 가게 주인은 나라에 꼬박꼬박 세금을 내고, 평소 관리들에게 뇌물을 주어야만 가게를 유지할 수 있었다. 가게 주인은 소금을 생산한 업자들로부터 소금을 매입하여 기 황후가 장악하고 있는 자정원에 넘기는 일을 맡아했다.

장사성은 몇 달 동안 소금을 넘겼으나 주인으로부터 소금 대금을 받지 못하고 있었다. 오늘은 그 돈을 받기 위해 찾아온 것이다.
 "전에 가져간 소금 값이라도 주셔야 입에 풀칠을 할 게 아닙니까?"
 "자정원에서 돈을 주지 않는데 난들 어떻게 돈을 내줄 수 있겠나?"
 다급한 장사성은 주인의 옷자락을 붙잡고 매달렸다.
 "그렇다면 동전 몇 닢이라도 주십쇼. 그래야 함께 온 아우들의 배라도 채울 게 아닙니까?"
 "창고엔 소금이 터지도록 차 있으니 소금으로 돌려받든가 알아서 하게. 지금은 내줄 돈이 없네."
 그러자 장사성을 따르던 이백승(李伯升)이 소리치며 가게 주인의 멱살을 붙잡았다.
 "관리들에게 바칠 돈은 있고, 우리에게 줄 물건값은 없다 이 말이지?"
 함께 온 사람들의 입에서 동시에 원성이 터져 나오자 주인은 안으로 들어가 지정지폐(至正紙幣) 한 뭉치를 들고 나왔다.
 "정 굶어죽게 생겼으면 이것이라도 가져가든가."
 하지만 사람들은 시큰둥했다. 참의 가노가 황하의 제방을 수리하면서 비용을 조달하기 위해 엄청나게 지폐를 찍어냈기 때문에 지폐의 가치가 많이 떨어져 제 구실을 못했다. 동행한 서의(徐義)가 버럭 소리를 내질렀다.
 "이걸 어느 짝에 쓰라는 거요? 한 자루를 눌러 담아봤자 쌀 한 되도 못 사는걸."
 그는 지폐를 뿌리쳤다. 그들이 옥신각신하는 걸 유심히 지켜보던 조정의 관리가 그 장면을 보고는 얼른 달려왔다.

"조정에서 발행한 지폐를 감히 폄하하다니, 이것들이 간이 배 밖에 나왔구나!"

관리가 신호를 보내자 관병 몇 명이 우르르 달려와 쇠사슬을 장사성의 목에 매려했다. 장사성은 반사적으로 몸을 피해서는 거칠게 쇠사슬을 낚아채었다. 그리고는 관병의 가슴팍에 힘껏 던져버렸다.

"아악!"

비명소리와 함께 관병은 입에서 선지피를 쏟으며 푹 고꾸라졌다. 관병은 넘어질 때의 충격으로 머리를 다쳐 그 자리에서 죽고 말았다.

"감히 관병을 죽이다니! 이놈들 모두 반역자가 아니냐?"

나머지 관병들이 칼을 꺼내 장사성을 위협했다. 장사성과 그의 무리들은 이에 맞서 쇠사슬을 휘둘러댔다. 장사성의 무리가 훨씬 많았으므로 단번에 관병을 제압하고는 내처 소금 가게를 덮쳤다.

"네 이놈, 원나라 관리의 주구가 되어 우리들의 피를 빨아먹었겠다?"

그들은 소금을 다 헤집어 놓고는 가게의 돈을 몽땅 털어 달아났. 다음 날 그들에게는 수배령이 내려졌다. 관군이 쏟아져 나와 주위를 샅샅이 수색하는 것을 보며 서의가 결기어린 표정으로 말했다.

"이 좁은 데서 조정의 체포령을 피하긴 힘들 것입니다. 이리저리 숨어 다니느니 정정당당하게 정면에 나서는 게 어떻습니까? 우리 모두 뜻을 모은다면 그깟 관군쯤은 아무것도 아니지요."

이백승도 그 말에 찬동하고 나섰다.

"까짓 한 번 죽지 두 번 죽겠습니까? 여기 모인 우리 형제들만 힘을 모아도 무서울 게 없습니다. 천하가 어지러워 곳곳에서 홍건군이 일어나고 있답니다. 우리도 거기에 호응하여 큰일을 한번 도모해 봅시다, 형님."

듣고만 있던 장사성은 한참 동안 생각하다가 고개를 끄덕였다.

"이미 우리는 관군의 수배를 받고 있으니 잡히게 되면 어차피 죽게 될 몸. 그 전에 큰일이나 한번 펼쳐보자꾸나. 전국 곳곳을 반란군이 접수하고 있는데 우리라고 못할 것 없지. 아무려면 관리들만 못할까! 용맹한 군사를 길러 성을 접수하고 덕을 베풀면 마땅히 천하도 품어 볼 수 있을 것이야."

소금장수들은 모두 무릎을 꿇고 장사성에게 충성을 맹세했다. 반원(反元)의 기치를 들고 큰일을 하겠다고 서로 다짐하며 일어서니 같은 처지에 있는 가난한 소금장수들이 소식을 듣고 너도나도 가세했다. 덕분에 며칠 지나지 않아 장사성의 세력은 몇 백 명을 헤아리기에 이르렀다. 이곳은 소금 장수들의 집단 거주지여서 돈을 모으기도 쉬웠다. 조정이 운영하는 소금 가게를 습격하여 돈과 재물을 모았고, 그것으로 여러 사람들을 쉽게 규합했다. 소금장수뿐 아니라 일반 백성들도 그들이 베푸는 재물을 얻으려고 모여드니 그 수가 금세 일만을 넘었다.

장사성은 이들을 훈련시켜 군대를 만들고는 근처 태주성(泰州省)를 공략했다. 태주성의 저항은 거세었지만 이들의 기세를 당할 순 없었다. 장사성의 동생 장사의(張士義) 무리가 표범처럼 성벽을 올라가 위에서 지키고 있던 관병들을 연거푸 찍어내는 사이, 장사성은 반란군을 인솔해 성 안으로 쳐들어가 성주를 죽이고 순식간에 성을 차지했다.

장사성이 이끄는 반란군이 승승장구하자 조정에서는 큰 걱정이었다. 장수들은 조정의 실세가 된 기 황후에게 찾아와 보고를 올렸다.

"속히 이들을 토벌하여 홍건적들의 위세를 꺾어놓아야 합니다."

하지만 기 황후의 생각은 달랐다.

"장사성이 점령하고 있는 곳은 상업적으로도, 군사적으로도 매우 중요한 요충지가 아니오? 태주는 양주에서 북으로 오는 대운하의 한 가운데에 있기 때문에 섣불리 토벌을 했다가는 근처 운하가 모조리 무너질 수가 있어요."

"그렇다고 적들을 그대로 놔둘 순 없지 않습니까?"

기 황후는 한참 동안 고심한 끝에 결정을 내렸다.

"우선은 전령을 보내 반란군을 우리 관군의 편으로 만들고, 그 지역의 관할권을 주는 게 어떻겠소? 일정한 권력을 주고 근처 홍건적을 토벌하게 하자는 겁니다."

기 황후는 이제를 장사성에게 보내어 귀순 의사를 물었다. 장사성은 이미 기 황후의 의도를 파악하고 있었다. 근처의 홍군과 교전을 벌이게 하여 두 마리 토끼를 모두 잡겠다는 계략을 꿰뚫어 보고는 거짓으로 귀순에 동의했다.

"원에 투신하여 황실을 위해 목숨을 바치겠나이다."

기 황후는 다시 이제를 장사성에게 보내 회북(淮北)으로 가서 조연(趙蓮)이 이끄는 홍건군을 토벌하고 오라는 명령을 내렸다. 그는 거짓 귀순한 것을 들키지 않기 위해 조연을 죽이고 흥화(興化)를 점령했다. 연이어 근처의 성을 차례로 정복하고 일대의 홍건군을 자신의 군사로 만들었다. 이전보다 훨씬 군세를 키운 그는 원나라를 두려워할 이유가 없었다. 원나라 조정에서는 그를 달래기 위해 만호(萬戶) 직을 수여했지만 장사성은 조정에서 보내온 사자를 죽이고 그 칼끝을 원의 조정에 겨눴다. 차례차례 원나라 영토를 점령한 그는 마침내 고우성(高郵城)을 점령하고 광대한 소북(蘇北) 지역을 호령하기에 이르렀다.

이 모든 상황을 전해들은 기 황후는 분함을 이기지 못해 주먹을 부르르 떨었다.

"감히 나를 능욕했겠다!"

소북 지역은 원나라 전체 소금의 반 이상을 생산하는 곳이었다. 원의 조정은 소금의 전매를 통해 국가의 재정을 조달했고, 이를 관리하는 곳이 바로 기 황후가 맡고 있는 자정원이었다.

"그 간사한 놈이 거짓으로 귀순을 하여 나를 감쪽같이 속였구나. 이대로 두고 볼 순 없다."

그녀는 즉시 탈탈에게 전령을 보냈다. 전령은 기 황후의 친서를 들고 탈탈에게 급히 내려갔다. 탈탈은 무릎을 꿇은 채 친서를 읽어내려갔다.

소북이 홍건적에게 넘어가면 강남 전체가 위험해질 수 있소.
그대는 지체 없이 소북으로 이동해 반란군을 격파하시오.

명을 받은 탈탈은 대군을 거느리고 소북으로 이동하며 반란군을 잇따라 격파했다. 싸움에 밀린 장사성의 홍건군은 탈탈의 철기병 앞에 숱한 사상자를 내고는 고우성 안으로 후퇴했다. 적은 진지전을 펼치며 장기전의 태세로 들어갔다. 그렇게 무려 넉 달 동안 오랜 소강상태가 이어지고 있었다.

이때 태평이 대도성에서 탈탈을 찾아왔다. 황제를 태상황으로 물러나게 하려는 기 황후의 재촉을 못 이겨 탈탈에게 의견을 묻기 위해서였다.

"좌승상께서 이 험한 곳까지 웬일이신가?"

태평은 기 황후를 만난 이야기와 지금의 황제를 태상황으로 물러나게 하자는 그녀의 말을 그대로 전했다. 듣고 난 탈탈은 심각한 표정으로 고개를 주억거렸다.

"자넨 내가 어떡했으면 좋겠나?"

"참으로 말하기가 곤란하네그려. 지금 황상 폐하를 물러나게 할 수는 없고, 그렇다고 나를 다시 불러주신 기 황후의 명을 거절할 수도 없고……."

"나도 어떻게 해야 할지 모르겠네. 자네의 고견을 듣고 싶어 여기까지 찾아온 것이야."

태평이 간절히 그의 뜻을 물었지만 탈탈은 끝내 답하지 않았다. 그는 황제와 기 황후 사이에 오랫동안 고심을 거듭했지만 결론을 내리지 못하고 그 대답을 유보했다. 자신은 지금 적을 앞에 두고 있는 장수가 아닌가? 조정에서의 권력다툼에 가급적 휘말리고 싶지 않은 게 솔직한 그의 심정이었다.

5

강녕전의 옥좌에 앉아 있는 공민왕에게 급보가 날아왔다. 강화도에 가 있던 그의 심복이 은밀히 왕에게 사람을 보낸 것이다. 소식을 들은 공민왕은 놀란 표정을 감추지 못했다.

"무엇이라? 조카가, 아니 전왕(前王)이 붕어했단 말이냐? 어떻게 붕어했다는 게냐?"

"누군가 독살을 한 것 같습니다. 아침에 기침이 늦어 문을 열어보니 입에서 피를 쏟아낸 채 승하하셨다 하더이다."

"이런 고약한지고!"

공민왕은 주먹을 꽉 쥔 채 어금니를 깨물었다. 분명 자신의 심복들 중에 누군가 과잉충성으로 전왕을 시해한 것이리라. 공민왕은 즉시 그자를 색출하여 처벌할 것을 명했다.

"내 전왕을 죽인 자를 반드시 잡아 왕실의 지엄함을 보일 것이니라."

그러자 옆에서 말없이 듣고만 있던 노국공주(魯國公主 ; 보탑실리)가 나서서 이를 말렸다.

"아니 되옵니다. 참으셔야 합니다."

"참으라니요? 전왕은 나의 조카이기도 합니다."

노국공주는 천천히 고개를 내젓고 있었다.

"전하께서 그렇게 하실수록 우린 기 황후의 잔꾀에 당하게 되옵니다."

"기 황후의 잔꾀라니요?"

"폐위된 왕은 원의 대도성으로 압송하는 게 관례였습니다. 하지만 기 황후는 전왕을 폐위하고는 대도성 대신 강화도로 유배 보냈습니다. 이는 우리를 곤경에 빠뜨리려는 수작입니다."

"무슨 말씀인지 모르겠구려. 자세히 말씀해주시오."

"전왕을 개경과 지척에 있는 강화도에 있게 하면 그를 따르는 무리들이 반란을 일으키며 폐하의 자리를 위협할 것입니다. 이를 막기 위해 전왕을 제거하게 되면 이번에는 조카를 죽인 폐륜 왕으로 몰아붙이겠지요. 이래저래 전하는 곤경에 처할 수밖에 없으시겠지요."

공민왕은 노국공주의 예리한 분석에 탄복했다. 하지만 이에 대처할 마땅한 계책이 떠오르지 않았다.

"그럼 나더러 어찌하란 말이오?"

"이 일은 조용히 처리하시어 전왕이 병으로 죽었다고 알리셔야 합니다."

공민왕은 노국공주의 말에 따라 전왕이 질병으로 승하했다고 알리고 민심을 수습하려 했다. 하지만 백성들 중에 이를 그대로 믿는 사람은 거의 없었다. 어린 조카를 쫓아내고 왕의 자리에 오른 공민왕이 후환을 없애기 위해 충정왕을 잔인하게 죽였다는 소문이 백성들 사이에 널리 퍼져나갔다.

공민왕은 이러한 흉흉한 민심을 수습하기 위해 그동안 설치만 하고 유명무실했던 전민변정도감(田民辨正都監)의 기능을 강화시켰다. 전민변정도감은 토지와 노비에 관한 행정을 정비하기 위하여 설치했던 특별 기구였다. 권세가에게 빼앗긴 백성들의 토지를 되돌려주고, 억울하게 노비가 된 자들의 신분을 회복시켜주자 서서히 백성들의 신망이 두터워지기 시작했다.

전민변정도감이 들어선 도첨의부(都僉議府)에는 수많은 백성들이 몰려들었다. 그들은 숱한 문제들을 가지고 찾아와 하소연했다. 눈물을 흘리기도 했고, 땅을 치고 통곡하면서 억울함을 하소연하는 자도 있었다. 변정도감을 맡은 이제현(李齊賢)은 공정한 일 처리로 백성들의 억울함을 해소해주었다.

하지만 변정도감의 기능에는 한계가 있었다. 권신이나 높은 지위를 차지하고 있는 친원파에 대해서는 제대로 손을 쓸 수 없었던 것이다. 고려에는 기철을 중심으로 친원파가 형성되어 조정을 장악하고 국왕의 자리까지 위협할 정도였다. 이들에게 억울한 피해를 당한 백성들의 고충은 제대로 해결할 수 없었다.

며칠 뒤, 경양부원군 노책의 집에서는 성대한 잔치가 열렸다. 노책의 딸이 기 황후의 며느리, 즉 원나라 황태자비로 책봉 받고 대도성에서 돌아오는 것을 기념하여 잔치를 열었던 것이다. 이 자리에는 고려의 궁중 무희들뿐만 아니라 왕실의 악공까지 불러와 여흥을 돋우게 했다. 잔칫상의 상석에는 덕성부원군 기철과 경양부원군 노책이 나란히 앉아 있었다. 이들은 서로 술잔을 나누며 화기애애한 분위기였다.

"축하합니다. 따님이 황태자비시니 조만간 천하의 아버지가 되실 것입니다."

"하하하. 그렇게 되나요? 이 모든 게 덕성부원군 덕분이십니다."

"이제 우리는 사돈지간이 되었군요. 힘을 합해서 이 나라를 바로 세워 봅시다그려."

"여부가 있겠습니까? 부원군께서는 황후의 오라버니가 되시고, 저는 황태자비의 아비이니 누가 감히 우리를 건드리겠습니까? 국왕이라도 어림없지요."

"그런데 국왕은 왜 이리 늦게 오는 겁니까?"

"그래도 명색이 국왕이지 않습니까? 체면을 위해 일부러 늦게 오는 거겠죠."

두 사람이 술잔을 나누는 사이, 밖에서 국왕 행차를 알리는 환관의 소리와 함께 공민왕이 들어왔다. 기철과 노책이 일어나 고개를 숙였다. 안으로 들면서 공민왕은 자신의 자리가 그들과 나란히 마련되어 있는 걸 보고는 미간을 찌푸렸다. 하지만 짐짓 모른 척하고는 그들 옆에 앉았다. 연회가 계속되면서 산대놀이와 처용무가 한 마당씩 펼쳐지며 희악(戱樂)이 어우러져 흥을 돋우었다. 왕 곁에 나란히 앉은 기철과 노책이 한껏 거드름을 피우며 구경하는 모습은 이미 신하의 본분을 잊은 듯했다.

그때 밖이 소란스럽더니 비명이 들리고 고함소리가 안에까지 들렸다. 기철이 사람을 보내 사정을 알아보라 했는데 한참 후에 들어온 것은 순군부(徇軍部)의 군사였다. 순군부는 왕의 직속기관으로 병마통수권(兵馬統帥權)을 관할하는 관청이었다.

"무슨 일로 밖이 저리 소란스러운 것이냐?"

"저희는 순군부의 군사이옵니다. 이 연회에 참석한 자 가운데 무단으로 사람을 죽이고 토지를 빼앗은 자가 있어 그를 포박하는 중이었습니다."

"무엇이라? 어서 그자를 놓아주어라."

"허나 그자는 전민변정도감에서도 조사를 받고 있는 자였습니다."

"네 이놈! 무슨 말이 그리 많으냐. 시키는 대로 하지 못할까?"

순군부 군사는 옆에 앉은 공민왕의 눈치를 살폈다. 공민왕은 미간을 찌푸릴 뿐 아무런 말도 하지 않았다. 이에 위세가 더해진 기철이 혀를 세차게 찼다.

"쯧쯧. 언제부터 변정도감이 무고한 백성을 잡아 가두는 곳으로 변했단 말인가!"

옆에 있던 노책도 거들었다.

"그러게 말입니다. 이건 우리 권신들보고 이 나라를 떠나 살란 말이나 다름없습니다그려."

더 이상 들을 수 없었던 공민왕은 얼굴을 붉히며 자리에서 일어났다. 하지만 아무런 말도 하지 못하고 그 자리를 피해 나오고 말았다. 등 뒤에서는 기철과 노책의 웃음소리가 커지고 있었다.

공민왕이 노책의 집에서 모욕을 당하고 왔다는 소식은 노국공주에게도 전해졌다. 공주는 왕의 편전에 찾아가 따지듯 물었다.

"어찌하여 권신들에게 그런 모욕을 당하신단 말입니까? 크게 호통 쳐서 왕실의 위엄을 보이셔야죠."

"난들 그러고 싶지 않겠소? 허나 기철은 누이가 황후이고, 노책은 황태자비의 아비가 아닙니까? 내가 어찌 그들과 겨룰 수 있단 말이오?"

자신 없는 공민왕에 비해 노국공주는 오히려 독기를 품고 있었다.

"제가 이 변방국 고려에 시집을 온 이유가 무엇인지 잘 아시지요? 전 고려를 부강하고 힘 있는 나라로 만들어 기 황후를 반드시 원에서 몰아낼 것입니다. 그 전에 먼저 기 황후의 일족부터 손을 봐야겠습니다."

공민왕은 아무런 대답 없이 그녀의 말을 묵묵히 듣고만 있었다.

6

원나라에서 급파된 사신이 말을 몰아 개경으로 달려오고 있었다.

그는 숨을 헐떡이며 황제의 칙서를 공민왕에게 전했다. 그 내용은 고려에게 원병을 청하는 것이었다.

당시 탈탈은 고우성을 장악한 장사성과 맞서고 있었다. 성을 포위한 채 공략할 날만 기다리고 있었던 것이다. 성 안에 주둔한 장사성의 군사력도 만만치 않아 여러 곳에서 반란군을 진압한 탈탈도 섣불리 공격에 나설 수 없었다. 하지만 장기전으로 간다면 탈탈에게 유리한 상황이 펼쳐질 것이다. 대치하는 날짜가 길어지면 성 안에 물과 식량이 바닥나 반란군의 사기와 전력이 크게 떨어질 수 있었다. 탈탈이 공격할 기회를 기다리고 있는 사이 인근에 있는 또 다른 반란군이 군사를 몰아왔다. 성안에 있는 장사성이 급히 밀지를 보내 다른 반란군을 부른 것이었다.

탈탈은 두 적을 맞아 싸우기엔 무리라고 판단하고 대도성에 급히 사람을 보내 원병을 청했다. 상황이 긴박하게 돌아가자 계급무계궁에서 나온 황제가 고려 사신 채하중(蔡河中)과 함께 고려에 사신을 보내 원병을 보내라고 명했다.

> 지금 상국은 반란군의 횡포가 남방을 휩쓸어 민생이 도탄에 빠지고, 황실의 안위가 심히 위태로운 상황이다. 고려왕 백안첩목아에게 바라노니, 천추를 다짐한 형제국의 의를 들어 즉시 군사를 내어 잔혹 무도한 반란군을 진압하는 데 일조할지어다.

공민왕은 어전에 모인 문무백관들 앞에서 황제의 칙서를 직접 읽어

주고는 대신들의 반응을 살폈다. 고려 역시 어린 두 전왕의 잇따른 실정과 함께 공민왕이 등극한 지 얼마 되지 않아 어수선한 상황이었다. 특히 남해 일대에 왜적의 침입이 잦아 그곳을 방비할 군사력도 모자라는 상황에서 원나라에 원군을 보내기는 매우 힘들었다.

이를 잘 알고 있는 신하들은 앞장서서 원병의 부당함을 성토하고 나섰다.

"군사 원조는 불가하옵니다. 우리 고려의 군사력 또한 극히 약한 상황이 아니옵니까? 만약 원으로 군사를 움직이신다면 남방의 왜적이 이 틈을 노릴 것이옵니다."

이를 듣고 있던 기철이 앞으로 나서며 호통을 쳤다.

"무슨 말씀을 그리 하시는 겁니까? 원나라는 우리 고려의 부마국이 아닙니까? 상국에서 오죽 답답했으면 우리에게 원군을 청하겠어요? 속히 군사를 보내어 원을 도와야 합니다."

옆에 있던 노책도 그를 도왔다.

"우리가 이번에 확실하게 보은을 해야 나중에 원의 보호를 받을 수 있습니다. 그렇지 않으면 홍건적이 우리를 침략해도 원에서 팔짱만 끼고 있을 수 있다 이 말입니다."

"우리가 원의 속국이라도 된단 말입니까? 보호는 무슨 보호란 말이오?"

"말조심하시오. 원이 없었다면 우리 고려도 없을 것이외다."

이처럼 원나라의 군사 요청을 놓고 신하들 사이에 치열한 논쟁이 벌어졌다. 논쟁은 친원파와 반원파 사이의 기 싸움으로 번져 자칫 분란의 조짐까지 보였다. 공민왕은 서둘러 회의를 마치고 원군 결정을 다음 날로 미루었다.

편전으로 든 공민왕은 깊은 고민에 빠졌다. 원군을 보낼 수도, 그렇다고 보내지 않을 수도 없는 상황이 아닌가? 원에서 온 사신은 속히 답을 듣기 위해 재촉하고 있었다. 어떡하든 내일까진 결정을 내려야 했다. 하지만 마땅한 답이 없어 고심에 고심을 거듭했다. 그때 은밀히 공민왕을 찾아온 자가 있었으니 바로 전대호군(前大護軍) 최영(催塋)이었다.

최영은 양광도(楊廣道) 도순문사(都巡問使) 휘하에 있으면서 수차례 왜구를 토벌하며 이름을 날렸다. 그 공을 인정받아 우달치(于達赤)가 되었으며 공민왕이 즉위하면서 신임을 받아 전대호군의 자리에까지 올랐다. 그 또한 이번 원군 요청에 대해 오랫동안 고심 끝에 한 가지 계책을 내어 공민왕에게 달려온 것이다.

"원은 곳곳에서 반란이 일어나고 있사옵니다. 그 기세가 심상치 않아 국운이 기울지도 모른다는 소리도 들립니다. 하지만 국경을 달리하여 그 실상을 바로 알기가 어려운 것도 사실입니다. 자고로 지피지기면 백전백승이라 하지 않았습니까? 저들의 요청을 받아들여 원병을 보내되, 내정을 확실히 살피고 오면 후일을 도모하는 계기가 될 것이옵니다."

듣고 있던 공민왕이 무릎을 쳤다.

"경의 말이 옳으오. 원에 출병을 하니 친원파의 반발을 잠재울 수 있을 것이고, 그 실상을 정탐하기 위한 것이라 설득하면 배원파들 또한 반대하지 않을 것이오."

다음 날 공민왕은 원나라에 출병할 것을 공식 선포했다. 물론 그에

앞서 배원파들을 은밀히 만나 원병의 목적을 자세히 설명해주었다.

　1354년 7월. 공민왕은 유탁(柳濯)·염제신(廉悌臣) 등 40여명의 장수와 군사 이천 명을 원나라에 보냈다. 물론 최영도 수하의 장수로 동행했다. 군사들은 급히 말을 몰아 한 달 만에 고우성에 도착했다.
　고려의 군사는 우선 단독으로 움직여 고우성 일대의 반란군과 맞서 싸웠다. 이들은 반란군이 협공하지 못하도록 예기를 꺾어놓은 다음 탈탈의 군사와 합류했다. 군사가 늘자 자신감을 얻은 탈탈은 공격을 서두르기로 했다. 그는 먼저 자신의 군사를 이끌고 성을 공격했지만 막심한 손실을 보고 말았다. 지대가 높은 데다 성 또한 견고하여 난공불락의 요새였던 것이다. 성벽 위에서 쉴 새 없이 날아오는 화살을 막아낼 재간이 없었다. 이 첫 싸움에서 죽은 자만해도 삼백 명이 넘었다. 그러자 최영이 탈탈을 찾아와 계책을 내놓았다.
　"요사이 날씨가 가물어 대지도 초목도 바싹 말라 있습니다. 그리고 풍향도 화공을 펼치기에 적절합니다."
　탈탈은 즉시 최영의 계책을 받아들여 고우성을 화공하기로 했다. 장사성의 군사들은 오랫동안 굶어 있어 태반이 지쳐 있었다. 자연히 사기도 떨어지고 군율도 해이해 진 터. 때마침 부는 북풍을 이용하여 원과 고려의 연합군이 고우성에 화공을 퍼붓자, 적진은 삽시간에 불길에 휩싸였다. 불에 타 죽은 자, 성 밑으로 떨어져 죽은 자, 칼과 활에 맞아 죽은 자가 무려 일만 명이 넘었다. 장사성의 대패였다.
　장사성은 호위 장군과 함께 육합성(六合城)으로 도망친 후 처자를 비롯한 측근들을 데리고 다시 회안성(淮安城)으로 피신했다. 최영의 군사들은 끝까지 그들을 쫓아갔다. 장사성의 군사는 성 안으로 들어간 후 성문을 굳게 닫은 채 나와 싸우려 하지 않았다. 성 안으로 들어가는 유일한 길은 협곡으로 이루어져 한 줄로 겨우 움직일 수 있을 정도로 좁았다.

상대가 난공불락의 성에 틀어박혀 수비를 굳건히 하고 성을 나오지 않는 이상 아무리 용맹한 군사라도 싸울 수 없는 노릇. 고우성처럼 화공하기에도 성벽이 너무 높아 사정거리를 벗어났다. 그동안 장사성은 근처 농민들을 반란군으로 소집해 놓고 있었다. 격문을 띄우지 않았는데도 반란 소식은 구전되어 한인들이 농기구로 만든 무기를 가지고 장사성에게 몰려들었다. 그들은 뒤쪽 산을 돌아 좁은 협곡으로 성에 들어갔다. 반란군은 오합지졸이긴 하지만 사기가 높은 데다 수적으로도 절대 우세했다. 더구나 상대는 근처의 지리를 잘 알아 기습을 할지도 모르는 상황이었다.

이에 최영은 군사를 내지 않고 진지전만 벌이고 있었다. 그러자 유탁이 다가와 싸움을 재촉했다.

"언제까지 기다리고만 있을 것이오? 속히 나가서 싸워야 될 게 아니오."

하지만 최영은 고개를 내젓기만 했다.

"저들은 죽기를 각오하고 싸우고 있는 반란군입니다. 섣불리 나섰다간 오히려 우리가 더 큰 피해를 입게 됩니다."

"우린 고려를 대표하여 출정한 군사들이오. 힘껏 싸워 고려의 위상을 세워야 할 게 아니오?"

"우리 땅을 지키는 것도 아닌데 무리하게 싸울 필요는 없지요."

최영은 섣불리 군사를 내지 않고 대기하면서 여러 장수를 보내 원나라 관군의 실정과 그 위세를 파악토록 했다. 곳곳에 흩어졌던 장수들이 속속 달려와 원군의 군사력을 전했다. 고려군은 반란군과 싸우는 게 아니라, 원의 관군과 맞설 듯이 그 실정을 정탐하고 있었던 것이다. 곳곳의 소식을 상세하게 전해들은 최영은 무릎을 치며 흡족한 표정을 지었다.

최영은 원에 대한 정보를 어느 정도 입수하고나자 군사를 움직였다. 그는 원나라 장수에게 한인들의 옷을 가져오라고 청했다. 고려의 군사들은 한인 농사꾼들이 입는 옷으로 갈아입고는 협곡을 향해 올라갔다.

"우린 육합성에서 온 농민들이오. 장사성 장군과 함께 싸우러 왔습니다."

그러자 반란군들이 경계를 늦추지 않은 채 성문을 조금 열고 그들이 행색을 자세히 살폈다. 말투와 얼굴 생김을 이상하게 여겼는지 곧장 성 안으로 들여보내지 않고 머뭇거리고 있는 사이 협곡 쪽에서 와아 하는 함성이 일었다. 농민들처럼 뒷산을 넘어와 바위굴에서 대기하고 있던 군사들이 곧 밀어닥쳤다. 이를 막으러 가는 반란군들을 한인 복색을 한 고려 군사들이 칼로 내쳤다. 곧이어 성문을 활짝 열자 고려 군사들이 물밀 듯이 성 안에 들어가 반란군을 진압했다.

반란군은 수적으로는 많았으나 대부분 농기구를 휘두르는 오합지졸들이었다. 무기라고는 낫과 괭이가 전부였다. 고려 군사들은 싸울 것도 없이 반란군을 물리치고 성을 완전히 점령했다. 장사성은 다시 후퇴하여 회안로(淮安路)로 달아났다. 최영의 군사들은 그들을 끝까지 추적하여 팔리장(八里庄)으로 유인한 뒤 전멸시켰다. 장사성은 겨우 목숨만 건진 채 혼자 몸으로 달아나 버렸다. 이리하여 장사성의 반란은 완전히 진압되었다. 고려의 군사들이 용맹스럽게 싸워 북방으로 진격해 오던 장사성의 군사를 전멸시킨 덕분에 탈탈은 구우와 서역, 토번으로 진격하여 승리를 얻을 수 있었다.

탈탈은 고려의 진지로 달려가 최영을 만났다.

"장군께서는 정말로 용맹하시구려. 장군이 지키는 한 고려는 어느 누구도 넘보지 못할 게요."

그렇게 격려하고는 탈탈은 군사를 이끌고 대도성에 입성했다.

최영 또한 군사를 이끌고 압록강을 건너 개경으로 돌아갔다. 처음 출정했던 군사가 이천 명이었으나 살아 돌아간 수는 천이백 명에 불과했다. 그만큼 치열한 전투였고, 고려 군사의 손실 또한 컸다. 하지만 최영은 귀중한 정보를 안고 공민왕을 알현했다. 공민왕은 최영이 무사히 돌아온 것을 치하하고는 원의 실태를 물었다.

"원나라의 군사들은 어떠하더냐?"

"보기보다 훨씬 약했사옵니다. 군사의 사기도 많이 떨어진 데다 반란군의 기세가 워낙 높아 제대로 대처하지 못하고 있더이다. 하지만 원에는 탈탈이라는 용맹한 장수가 있는데 그가 있는 한은 무시하지 못할 듯하옵니다."

"만약 그 탈탈이라는 자가 없다면?"

"그야말로 오합지졸이 되겠지요. 우리 군사는 원의 어느 군사와 싸워도 쉽게 이길 수 있을 것입니다."

공민왕은 의미심장한 표정으로 고개를 끄덕였다. 무엇보다 원나라의 군사력에 위축되어 기 황후 일족의 친원파에 꼼짝하지 못하던 그였다. 하지만 원의 군사력이 그리 약하다면 한번 도모할 만도 했다. 그는 특별히 최영에게 서북면병마부사(西北面兵馬副使)를 맡기고 북쪽의 군사를 조련케 했다. 조용히 힘을 기르며 때를 기다리기로 한 것이다.

7

한 달 전, 탈탈은 군사를 다시 몰아와 고우성 일대의 육합을 완전히 장악한 채 고우성을 완전히 포위했었다. 다급해진 장사성은 급히 수비 장수를 보내어 홍건군의 곽자흥에게 원군을 청한 적이 있었다.

"육합은 저주(滁州)의 동쪽에 있어 이 일대의 방파제입니다. 이곳이 함락되면 저주로 적이 몰려올 것입니다."

하지만 곽자흥은 이를 거부했다.

"장사성 무리는 우리 홍군과 다르다. 그들과는 아무런 의리가 없으니 우리가 구해줄 책임이 없다."

그러자 주원장이 이를 반대하고 나섰다. 그는 곽자흥을 설득하며 장사성을 구해줄 것을 청했다.

"옛말에도 입술이 없으면 이가 시린다고 하였습니다. 고우성이 온전히 관군에게 넘어가면 조만간 그 화가 우리에게도 미칠 것입니다."

그의 말에 일리가 있다 여긴 곽자흥이 응하기로 했다. 그러나 주원장이 군을 이끌고 다급히 고우성으로 달려갔지만 이미 때는 늦었다.

고우성은 최영이 이끄는 고려군의 화공에 시달리며 성벽이 뚫린 뒤였다. 장사성은 그의 심복들과 함께 겨우 몸만 피해 회안성으로 달아났지만, 또다시 최영의 고려군에게 대패하여 사방으로 흩어지고 말았다.

군사를 출동시킨 주원장은 싸움도 하지 않고 그대로 돌아올 순 없었다. 그는 휘하 두 장수를 불러 계책을 하나 주었다.

"너희들은 관군과 싸우다가 달아나는 척하여 우리가 매복하고 있는 골짜기로 적을 유인해라."

주원장의 명령대로 두 장수의 군사가 싸우다 후퇴하자 관군은 도망치는 홍건군의 부대를 추격해왔다. 관군이 골짜기 안으로 들어오자 주원장은 양쪽 산마루에서는 바위를 굴리고 화살을 쏘아부었다. 또한 남아 있던 장사성의 군사들도 북을 치며 칼을 빼들고 몰려나왔다. 혼비백산한 관군은 말과 무기를 버리고 달아났.

관군은 물러갔으나 주원장은 곰곰이 고민했다.

"적은 복병의 기습을 받아 일단 물러갔지만 대군을 이끌고 다시 쳐들어올지도 모른다. 그렇게 되면 이 성은 고립되어 구원군이 들어올 곳도 없다."

주원장은 노획한 말에 관군의 시체와 무기를 싣고 관군에게 돌려주었다. 관군은 무기가 반환되자 기뻐하며 그대로 철수해버렸다.

그동안 회안성에서 최영의 고려군에게 대패한 장사성은 반란군을 모아 비어 있는 고우성을 다시 공략했다. 막강한 최영의 군대가 없으니 그들은 쉽게 고우성을 다시 점령할 수 있었다. 이는 주원장의 도움이 절대적이었다.

이 소식을 들은 탈탈은 노발대발했다. 자신이 대도성으로 온 사이에 고우성을 다시 빼앗긴 것이 아닌가? 더구나 관군이 적의 함정에 빠져 대패하고 반란군에게서 무기를 돌려받았다니 참을 수 없었다. 탈탈은 다시 한번 황태자를 찾아가 출정을 윤허해 달라고 요청했다.

"적당들을 잠시라도 놔두었다가는 반란이 들불처럼 번져 국기를 흔들 수도 있사옵니다. 소인에게 적당들을 물리칠 기회를 주시옵소서."

황태자는 탈탈의 용맹에 탄복하며 그를 대원수로 임명하고 전장으로 보냈다. 이는 원나라의 모든 군권을 책임지는 총사령관이나 다름없었다. 군권을 완전히 장악한 그의 권세는 그야말로 하늘을 찌를 듯했다. 조정의 신하들과 백성들의 신임까지 단단히 받고 있으니 과거 당기세와 백안이 누리던 권세를 능가할 정도였다. 하지만 그를 못마땅하게 여기는 자가 아예 없는 건 아니었다. 바로 합마와 그의 동생 설설이었다. 합마는 기 황후가 견제하기 위해 그를 선정원사로 좌천시켰는데 이를 탈탈의 모함으로 여겨 그를 원수처럼 여기고 있었다.

설설은 합마를 찾아가 대책을 논의했다.

"언제까지 탈탈이 저렇게 승승장구하는 걸 형님께선 보고만 계실 겁니까? 그가 반란을 진압하고 조정에 들어오는 날에는 먼저 우리부터 손을 볼 것입니다."

"그는 지금 원나라 최고의 자리에 있다. 군권을 완전히 장악하고 황상과 백성들의 신임까지 단단히 받고 있는데 내가 어찌 그에게 대적할 수 있겠는가?"

"그렇다고 가만히 손을 놓고 있을 순 없지요."

"내게도 다 생각이 있다. 조금만 기다려 보거라. 적당한 계책을 만들어 놓았는데 그 때를 기다리고 있는 것이야. 우선은 황상의 마음부터 꼭 붙들어 매야지."

"그건 걱정하지 마십시오. 황상은 이번에 번승으로부터 새로운 방중술을 배워 여색을 탐하는 데 여념이 없습니다. 정사는 아예 잊게 될 것입니다."

황제가 계급무계궁에 빠져 있는 동안 전장의 상황은 더욱 악화되고 있었다. 각지에서 반란군들이 할거하며 스스로 왕이라 칭한 자만 해도 열네 명이 넘었다. 그 중 서수휘(徐壽輝)라는 자는 양자강 중류를 근거지로 세력을 도모하고 있었다. 그는 한산동과 유복통이 거느리던 홍건군의 주류가 멸망한 후 그들 잔당을 모아 스스로 황제라 칭하고 나라 이름을 천완국(天完國)이라 하였다.

이렇듯 각지에서 반란군들이 할거하며 스스로 왕이라 칭하니 전국은 혼란 그 자체였다. 자칫 나라 전체가 흔들릴 수도 있는 상황이었다.

황태자는 원나라의 군사를 개편하여 전시 체제로 바꾸기로 했다. 이 문제는 나라의 중대사인 만큼 황제의 허락을 받아야만 했다. 하지만 황제는 계급무계궁에서 나올 생각을 하지 않았다.

상황은 급박한데 여러 날을 기다려도 황제가 어전에 들지 않자 황태자는 계급무계궁으로 직접 찾아가기로 했다. 하지만 그는 입구에서부터 친위군에게 저지당했다. 계급무계궁을 출입하기 위해서는 반드시 황색 패를 착용해야만 했다. 이 패는 일종의 출입증으로 친위군과 시위, 태감이 각각 지키는 세 관문을 통과할 때 반드시 제시해야만 했다. 황태자는 궁문에서 친위군에게 저지당하자 버럭 소리를 내질렀다.

"내가 누군 줄 알고 감히 앞을 가로막는 게냐?"

"황색 패가 없으면 그 누구도 여길 통과시켜드릴 수 없사옵니다."

"난 황태자다. 황상 폐하를 뵈러 왔단 말이다."

"황공하옵니다. 하지만 황상 폐하의 지엄한 명이 있으신지라 저희들도 어쩔 수 없사옵니다."

"지금 꼭 황상 폐하를 뵈어야만 한다. 어서 비키지 못할까?"

끝내 친위군이 비켜서지 않자 두 사람 사이에 가벼운 실랑이가 벌어졌다. 밖의 소식을 들은 합마가 허겁지겁 달려왔다. 그는 윗옷도 입지 않은 채 바지만 겨우 꿰고 있었고, 얼굴은 벌겋게 상기된 채 땀으로 번질거리고 있었다. 교접의 쾌락을 누리다가 황태자가 찾아온 것을 전해 듣고는 급히 달려온 것이다. 황태자는 못마땅한 표정으로 그를 내려다보았다.

"아바마마를 직접 뵈어야겠소. 속히 안으로 안내하시오."

"황공하오나 이곳은 황태자 전하께서 드실 수가 없는 곳입니다."

"내가 들어갈 수 없는 곳도 있소이까?"

"황상 폐하의 분부가 계신지라……."

황태자는 얼굴을 붉히며 미간을 좁혔다.

"도대체 경은 언제까지 황상 폐하를 저렇게 놔두실 것이오? 지금 전국에서 반란이 일어나 사직이 위태한데 경의 불충이 너무 크질 않소이까?"

합마는 아무 말도 못하고 묵묵히 듣고만 있었다.

"오늘은 황상 폐하의 명이라 하니 내 그냥 돌아가오만 반드시 선정원사의 불충을 물을 것이오."

황태자는 날카로운 비수 같은 말을 쏟아놓고는 돌아섰다. 그의 뒤로 찬바람이 쌩쌩 불어 차가운 냉기가 일 정도였다. 뒤늦게 달려온 설설이 그 말을 전해 듣고 안절부절못했다.

"어떡합니까? 지금 조정의 전권은 황태자에게 있는데, 황위에 오르기라도 하면 우린 끝장이 아닙니까?"

합마도 고개를 끄덕이며 사태의 심각성을 실감하고 있었다.

"우린 두 적과 싸워야만 한다. 탈탈을 내쳐야 하고 동시에 황태자의 환심 또한 사두어야 해. 황태자를 아예 내칠 순 없지 않느냐?"

"어느 하나도 만만치 않으니 답답한 거 아닙니까?"

"이를 한꺼번에 해결할 계책이 있긴 한데……."

"그게 무엇입니까?"

"이 계책을 쓰면 두 마리 토끼를 동시에 잡을 수 있을 것이야."

설설이 답답한 듯 자신의 가슴을 쳤다.

"도대체 어떤 계책인지 속 시원히 말씀해 주시구려."

합마가 은밀한 목소리로 전해주었다. 듣고 난 설설이 무릎을 치며 탄성을 내질렀다.

"오호라! 그렇게 하면 되겠군요."

"넌 속히 조정에 소문을 퍼뜨려라. 그러면 기 황후가 먼저 날 찾게 될 것이야."

"알겠습니다, 형님."

설설은 얼른 계급무계궁을 나와 조정으로 달려갔다.

8

 따가운 햇살이 마치 화살을 쏟아 붓는 것처럼 내리쬐고 있었다. 몇 달 동안 비가 내리지 않아 주위는 건초더미처럼 말라 있었다. 대지가 바싹 말라 조금만 움직여도 누런 먼지가 풀풀 날렸다.
 탈탈은 군사들을 데리고 다시 고우성 지척에 진을 쳤다. 지척이라고 하나 화살이 닿기에는 먼 거리였다. 그는 고려의 원군까지 불러들여 탈환한 고우성을 다시 빼앗긴 게 너무나 분했다. 고려군과 함께 했을 때는 성을 쉽게 빼앗았지만, 원나라 단독으로 승전을 얻지 못한 게 안타까웠다. 은근히 고려의 군사와 비교되기도 했다. 생각다 못한 탈탈은 군사를 시켜 땅을 파기 시작했다. 한참을 파 들어가던 군사들이 소리쳤다.
 "드디어 찾았습니다."
 탈탈이 달려가 보니 땅 속에서 물이 솟아나고 있었다.
 "큰 돌을 내려 보내 물줄기를 막아라."
 그는 성 안으로 흐르는 수맥을 차단시키고 물줄기를 고우성 앞에 주둔한 탈탈의 진지로 끌어들였다. 그날 오후 탈탈의 군사들은 고우성의 반란군이 보는 앞에서 그 물을 퍼 올려 목욕을 했다. 끊임없이 솟아나는 물을 퍼내 말의 몸도 씻어 주었다. 이를 지켜보는 성안의 반란군들은 입을 벌린 채 마른침만 삼킬 뿐이었다. 진지로 돌아온 탈탈은 느긋한 표정이었다.
 "이틀만 지나면 군사들은 목이 말라 지쳐 있을 것이다. 그때 쳐들어가면 쉽게 이길 수 있다."

"그전에 목이 말라 저들이 먼저 항복해올 것입니다."

탈탈은 바야흐로 승리를 눈앞에 두고 있었다. 그때 도성에서 급한 전갈이 왔다. 조정에는 탈탈을 흠모하며 따르는 신하들이 많았다. 그 중 한 신하가 급히 사람을 보내와 조정의 상황을 알려온 것이다.

일주일 전, 조정에는 이상한 소문이 나돌았다. 황제가 태상황으로 물러나지는 않을 것이며 황태자는 황위에 절대 오를 수 없다는 소문이었다. 이 소문은 기 황후를 바짝 긴장하게 만들었다. 그녀는 박불화에게 소문의 진상을 알아보도록 했다. 다음 날 박불화는 기 황후에게 달려왔다.

"선정원사 합마가 소문의 장본인이었습니다."

"속히 그를 내 앞으로 데려오너라."

박불화가 찾아오자 합마는 속으로 쾌재를 불렀다. 자신의 계책대로 일이 착착 진행되고 있는 것이다. 기 황후는 평소 합마를 못마땅하게 여기고 있었다. 하지만 황태자와 관련된 일이니 그런 개인적인 감정은 잠시 접어 두고 물었다.

"황상께오서 태상황으로 물러나지 않는 이유를 그대가 안다고 들었는데 사실이오?"

"그러하옵니다."

"무슨 일로 그러하답니까?"

"이 일은 소인이 은밀하게 들은 이야기나 황후 마마께서 물으시니 말씀드리지 않을 수 없군요."

합마는 일부러 주위를 휘둘러보는 척했다. 워낙 중요한 이야기라

쉽게 해줄 수 없다는 자세였다.

"소인은 진작부터 황제 폐하께 황태자 전하께 황위를 선양하시도록 주청했지만 소신의 주청을 번번이 막는 자가 있었습니다. 황상 폐하의 신임을 받고 있는 그 자가 워낙 반대를 하는지라……."

합마는 답답할 만큼 뜸을 들이고 있었다.

"도대체 그 자가 누구인지 빨리 말씀 좀 해보시구려."

합마는 다시 신중한 목소리로 천천히 말했다.

"바로 전장에 나가 있는 탈탈이 강력히 반대하기 때문입니다. 그는 얼마 전에 자신을 찾아온 태평에게 황상께서는 절대 태상황으로 물러나셔서는 안 되며, 황태자 또한 황제에 오를 인물이 아니라는 뜻을 전했다고 합니다."

기 황후는 놀란 목소리로 되물었다.

"무엇이? 태평이 탈탈을 만났다는 겁니까?"

"두 사람은 매우 절친한 사이로 태평은 탈탈이 이르는 대로 행했던 것입니다. 다른 신하들도 탈탈의 권세를 잘 알기 때문에 그의 의견을 따르는 것이옵니다."

"이럴 수가……."

기 황후는 이제야 태평이 자신의 명을 거역하는 이유를 알 것 같았다. 하지만 이는 모두 사실과 달랐다. 태평은 기 황후의 부탁으로 고민 끝에 해결책을 찾기 위해 탈탈을 찾았던 것이며, 탈탈은 그에 대해 아무런 언급도 하지 않았다. 탈탈로서는 감숙성에 홀로 있을 때 자신을 불러준 기 황후를 배신할 수 없었던 것이다. 그런데도 합마는 두 사람이 만났다는 사실을 빌미로 탈탈을 모함하고 있었다. 기 황후의 명을 거역한 태평을 탈탈과 연결시키자 앞뒤로 말이 맞아떨어지는 것 같았다. 합마는 기 황후의 표정이 심하게 일그러지는 것을 보고는 말을 앞질렀다.

"더구나 탈탈은 지금 고우성을 점령한 장사성의 반란군을 진압하고 있지 않습니다. 성안의 적들은 매우 지쳐 있어 군을 대적할 수 없는 상황인데도 공격을 머뭇거리고만 있다 하옵니다. 그들과 내통하지 않고서는 있을 수 없는 일이옵니다."

합마는 탈탈에게 반란의 죄까지 덮어씌우고 있었다. 황태자의 문제로 이성을 잃은 기 황후에게는 그가 엮어낸 모든 모함이 사실로만 들렸다.

"대도성에 있기를 극구 거부하고 변방에만 나가 있는 것도 수상하지 않습니까? 그가 반란군과 내통하여 다른 야심을 품고 있는 게 분명하옵니다."

분노한 기 황후는 즉시 황태자를 찾아가 황제의 성지를 만들게 했다. 그리고는 잠시 편전에 든 황제가 술이 취한 틈을 이용해 재가를 받아냈다. 이 소식을 전해들은 탈탈은 놀라지 않을 수 없었다. 하지만 그는 성지의 온전한 내용은 알지 못했다.

"으음……."

탈탈은 조정의 심상치 않은 기운을 느끼고 옅은 신음을 내뱉었다. 그리고 얼마 후 황제의 성지를 받든 대신이 내려왔다. 중서평장정사 월활찰아(月濶察兒)와 합마의 동생인 집현학사 설설이 탈탈의 군영을 찾은 것이다. 설설은 탈탈 앞에서 성지를 꺼내들더니 한마디 덧붙였다.

"성지를 열고나면 곧바로 황제의 명을 받들어야 한다는 걸 유념하십시오."

 옆에 있던 참의 공백수(龔伯璲)가 나서며 탈탈을 말렸다.

 "열어보지 마옵소서. 적이 바로 코앞에 있사옵니다. 이틀 뒤에 장사성 일당을 물리치고 열어도 늦지 않을 것입니다."

 "무슨 소릴 하는 게요? 폐하의 명을 사사로이 늦추는 것 또한 대역죄에 해당된다는 걸 모르시오?"

 탈탈의 심복인 오대강(吳大强)도 반대했다.

 "제발 성지를 열지 마십시오. 누군가 대인을 모함하고 있을 겁니다. 여는 즉시 모든 게 끝장입니다."

 하지만 탈탈의 의지는 굳건했다.

 "황상 폐하의 신하인 내가 어찌 폐하의 명을 거역할 수 있겠는가?"

 그는 무릎을 꿇은 채 고개를 숙이며 성지를 받아 개봉했다.

> 탈탈은 지난 석 달 동안 군사만 지치게 하고 별다른 공을 세우지 못하고 있다. 기껏 점령한 고우성을 빼앗기고는 아직도 함락시키지 못하고 있을 뿐 아니라, 반란군과 내통하고 있다는 소문 또한 들리는 바, 짐은 탈탈의 모든 군권을 박탈하고 집내로(集乃路)로 유배 갈 것을 명하는 바이다.

 주위의 모든 군사들은 놀란 채 벌어진 입을 다물지 못했다. 탈탈이 반란을 꾀했다니? 모두들 어리둥절한 표정이었다. 그들은 이것이 모함이라는 걸 잘 알고 있었다. 모두들 얼굴이 붉어지며 흥분하기 시작했다. 하지만 탈탈은 무덤덤한 표정이었다. 그는 성지를 향해 절을 올린 후 설설에게 말했다.

"신이 미욱하여 반란군의 기세를 꺾지 못했습니다. 늘 죄책감을 가지고 있던 터에 소인의 짐을 덜어주시니 그저 황송할 따름이옵니다. 그동안 아껴주신 황상의 은혜를 뼈 속 깊이 간직하고, 소신 하명하신 대로 물러가겠사옵니다."

그의 말에는 원망의 기색이라고는 전혀 없었다. 주위에 있던 모든 군사들이 땅을 치며 통곡했다. 그들은 탈탈이 여태 고우성을 공격하지 않은 이유를 누구보다 잘 알고 있었다. 적의 기세를 꺾어 아군의 피해를 최소화시키기 위해 지연작전을 펼쳤던 것이다. 물길을 끊어놓았으니 성을 탈환하는 건 시간문제였다. 탈탈이 반란군과 내통했다는 사실을 믿는 자는 아무도 없었다. 이에 흥분한 부사 합자답(哈刺答)이 설설에게 매달렸다.

"이틀만 여유를 주시면 필시 적을 단숨에 무너뜨릴 수 있습니다."

"아니 되오. 탈탈 대인은 지금 즉시 유배지로 떠나야만 하오."

합자답이 몇 번을 더 부탁했지만 설설의 태도는 완강했다. 그러자 합자답은 칼을 빼들고 주위를 위협했다.

"장군이 떠나시면 우리는 필시 반란군에게 죽임을 당할 것이다. 차라리 장군 앞에서 죽는 게 낫지 않은가?"

월활찰아와 설설은 그의 서슬에 놀라 뒤로 물러섰다. 합자답은 칼끝을 자신에게 겨누고 누가 말릴 틈도 없이 목을 베어버렸다. 피가 분수처럼 솟아나며 육중한 합자답의 몸이 그 자리에서 꼬꾸라졌다. 이를 본 다른 장수도 저마다 칼을 빼들고 자결할 자세를 취했고, 장졸들도 마찬가지였다. 그러자 탈탈이 얼른 나섰다.

"나는 잠시 쉬러 가는 것일 뿐 조만간 황상께서 다시 불러 주실 것이다. 그러니 경거망동하지 마라. 너희가 자결을 하겠다면 먼저 내 목부터 베어버릴 것이야."

그러자 주위가 잠잠해졌다. 이때를 놓치지 않고 설설이 탈탈을 포박하고는 수레에 앉혔다. 수레가 앞으로 나아가자 수많은 장수와 군졸들이 통곡하며 그 뒤를 따랐다. 그 소리가 어찌나 컸던지 고우성 안에까지 들려왔다.

고우성 안, 성루에서 멀리 원나라 군의 동태를 감시하던 장수가 달려와 장사성에게 이 상황을 전했다.

"곡소리가 저토록 큰 것을 보니 저들의 장수 탈탈이 죽은 것 같습니다."

"우리를 유인하기 위해 거짓으로 죽은 척하는지도 모른다. 봐라, 저기에 장수기가 아직 걸려 있지 않느냐?"

"하지만 탈탈은 강직한 자로 그런 얕은 수를 쓸 자가 아니옵니다."

장사성은 고개를 끄덕였다.

"그렇다면 정탐꾼을 보내어 적진의 상황을 면밀히 살피게 하라."

장사성은 정예군 십여 명을 선발하여 몰래 탈탈의 진영에 보냈다. 그들은 탈탈이 군권을 박탈당하고 유배 길에 올랐다는 소식을 가져왔다. 장사성은 쾌재를 불렀다.

"탈탈이 없으면 적은 오합지졸이나 다름없다. 조만간 기습하여 저들을 싹 쓸어버릴 것이다."

9

 작은 가마 한 대가 은밀히 황궁 밖으로 빠져나가고 있었다. 앞뒤로 두 명의 교꾼이 들고 있는 작은 가마였다. 장식도 무늬도 없는 평범한 가마. 가마 앞에는 박불화가 말을 탄 채 앞장섰다.
 박불화는 문을 지키고 있는 장수를 찾아 몇 마디 이르고는 은밀히 대도성을 벗어났다. 가마는 황량한 들판과 초원을 지나 어느 작은 집 앞에 이르렀다. 가마가 멈추자 기 황후가 천천히 밖으로 나왔다. 그녀는 눈앞에 서 있는 집을 애처로운 시선으로 바라보았다. 집은 너무나 작고 볼품없었다. 방 한 칸에 조그만 부엌이 전부인 집은 금방이라도 쓰러질 듯 기둥이며 벽들이 모두 낡아 있었다. 기 황후는 자신도 모르게 눈물이 핑그르르 돌았다.
 이곳이 정작 오라버니가 사는 집이란 말인가?
 그녀는 주위를 둘러보았다.
 "최 태감은 어디에 있느냐?"
 "아마도 황후 마마께서 오신다는 소식을 듣고는 자리를 피한 듯하옵니다."
 "내가 온다고 했는데도 자리를 피했다?"
 "황후 마마께 누를 끼치지 않으려 그리 했을 것이옵니다."
 기 황후는 옅은 한숨을 내쉬며 천천히 집안으로 들어갔다. 방안에는 가재도구가 거의 없었다. 황토가 튀어나온 벽에 옷 몇 벌이 걸려있고, 방 가운데는 조그만 서안(書案)이 놓여 있을 뿐이었다. 기 황후는 우두커니 그 방에 서 있다가 벽에 걸린 최천수의 옷가지를 가만히 매만졌다. 그 모습을 지켜보던 박불화가 조용히 밖으로 나갔다. 그렇게 한참이 지나자 박불화가 밖에서 아뢰었다.

"황후 마마, 속히 황궁으로 떠나시지요. 주위의 이목이 두렵사옵니다."

기 황후는 한나절이 더 지나서야 밖으로 나왔다. 그녀는 안타까운 눈길로 최천수의 집을 다시 한번 훑어보고는 가마에 올랐다.

흥성궁에 들자 황제가 급히 부른다는 전갈이 와 있었다. 황제의 난데없는 부름에 기 황후는 급히 연춘각으로 향했다. 황제는 기 황후가 들자마자 다짜고짜 물었다.

"황후는 어디를 출행하신 게요?"

"어디를 출행하다니요?"

"아침 일찍 황궁을 나가 대도성 밖으로 나갔다지요?"

"폐하께서 그것을 어떻게?"

기 황후가 당황해하자 황제는 더욱 매섭게 몰아붙였다.

"혹, 예전에 수하에 두고 부리던 외팔이 환관을 만나고 온 건 아니오?"

기 황후의 대답이 없자 황제는 목소리를 더욱 높였다.

"어디 대답이나 들어봅시다."

"소첩, 그 자에게 두 번이나 목숨을 빚진지라 마음에 걸려서······."

황제의 입가엔 한 줄기 냉소가 흘렀다.

"그 자는 이제 환관이 아니라 여염의 남정네오. 황후가 그런 남정네를 사사로이 만나고 다닌 데서야 황실 체통이 서겠소?"

"폐하······."

"황후라는 신분을 잊지 말고 자중하시오. 황후를 지켜보는 눈이 많다는 것을 항상 염두에 두고 처신하구려."

흥성궁으로 돌아온 기 황후는 양쪽 볼을 실룩이며 얼굴을 붉혔다.

"이 일을 누가 감히 황상께 고한 것이냐?"

박불화도 그걸 몰라 고개를 갸웃거리고 있었다.

"소인이 한번 알아보겠나이다."

그렇게 말해놓고 슬쩍 화제를 돌렸다.

"그나저나 황후 마마, 일이 심상치 않게 돌아가고 있사옵니다."

"일이 심상치 않게 돌아가다니?"

"탈탈이 유배지로 떠났다는 소식이 대도성 전체에 자자하옵니다. 황후 마마께서 내쳤다는 소문이 항간에 떠돈다고 하옵니다."

"그런 소문 따위에 연연할 필요는 없다. 황태자의 앞길에 걸림돌이 되는 자라면 그 누구도 무사치 못할 것이야."

탈탈은 아주 변방인 집내로로 옮겨졌다. 그는 저항하지 않고 순순히 황제의 명을 따랐으며, 따라오겠다는 군사들을 단호히 물리쳤다. 하지만 탈탈을 내친 합마는 여전히 불안했다. 황제가 다시 탈탈을 기용할지도 모른다는 두려움에 또 한 장의 상소를 올렸다. 죄를 지었으면 그에 상응하는 벌을 받아야 한다는 것이었다. 탈탈은 또다시 운남(雲南)의 진서로(鎭西路)로 유배되었고, 그의 동생 야선첩목아(也先帖木兒)까지 관직을 박탈당해 조문(碉問)으로 쫓겨났다. 물론 이 모든 일은 황제 대신 황태자가 주도한 것이었고, 황태자 뒤에는 기 황후가 있었다.

기 황후는 황태자의 앞길을 막는 자라면 그 누구도 가만 두지 않을 기세였다. 합마와 설설은 이를 잘 이용해 정적인 탈탈을 제거하는 동시에 기 황후의 환심을 사는 데까지 성공할 수 있었다. 그리고 마침내 합마는 조정을 장악하는 데에도 성공했다. 좌승상 태평을 몰아내고 그 자리를 차지했고, 그의 동생 설설도 복수(福壽)가 맡고 있던 어사대부에 임명되었다.

설설은 좌승상이 된 그의 형 합마에게 축하의 말을 전했다.

"이제 조정은 온전히 우리 차지가 되었습니다."

"황태자가 황제의 자리에 오른다 해도 우리에 대한 신임은 변하지 않을 것이야."

"황상이 계급무계궁에 빠져 있든 황태자께서 황제에 오르든, 어떠한 상황에서도 우리의 지위는 흔들리지 않을 것입니다."

그들 두 형제가 조정을 장악한 사이, 변방의 동향은 더욱 심각한 지경에 이르고 있었다. 거의 패전 위기에 몰려 있던 고우성의 장사성이 탈탈이 없는 것을 알고 원군을 선제공격했다. 장수를 잃은 원군은 우왕좌왕하며 도망가기에 바빴고, 근처의 주원장이 이끄는 홍건적까지 가세해 모조리 전멸 당하고 말았다. 고우성을 지키는 것은 물론이고, 그 기세를 몰아 장사성은 소주(蘇州)를 점령하고 호주, 송강, 상주를 잇따라 장악한 뒤에 거점을 소주로 옮겼다. 소주를 차지한 장사성은 의욕적인 정치를 펼쳐 수리사업과 개간에 힘을 기울이고, 백성들의 세금을 면제하는 등 선정을 베풀자 소주는 지상 천국이라는 소문이 널리 퍼졌다. 소문을 들은 많은 백성과 반란군들은 소주로 몰려와 원나라를 심각하게 위협했다.

이뿐 아니라, 탈탈을 따르던 장수와 병사들은 덕망 높은 대장군이 황실의 버림을 받아 유배지로 떠나는 것을 목격하고는 원군에서 이탈해 한림아와 합세하면서 토벌군이 돌연 반군으로 바뀌기도 했다. 살살에 대항했던 오대강도 탈탈이 쫓겨난 것에 실망하고는 장사성 휘하로 들어가 반란군에 가담했다. 그는 철갑오(鐵甲吳)라고 이름을 바꿔 활약하며 전투마다 승리를 거두었다. 뿐만 아니라 과거 함께 활동하던 원군 장수들을 회유하여 반란군에 끌어들이기도 했다. 이처럼 전장은 누가 반란군이고 진압군인지 구분 못할 정도로 갈수록 혼란에 빠져들었다.

이런 변방의 전황을 보고 받은 황태자는 걱정되지 않을 수 없었다. 탈탈까지 유배 보낸 상황에서 반란군을 진압할 장수는 이제 조정에 아무도 없었다. 황태자는 기 황후 앞에서도 한숨을 쉬며 앞날을 걱정했다.

"반란군을 진압할 장수는 역시 탈탈밖에 없사온데, 너무 경솔하게 징벌한 듯하옵니다."

기 황후도 고개를 끄덕였다.

"나도 그 점은 인정합니다. 그래 탈탈은 지금 어디에 있다 합니까?"

"운남의 진서로에 있습니다."

"잘 지내고 있다고 합니까?"

"무탈하게 잘 있으며 아주 검소한 생활을 하고 있다 합니다."

기 황후가 낮게 고개를 끄덕이며 아쉬운 표정을 지었다.

"그에게 자숙할 시간을 조금 준 후에 불러들이도록 해야겠습니다. 그냥 내치기엔 너무 아까운 인물이니……."

기 황후와 황태자의 대화 내용은 곧장 합마의 귀에까지 들어갔다.

"황후께서 조만간 탈탈을 부르시겠다는 게냐?"

"그러하옵니다. 제 귀로 똑똑히 들었습니다."

합마가 심어둔 흥성궁의 환관 하나가 들은 이야기를 그대로 전해주자, 합마는 초조함을 감출 수 없었다. 그는 동생 설설을 불러 이 일을 의논했다.

"탈탈이 복귀하면 우리가 이 일을 꾸민 걸 그도 알게 될 것이야."

"우리를 가만 놔두지 않겠지요?"

"황상을 직접 찾아가 독대할지도 모르는 일이야."

"이대로 놔둘 순 없어요. 무슨 조치를 취해야 합니다."

"무슨 계책이라도 있는 건가?"

"계책이랄 게 있습니까? 오직 한 가지 방법뿐. 이제 그를 없애는 수밖에 없습니다."

"우리가 어찌 그를 함부로 죽일 수 있단 말이냐?"

"물론 우리가 죽일 순 없소. 하지만 탈탈을 죽일 수 있는 사람이 딱 한 사람 있지 않습니까?"

"딱 한 사람이라면?"

합마가 놀란 표정을 짓자 설설이 고개를 끄덕이며 답했다. 합마의 얼굴이 더욱 굳어졌다.

"만약에 발각되기라도 하는 날엔 목숨이 열 개라도 감당하지 못할 것이야."

"우리가 탈탈에게 당하는 것보다야 낫지 않겠습니까?"

합마도 할 수 없이 설설의 뜻에 따르기로 했다. 두 사람은 죽을 각오를 하고 일을 진행했다. 그들은 신중에 또 신중을 기해 사람을 하나 선발했다.

10

"왜 이리 잠을 못 이루는 것이옵니까?"

부인은 밤새 잠을 못 이루고 뒤척이는 승세준을 안타깝게 바라보고 있었다. 어사중승(御史中丞) 승세준(勝世俊)은 합마의 심복이었지만 의기가 곧고 양심이 있는 인물이었다.

"내일 일찍 흠차대신(欽差大臣)의 자격으로 변방에 가신다 하지 않았습니까? 먼 길입니다. 일찍 주무셔야지요."

하지만 승세준은 잠을 이룰 수 없었다. 일어나 앉아 불을 켠 채 한숨만 내쉬었다.

"무슨 고민이라도 있으세요?"

승세준은 한참 동안 망설이다가 입을 열었다.

"내일 내가 어디에 가는지 아시오?"

부인이 고개를 내젓자 승세준이 말문을 이었다.

"내일 황상 폐하의 성지를 받들고 운남의 진서로에 갑니다."

"운남의 진서로라면, 탈탈 대인이 머물고 계신 곳이 아닙니까?"

"그렇소. 대인에게 죄를 물어 자살케 하라는 성지를 받들고 가는 겁니다."

부인은 벌어진 입을 다물지 못한 채 손사래를 쳤다.

"황상께서 그런 밀지를 내리실 리가 없습니다. 황상께오선 탈탈 대인을 매우 아끼고 있지 않습니까? 기 황후 마마와 황태자 전하 또한 그를 높이 평가하고 있어요."

"그래서 내가 괴로운 것이오. 이는 분명 좌승상 합마 대인이 성지를 조작한 게 분명한데도 그 명에 따를 수밖에 없단 말이오."

승세준은 깊이 탄식을 하며 괴로운 표정이었다. 하지만 합마의 명을 거절하면 자신뿐만 아니라 가족까지도 무사치 못할 게 분명했다. 그는 밤을 꼬박 새우고는 이른 새벽에 군사를 데리고 진서로로 출발했다.

승세준의 부인은 며칠 동안 고민하다가 이를 태평에게 알리기로 했다. 그녀는 평소 탈탈의 인품과 성정을 흠모했던 바, 그를 죽게 내버려 둘 수 없었다. 이를 전해들은 태평은 놀라움을 금치 못했다. 그는 진서로로 출발하기 위해 서둘렀다. 하지만 승세준이 출발한 것은 이틀 전. 부지런히 달리지 않으면 탈탈의 목숨이 위태로울 것이었다. 태평은 승세준의 부인과 몇몇 심복을 데리고 잘 달리기로 유명한 한혈마(寒血馬)를 나눠 타고 채찍을 휘두르며 출발했다. 부지런히 달린 덕분에 일행은 닷새 만에 진서로에 도착할 수 있었다.

멀리 두 칸짜리 초가가 시야에 들어왔다. 지붕을 풀로 엮어 이은 집은 산언덕에 자리 잡아 미세한 바람에도 흔들리고 있었다. 저렇듯 초라하기 짝이 없는 곳에 대원 제국 최고의 장수가 살고 있다고 생각하니 태평의 눈시울이 저절로 적셔졌다.

"다행히 우리가 흠차대신보다 빨리 온 것 같습니다."

주위에는 누가 찾아온 흔적이라곤 없었다. 일행은 초가로 달려가 문을 열었다.

"승상 나으리!"

집안에서는 아무런 대답이 없었다. 괴괴한 정적을 깨며 방문을 연 태평은 너무 놀라 뒤로 자빠지고 말았다. 곧이어 그는 옅은 비명을 내질렀다. 탈탈이 천장의 대들보에 묶인 하얀 명주끈에 목을 걸고 늘어져 있었다. 죽은 지 오래 되었는지 몸은 굳어 있었고, 두 눈을 치켜뜬 채 위를 향하고 있었다.

"이럴 수가……."

이를 본 승세준의 부인도 탄식하며 그 자리에 주저앉고 말았다. 그녀는 겨우 정신을 차려 밖으로 나오다가 또 한번 놀라 넘어졌다. 처마 밑에 또 한 명의 시체가 목을 매고 있는데 바로 자신의 남편 승세준이었던 것이다. 그는 탈탈을 자결케 한 후에 죄책감을 이기지 못하고 같이 목을 맨 것이었다. 그들은 탈탈의 시체를 거두어 장사지냈다. 시대의 영웅이며 충성심 강했던 탈탈은 그렇게 세상을 떠나고 말았던 것이다.

탈탈은 원나라 말기 그 누구와도 비교할 수 없는 불세출의 영웅이었다. 그가 이룬 업적은 말로 설명할 수 없을 정도였다. 과거제도를 복원하여 원나라의 통합에 일조했고, 억울한 누명을 쓴 자들을 풀어주어 백성들의 신망을 톡톡히 얻었다. 뿐만 아니라 송, 요, 금 3사(三史)의 편찬을 주재하여 야만족이라 괄시받던 원을 문명의 반열에 올려놓기도 했다. 무엇보다 컸던 탈탈의 공적은 각지에서 일어난 반란을 효율적으로 진압했다는 것이다. 그는 문관이기 이전에 장수로 이름을 날려, 반란군들은 그의 이름만 들어도 벌벌 떨며 물러날 정도였다.

이런 탈탈을 잃게 되었으니 조정으로서는 막대한 손실이 아닐 수 없었다. 그의 사망 소식을 들은 온 백성들이 땅을 치고 통곡했으며, 탈탈의 무덤에 참배하기 위해 각지에서 몰려오는 사람들로 진서로 일대는 북새통을 이루었다.

　조정에도 이 소식이 알려지자 누구보다 놀란 사람은 바로 기 황후였다.

　"탈탈이 죽다니? 무슨 일로 죽은 게냐?"

　그녀는 박불화를 불러 진상을 묻고 있었다.

　"자결했다고 합니다."

　"탈탈 같은 호인이 자결을 해? 있을 수 없는 일이다."

　"사실은 그게 저……."

　박불화는 말끝을 흐리며 망설였다.

　"탈탈이 무슨 이유로 죽었는지 알고 있구나. 어서 말해 보거라."

　"어사중승 승세준이 황상 폐하의 성지를 받들고, 탈탈이 있는 진서로에 내려갔다 하옵니다."

　"내가 모르고 있는 성지가 어디 있느냐?"

　"아마도 누군가 성지를 위조한 것 같사옵니다. 하온데 승세준이라는 자는 합마의 심복이라 하옵니다."

　"그렇다면 합마가 황상의 성지를 위조하여 탈탈을 자결케 했단 말이냐?"

　"아마도 그러한 것 같사옵니다."

　"이런 고이얀……."

　기 황후는 핏발선 눈을 동그랗게 뜬 채 정면을 노려보고 있었다. 그녀의 얼굴 위로 차가운 냉기가 흘렀다. 한참 동안 미동도 없이 앉아 있던 그녀는 크게 탄식을 토했다.

　"내가 큰 실수를 하였구나!"

기 황후 또한 탈탈의 의기와 인품을 높이 평가하고 있었다. 그는 사심이 없으며 나라와 황제에 대한 충성심도 대단했다. 조정의 높은 관직까지 버려두고 전장에 나갈 정도로 우직하고 강직한 장수이기도 했다. 그녀는 탈탈의 신망이 너무 높아지자 이를 견제하기 위해 합마를 이용했을 뿐이었다. 그런데 합마는 견제에 그치지 않고 아예 그를 제거해버렸다. 탈탈이 없는 원나라는 상상하기도 어렵다는 걸 기 황후는 잘 알고 있었다. 탈탈은 자신의 숙부까지도 내칠 정도로 대의에 충실한 자였고, 조정의 모든 신하들로부터 두루 신임을 받고 있었다. 그가 진행해온 각종 개혁 정책은 백성들로부터 열렬한 지지를 받기도 했다. 각지에서 일어난 반란군을 제압할 수 있는 자 역시 탈탈밖에 없었다. 그런 탈탈이 죽었으니 앞으로 원나라엔 크나큰 시련이 닥칠 수도 있었다.

그녀는 자신의 경솔함이 새삼 후회스러웠다. 의기가 곧고 충직한 탈탈을 완전히 신뢰하지 못하고 합마를 이용했던 게 결정적인 실수였다. 합마가 탈탈을 제거할 정도로 야심이 클지는 몰랐다. 그녀의 눈빛은 이제 깊은 상실감에 빠져 초점도 표정도 없이 서늘한 기운을 내뿜었다.

"참의중서성사는 속히 합마를 대령시키라, 그 동생 설설도 한 패일 테니 두 사람을 함께 대령케 하라."

이내 합마와 설설이 기 황후 앞에 섰다. 두 사람은 탈탈을 제거하는 데만 마음이 급한 나머지 앞뒤 없이 일을 저지른지라 그의 죽음에 나라 안팎 백성들까지 대대적으로 애도하며 큰 소란이 일어날 줄은 생각지 못했다. 기 황후가 부른 것도 그 때문인 걸 알기에 두 사람은 두

러운 마음으로 덜덜 떨고 있었다.

"너희들이 황상 폐하의 성지를 위조해 탈탈을 자결케 했느냐?"

"아니옵니다. 저희는 다만……."

"내 모든 걸 다 알고 묻는 것이니 그나마 목숨을 구하고 싶거든 한 치의 거짓도 보태지 말고 이실직고해야 할 것이야. 어사중승 승세준에게 보낸 성지는 너희가 위조한 것이 틀림없으렷다?"

두 사람은 얼굴빛이 사색이 되어 답변을 못하고 머뭇거렸다. 성지를 위조한 죄나 대신을 제거한 죄나 중벌을 면하기는 어려웠다.

"실토하지 않는 것을 보니 죄를 자인하는 게로구나. 신하된 자가 감히 성지를 위조했으니 이는 폐하를 능멸하는 죄를 지었고, 불세출의 충신을 자결케 했으니 원 제국의 사직을 위험에 빠트리는 불충을 저질렀다. 너희는 이 죄 값을 목숨으로 갚으라."

서릿발 같은 기 황후의 명이 내리자 두 사람은 그 자리에 머리를 조아리고 바짝 꿇어 엎드렸다.

"굽어 살피소서, 황후 마마. 소인들은 그저 황후 마마와 황태자 전하를 위해 그리 했을 뿐이옵니다. 목숨만은 살펴 주시옵소서, 황후 마마."

기 황후의 얼굴은 얼음처럼 차갑게 굳어 있었다. 그러나 두 사람이 황태자의 앞날을 염려해 그런 일도 마다하지 않았다는 말을 듣자 기 황후는 마음이 흔들렸다. 그녀는 한참 동안 두 사람을 내려다보더니 박불화에게 명했다.

"이들을 장형으로 다스리고 절강성(浙江省)으로 유배 보내도록 하라."

"황후 마마, 저희들은 마마를 위해 충성을 다하기 위해 그리하였습니다."

두 사람은 울부짖으며 하소연했지만, 기 황후의 표정은 여전히 차가웠다.

그들은 유배지로 떠나기 전에 장형을 받았다. 그동안 계급무계궁에서 온갖 쾌락을 누리느라 몸의 기운이 완전히 빠져 있던 두 형제는 곤장을 서른 대나 맞자 더 이상 견디지 못하고 그만 죽어버렸다.

두 사람이 죽었다는 소식을 들었지만 기 황후는 눈썹 하나 까딱하지 않았다. 그만큼 탈탈을 잃은 그녀의 상실감은 컸다. 아직도 분이 풀리지 않는 기 황후였지만 차츰 이성을 찾으며 사태를 수습하기 시작했다. 그녀는 근심어린 표정으로 중얼거렸다.

"조만간 거센 폭풍이 몰아칠 것이다."

"폭풍이라 하오면?"

"탈탈이 죽었으니 그 여파가 폭풍이 되어 우리에게 닥칠 것이야."

기 황후의 짐작대로 상황은 극도로 긴박하게 돌아가고 있었다. 오랜만에 계급무계궁에서 나온 황제가 탈탈의 죽음을 전해들은 것이다. 그는 탈탈의 죽음을 애도한 후 침통한 얼굴로 어전회의를 열어 진상을 물었다.

"탈탈이 어디서 죽은 게요?"

이에 대답한 자는 바로 선위사(宣慰使) 태평이었다. 그는 예전 좌승상을 맡고 있다가 합마에 의해 선위사로 좌천된 자였다.

"그는 진서로에서 죽었사옵니다."

"진서로라니? 그곳은 깊은 산악지역이 아닌가? 탈탈이 왜 그곳에

가 있었던 게요?"

"탈탈은 전사를 한 게 아니라 자결을 하였사옵니다."

황제는 놀란 얼굴로 언성을 높였다.

"그가 자결을 하다니, 이유가 대체 뭐요?"

태평은 이때를 놓치지 않고 이번 일에 기 황후와 황태자를 엮어갔다.

"합마와 그 동생 설설이 황상 폐하의 성지를 조작하여 탈탈을 자결케 하였사옵니다. 그 두 사람은 황태자 전하와 기 황후 마마의 명을 받았던 것으로 알고 있습니다."

그러자 맞은편에 서 있던 박불화가 굳은 얼굴로 나섰다.

"기 황후 마마께오서는 두 사람의 죄를 아시고 곤장을 쳐 목숨을 거두었사옵니다. 황후 마마께서는 탈탈의 죽음과는 무관하옵니다."

"아니옵니다. 탈탈의 군권을 박탈하고 진서로에 유배를 보낸 것도 황후 마마이옵니다."

황제는 즉시 기 황후를 어전회의에 들라 명했다. 그는 단도직입적으로 기 황후에게 물었다.

"황후가 탈탈을 유배 보낸 것이 사실이오?"

기 황후는 고개를 숙인 채 사실대로 대답했다.

"그건 소인이 잘못한 게 분명하옵니다. 탈탈이 고우성을 앞에 두고 공격을 멈추고 있는지라, 적과 내통하고 있다는 장계를 쉽게 믿고 유배를 보냈사옵니다. 나중에 그게 사실이 아니었음을 알고 조만간 다시 중용할 생각이었습니다. 하오나 성지를 조작하여 그를 죽게 한 것은 소인이 아니고, 합마와 설설의 짓입니다. 그들이 간악하게 폐하를 능멸하고 은밀히 꾸몄던 일이옵니다. 해서 소인이 그들에게 그 죄를 물어 장형으로 다스렸습니다."

"황후께서 그렇게 말한다면야……."

황제는 미심쩍은 표정을 지으면서도 기 황후의 말을 믿기로 했다. 겨우 위기를 넘겼지만 황제의 의심을 사게 되었으니 기 황후로서는 낭패일 수밖에 없었다.

기 황후는 자신을 몰아붙인 태평을 몹시 괘씸하게 여겼다. 황제를 태상황으로 물러나게 하고 황태자를 황제에 등극시키려 했던 그녀의 권고를 묵살한 태평이었다. 그는 절친한 벗 탈탈이 죽자 완전히 적대적으로 돌변해 있었다.

기 황후가 흥성궁으로 들어섰을 때 박불화가 중요한 소식을 하나 더 가져왔다.

"황후 마마께서 최천수를 찾으신 것을 황상께 고한 자도 바로 태평이라 하옵니다."

"이런 고약한……. 나를 곤경에 빠뜨려 대체 그가 취하려는 게 무엇이란 말이냐?"

"그야 뻔하지 않사옵니까?"

"날 아예 황후의 자리에서 내몰겠다?"

기 황후는 벌떡 자리에서 일어났다. 그녀의 관자놀이에 푸른 힘줄이 돋았다. 이제 정면으로 맞서 싸우기로 했다. 우선 그녀는 합마가 맡던 좌승장의 자리에 삭사감을 임명했다. 삭사감은 온화하고 말이 적은 인물인데다 반란군을 크게 토벌하여 얼마 전에 중서참지정사(中書參知政事)에 오른 자였다. 황제는 합마 대신 삭사감을 좌승상으로 삼는 걸 내켜하지 않았다. 그런데 어느 날, 입궁한 삭사감의 얼굴에 난 큰 흉터를 보고 황제는 크게 감탄했다.

"경의 얼굴에 난 그 흉터가 바로 폭도가 쏜 화살 때문이란 말이오?"

"그러하옵니다. 소신이 화살을 뽑지도 않은 채 적의 수장을 베어 버렸사옵니다."

"옳거니, 그대야말로 탈탈 못지않은 맹장이로구나."

황제는 그제야 삭사감에게 좌승상 자리를 허락했다. 이 여세를 몰아 기 황후는 박불화에게도 영록대부(榮祿大夫) 자리를 내려달라 주청했다. 영록대부는 정2품의 벼슬로 재상과 맞먹는 자리였다. 그녀는 오래 전부터 박불화에게 영록대부 자리를 내달라 주청해 왔었다. 황제는 고심 끝에 이마저도 허락했다. 이 소식을 들은 박불화는 흥성궁에 들어서며 감격의 눈물을 흘렸다.

이로써 기 황후는 조정 대신 상당수를 자신의 사람들로 만들었고, 그들을 영향력 있는 자리에 등용하는 데 성공했다. 원나라의 상권뿐만 아니라 조정 대신들까지 상당수 장악한 것이다. 하지만 반대편의 반격 또한 만만치 않았다. 태평은 우선 진조인을 자신의 사람으로 만들었다. 진조인은 합마와 함께 계급무계궁에 있던 자로, 합마가 무참히 죽임을 당하자 기 황후에게 깊은 원한을 품고 있었다. 이를 잘 알고 태평이 접근하여 그를 자신의 사람으로 만들어버렸다. 진조인은 계급무계궁에서 늘 황제와 같이 있으므로 황태자를 거치지 않고도 자신의 뜻을 쉽게 황제에게 전할 수 있었다.

어느 날 태평은 황제에게 상소문을 올렸다. 그는 기 황후 대신 그 측근을 치는 방법을 택했다. 제일 먼저 표적이 된 자는 박불화였다.

영록대부 박불화는 환관 출신인 자로 위인이 간사하여 신하들 사이를 이간시키고, 재물을 탐하여 조정의 기강과 위신을 떨어뜨린 자이옵니다. 지금은 기 황후 마마의 편에 서서 조정의 모든 일을 좌지우지하며 어지럽히고 있사옵니다. 그를 엄히 벌하시어 황실의 위엄을 세우소서.

모든 상소는 황제에게 가기 전에 황태자를 거쳐야 하는 법. 황태자는 이 상소를 읽고는 불같이 화를 냈다. 박불화를 치자는 것은 곧 기 황후와 맞서겠다는 것과 마찬가지였다. 황태자는 상소의 내용을 즉각 기 황후에게 전했다.
"저들의 공격이 노골화되고 있습니다."
"탈탈이 죽으면서부터 이미 예상했던 일이니, 황태자께선 너무 심려치 마세요."
"제가 이 상소를 먼저 볼 것을 뻔히 알면서도 올리는 것은 우리 면전에서 진검승부를 하겠다고 발검(拔劍)하는 것 아니겠습니까?"
옆에서 듣고 있던 박불화가 황태자의 말을 거들었다.
"참으로 간사한 자들이 아니옵니까? 여태 황후 마마의 눈치를 보고 있다가 조금 빈틈이 보이니 여지없이 치고 들어오고 있습니다."
"황실에 고려인이 득세하니 늘 못마땅하게 보였을 것이다. 그 정도는 각오하고 있지 않았더냐?"
"이번엔 다른 것 같습니다. 먼저 저를 치고 여세를 몰아 황후 마마까지 공격할 것입니다."
"내 사람들을 다치게 하는 일은 절대 없을 것이다!"

그렇게 기 황후가 의기를 다졌지만, 태평의 공세는 거기서 끝나지 않았다. 그는 박불화를 집요하게 공격했다. 박불화는 고려인인데다 환관 출신이라 조정에서도 그를 싫어하는 자가 많았다. 태평은 신하들의 이런 심리를 교묘히 이용했다. 틈만 나면 박불화의 험담을 늘어놓기 일쑤였다.

"수염도 나지 않은 자가 조정을 휘어잡고 있지 않습니까?"

"고려 억양이 섞여 있는 그의 몽고말은 듣기도 싫습니다그려."

신하들은 대체로 태평의 말에 맞장구쳐 주었다. 그러다가 박불화가 나타나면 모른 척 등을 돌렸다. 박불화는 끊임없는 공세에 시달렸지만 모르는 척 했다. 황궁에 들어온 지 어느덧 스물다섯 해가 지나는 동안 산전수전 다 겪은 그였다. 조정에 심어둔 신하들이 많을 뿐 아니라, 환관과 궁녀들 또한 모두 그의 지휘 하에 있었다. 그들을 통해 신하들의 동향을 파악하며 태평의 집요한 공세를 교묘히 피해갔다. 또한 영록대부에 있는 동안 어떤 비리나 잘못도 없이 직분을 성실히 수행해 좀체 허점을 보이지 않았다.

〈제 3권에 계속〉

천하를 경영한 기황후 2권

초판 1쇄 발행 2006년 05월 22일
2판 1쇄 발행 2013년 11월 06일

저 자　**제성욱**
펴낸이　**천봉재·조인숙**
펴낸곳　**일송북**

주소　(133-801) 서울시 성동구 금호로 56 3층 (금호동1가)
전화　02-2299-1290~1
팩스　02-2299-1292
이메일　minato3@hanmail.net
홈페이지　www.ilsongbook.com
등록　1998. 8. 13 (제 303-3030000251002006000049호)

ⓒ 일송북 2013

ISBN 978-89-5732-132-4 14910
ISBN 978-89-5732-130-0 (세트)
값 12,800원

이 도서의 국립중앙도서관 출판시도서목록(CIP)은 서지정보유통지원시스템 홈페이지(http://seoji.nl.go.kr)와 국가자료공동목록시스템(http://www.nl.go.kr/kolisnet)에서 이용하실 수 있습니다.(CIP제어번호: CIP2013022502)